ショットバー

麻生　幾

幻冬舎文庫

ショットバー

主要登場人物

亜希　中堅総合商社社員
翔太　亜希の恋人
津久井　亜希の元上司

栗原　警視庁捜査第1課　殺人犯捜査係　警部
山村　〃　警部補
安岡　〃　警部補
森田　〃　巡査部長
秋本　〃外事第2課　作業班係長　警部

馬場　海上自衛隊　潜水艦隊司令官　海将
牧村　〃　情報主任幕僚　1等海佐
芹沢　〃　潜水艦艦長　2等海佐
瀬山　〃　「I計画」要員　2等海佐

グラスを掲げて透明の液体を見つめた。

オロロソの香りに浸る心地よさを感じながら、童話という世界をずっと忘れていたことを、今、思い出した。

何しろ、童話を読んだのは、幼い頃のこと。

わくわくする、胸が躍るような、あるいは子供心にも涙ぐむような悲しい物語だけでなく、普通では存在しないものが出てきたり、想像もしないことが次々と起こったりする物語を、母親から読み聞かされたり、覚えたばかりの平仮名を一生懸命に読んでいた、あの頃の記憶はさすがにはっきりしているわけじゃないからだ。

今、自分がいる世界も、まさしくそんな童話だ、と思った。

この何日かで起こったことのすべてが、童話だった。

普通なら、あり得ないことばかり。

誰かに話したら、ほんと、笑い飛ばされることばかりだった。

さっきまで、隣のカウンターに座っていた男が口にしたのは、映画やテレビドラマの世界だけのこと。

すべてが現実離れしている。空想の世界。そう、初めから夢を見ていたのよ。

少なくとも、今は、そう思いたかった。

だから、もう、驚きも、慟哭も沸き起こることもないし、特別な感情が身体の奥深くから沸き上がることもなかった。

亜希は店の中を見渡した。

客は一人もいない。

マスターが無言のまま、グラスを磨いている――いや、その手がスローモーションのように動いている。時間がゆっくりと流れているように思えた。

まさしく童話の世界の中にいるようだった。童話の主人公、それが、今の自分だと亜希は思った。私は、ずっと、童話の世界の中にいた、そう考えるしかなかった。夢と考えるには余りにも滑稽だし、信じがたいことばかりだったからだ。それになにより、ほんの二週間前なら、こんなことなど、本当に、まったく思いもしなかったことだった。

思い返せば、十四日前のあの日。それからすべてが劇的に変わった。しかも、その日の始まりからして、いつもなら考えられないことばかりが――。

二週間前

やっぱり、おかしいわ、絶対に！

タクシーの後部座席で揺られながら、吉岡亜希（よしおかあき）は我慢ができなかった。会社の通用口を出るときに頭から切り離したつもりなのに、今はより鮮明に、昼間の屈辱が蘇（よみがえ）っていた。

陰湿な嫌みを繰り返す顧客に向かって深々と頭を下げながら、爪の痕（あと）がつくほど拳（こぶし）を力強く握り締めた、あのとき――。

思い出すと頭にくる！　会社に戻ってデスクにいても、トイレに立っても、電話をしているときでさえ――ずっと腹立たしかった。

あのトラブルは、どう考えたって顧客の勘違いが原因なのよ！

車窓から見える、いつもなら心躍らされるブティックのショーウインドウも色彩をなくしているように感じた。だから、彼女や彼氏のもとへ一秒でも早く向かって、美味（おい）しい食事をしながら会えなかった一週間分の話をたっぷりしてその後のベッドまでのシーンを思い描いているような笑顔をがまんできない恋人たち、それに、昨日はさんざんだったが今日の稼ぎはいいはずだし、いやそうなってもらわなくっちゃやっていけないと期待に胸を弾ませる風俗店のオーナー風の男、そしてキャバクラの女の子に今晩こそは店外デートからさらに発展が期待できそうだと心躍らせる風ににやついた若いサラリーマン――たちが、もし自分のように暗い表情で、歩道ばかりを見つめながら俯き加減で歩く姿を目にしたら、せっかくの楽しい気分を萎えさせちゃうかもしれないな、と思うと亜希は溜息が出た。

考えてみれば、今日はろくな一日じゃなかった。

これって、運に見放されたというの？

やることなすこと、すべてが上手くいかなかった一日――。

それも朝起きたときからで、こんなことなら、やっぱりもっとベッドに潜り込んで、会社を休む決断をすればよかったかもしれない、と思った。

でも、そんなことを今更後悔したって、なんの解決にもならないことはわかっている。

だから頭にくるのよ！

ただ、寝坊したことは、運の悪さとまったく関係ない。わかっているわよ、と自分を罵った。

昨夜、あれがいけなかったのよ。情報収集のために業界誌を読んだり、社会保険労務士の資格を取るための勉強が夜遅くまでかかってしまって、頭が疲れ切ってから寝たこと、それで、調子が狂ったんだわ。そこからツイてなかったのよ。

――いや、それも違う。

亜希は記憶を蘇らせた。

目覚まし時計はちゃんとセットした。アラームをオンにした記憶もはっきりしている――。

つまり――。今朝、目覚めたとき、そこから不運だったのよ。ベッドから跳ね起きたのはいつもより五分も遅い時間だった。なんとか自力で目を覚ました。そのまま寝坊しちゃえばそれならそれで諦めがつくものを。

でもそんな勇気もなく……気合いを入れてベッドから降り、まずテレビを点け、海外からの緊急ニュースが流れていないことを確かめてから急いでバスルームへと向かった。

ところが、ポンプ式のシャンプーをプッシュしたが出てこない。ボディソープですらほとんど空だった。

几帳面な自分にはあり得ない！

仕方なく、ポンプのキャップをはずしてお湯を入れ、手のひらに叩きつけた。でも出てくるのは水分ばかり。最近残業が続いてずっと帰宅が遅かったから、詰め替え用を買っていなかったことに気づいたがもちろん遅かった。

意を決して、裸のまま洗面台の下の物入れへ半身を突っ込み、中からそれだけは買い置いていた洗顔フォームの詰め替え用チューブを摑んで泡立てシャンプーの代用にするしかなかった。

だが、手に取ったクリームを何度擦りつけても泡立たない。

ラベルを見ると――溜息が出た。

歯磨き粉のチューブじゃない！

慌ててもう一度洗面台に身を乗り出し、今度こそ慎重に〝本物〟の洗顔フォームを摑み、髪を洗ったが、髪は恐ろしいまでにゴワゴワになった。

だから、週に一回しか使わない高価なトリートメント――馴染みの美容院で巧みな話術に引き込まれて思わず買わされた――を多めに手に取って髪に染み込ませることにしたが、あぁ～もったいない、という独り言を何度も呟くことになった。

なんとか前向きな気分を保てたのはそこまでだった。

バスタオルを頭に巻いたまま、トイレに入った直後、天井の電球が切れた……。

トイレットペーパーのホルダーへ手をやると芯だけがカラカラと回った。昨夜、資格試験の勉強疲れで朦朧としたまま使い果たし、補充することもまた忘れていた。

だが、新しいトイレットペーパーは、玄関脇の納戸の一番上の棚にある。納戸まで約三メートル。下着を少し上げたままの格好で素早く走ってゆくしかなかった。

そこで、頭の中で何かが切れた。

今日は休もう、という言葉が脳裏に浮かんだ。

こんなことじゃ、今日一日、ろくなことはないはず……。休暇をとって……明日からは気分を変えて――。

しかしその次に頭に浮かんだ言葉は、亜希にとっては悪魔の囁(ささや)きに思えた。

午前中に大事な取引先とのアポイントメントがある！

なんとか気を取り直して、化粧台の前に座り、鏡の中の壁掛け時計を見つめた。

ヤバい！　遅れそう！

化粧水、乳液、下地クリームとファンデーションだけをつけた得意の手抜きメイク。細かくカットしている眉(まゆ)だけはアイブローペンシルでかき足さないとお公家(くげ)さんのようになっちゃうし。でも、アイラインをひく時間はない――。

そのとき点けっぱなしのテレビから流れるアナウンサーの言葉の、あるフレーズが引っ掛かった。

イランとアメリカとの関係が緊迫している――。それも、先週まで世界のマスコミを騒がせていた、イランが進める核開発に反対する欧米との外交上の摩擦というレベルではなさそうだ。思わずテレビを振り返った亜希が息を呑(の)んだのは、軍事的緊張、というテロップが目に入ったときだった。

〈AP通信によりますと、テロとの戦いでペルシャ湾に展開中のアメリカ海軍の空母に、イラン海軍の駆逐艦が急接近。アメリカの空母側も艦載機を緊急発進させるなど、一触即発の危機が続いており——〉

　よしてよ！　亜希はテレビに向かって声をあげた。

　アナウンサーが伝えるその海域は、日本で消費される石油の半分以上を依存する中東から、原油を運ぶタンカーの重要な航路（シーレーン）である。もし、そんなところで戦火が上がれば、石油の供給にどれだけの影響があるか……。

　想像したくもなかった。石油製品全般の国内取引を手がける商社マンの亜希にとっては何よりも切実な問題だからだ。

　アナウンサーは続けた。

〈一方で、昨日、緊急に開催された国連安全保障理事会の緊急会合の場で、イギリス代表が独自の対応策を提案。その上で、軍事衝突を回避するために行えることは全力をあげて——〉

　当然よ！　亜希は叫んだ。とにかく、中東で戦争なんてとんでもないわ！

　鏡に戻った亜希は、口紅は三秒でひいたけど、アイライン、アイシャドーとチークも会社のトイレですることに決め、ビューラーも諦めた。髪だけはドライヤーで乾かそうとしたが時間が足りず、微妙に濡れたままワックスで仕上げるしかなかった。

お腹が空いていたのでどうしてもカップスープだけでも飲もうと、ケトルを火にかけた。

マグカップに粉を入れてお湯を注ぎ込んでかき回し、そっと口を近づけ——。

熱っ！　舌を火傷したことがわかった。

水道水を口に含んだ。でも、痛さは若干、緩和しただけ。

それでも少し気分が落ち着いて、クローゼットから取り出したスカートに足を入れて引き上げたとき、思わず、舌打ちした。

裾がほつれて裏地が見えてるじゃん！

壁掛け時計を振り返る。穿き替える時間はない。

だから見えないように安全ピンで留めるしかなかった。しかも、慌ててストッキングを引き上げたもんだから、爪でブスッと突き破り〝伝線〟が一気に走る始末。タンスの中を急いでかき回したが替えのストッキングもたまたまない！　どこかのコンビニで買って会社に行ってから穿こう。素足で行くしかなかった。

気分は崩壊寸前だった。

腕時計とにらめっこしながらも歯だけは入念に磨くと、資料を詰め込んだ重たいバッグを抱えて玄関に急ぎ、最後に姿見を振り返って、スカートが捲れていないかをチェックし、髪を手櫛（てぐし）で整えてから、嫌な気分を吹き飛ばすように勢いよくドアを開けた。

鍵（かぎ）を閉め終わって駆け足でエレベータに乗り、一階に降りて郵便受けから分厚い日経新聞を強引に引き抜いた瞬間のことだった。

コンロの火をちゃんと消したっけ⁉

まったく記憶に残っていない！

腕時計へ目をやると、遅刻を免れるためにはギリギリの時間――。

しかし、火災という言葉とオレンジの炎が頭の中で乱舞した。

エレベータにもう一度乗って急いで部屋に戻り、キッチンに入った。

亜希は大きく溜息をついた。

コンロの火はちゃんと消されていた。

現実に戻ってふと頭を上げた亜希は、見知らぬ風景に驚いた。タクシーのドライバーに問い質（ただ）すと、新人なので、と言い訳し、道に迷ったという。

亜希は思わず舌打ちした。この癖を、小さい頃から母に何度叱（しか）られたかわからない。でも、今日ばかりは母も許してくれるだろうと勝手に考えた。

しかし今、そんなことを思い出している場合じゃなかった。

このままドライバーと押し問答をしていると、彼との約束の時間に間違いなく遅れそうなのだ。

亜希は、腕時計を苛立(いらだ)ったまま何度も見つめた。

六本木通りにやっと入ったことがわかったとき、忙(せわ)しなく動くワイパーの先に、赤色回転灯が幾つも見えた。けたたましいサイレンの不協和音も次第に大きくなる。ふと窓外に目をやると、車体の屋根でラビットフラッシュを撒(ま)き散らすグレーっぽいセダンに続き、何台もの白と黒の車がすれ違ってゆく。リアウインドウへと目をやると、パトカーの一団は先を競うように外苑西通りへと折れて行った。

「何かあったんでしょうか？」

リアウインドウを向いたまま亜希が訊いた。車窓に叩きつける雨はよりいっそう酷(ひど)くなっている。

「どうですかね」

運転手は低い声でそれだけ答えた。

貪欲(どんよく)なアメーバが獲物を見つけるや否や一気に襲いかかるがごとく集結したパトカーのボ

ディを、硬い雨が激しく叩きつけていた。栗原警部にはそれが途轍もなく気に入らなかった。原因ははっきりしている。早朝から別居中の妻に、生活費のことで口汚く罵られたことがいつまでも頭から離れないのだ。以前はそんなことなど現場に出ればすっかり忘れ去っていたのに、最近は妻の罵声が四六時中耳にへばりついたままなのである。

濡れそぼつ街に溶け込んでいるグレー一色の１０１機動捜査隊指揮官車を降りた栗原は、黒いトレンチコートの衿を両手で絞って駆けだした。視界を遮るほどに降り注ぐ大粒の雨が眼に突き刺さるように痛い。アスファルトを叩く酷くやかましい雨音も神経をさらに逆撫でした。栗原は激しく目を瞬かせた後、薄目を開けて機械仕掛けの人形のように首を回した。

耳元で囁き合ってしっとりとした大人の時間を楽しんでいた男や女たちの気分を台無しにするように、港警察署と自動車警ら隊のパトカー群や、機動捜査隊の覆面車の群れが滲んで見えた。何度も目を瞬かせ、もう一度周囲に視線を流した。赤いストロボバーがラビットフラッシュを派手に撒き散らす唯一のパトカーがやっと確認できた。フード付の雨合羽を着た何人もの制服警察官や、さしている傘が何の役にも立たずずぶ濡れの機動捜査隊員であろうスーツ姿の男たちが取り囲んでいる。

「こっちだ！」

目を凝らすと事件担当管理官の相沢警視が、上着についた雨滴を神経質に何度も拭きながら近づいてきた。

栗原は溜息をつきたかった。理由は簡単だ。この男を激しく嫌っているからである。いや、バカにしきっていると言った方が正しかった。

そもそもだ、といつもの不満がまた脳裏に浮かんだ。

ほとんど捜査1課での経験がなく、会計や人事という管理部門だけを歩いてきたこの男に、今回のような衆目を集めるであろう重要事件の総指揮をさせる方がおかしいのだ。

いや、最近のおかしなことは、それだけじゃない。〝捜査1課には新しい血を入れるべきだ〟という、現場捜査に関心が低い警察官僚（キャリア）が考えついた、何の役にも立たない人事構想によって、捜査1課強行（ごうりき）犯捜査に名を連ねる七名の管理官のうち、実に三名が捜査1課の〝血〟を受け継いでいないのだ。

その一人が相沢である。捜査を仕切る警部にしても、二十二人の中で実に六名が殺人犯捜査の経験則を知らない〝よその血〟なのである。彼らの中には自らの努力で、三年もすれば事件指揮を行えるようになる者もいるが、栗原に言わせればほとんどが役に立たない。

ゆえに経験の少ない管理官には、大ベテランの警部を組ませることで、なんとか誤魔化し（ごまかし）ているのだ。今回の場合がまさにそれである。ろくに助言やアドバイスもできないことは無視すればよい話なのだが、余計な指示を出され混乱させられてはたまらない、と栗原は暗澹（あんたん）

たる気分に襲われていた。

　恐らく、相沢を抜擢したのは警察官僚の刑事部長の〝温情〟なのだ。すでにこれまで二つの捜査指揮を執ったが、相沢に対する不平不満が課内に広く満ちている。ゆえに〝これが最後のチャンスだ〟と刑事部長が救いの手を差し伸べたことが容易に想像できた。二人の関係の原点が、刑事部長が本部人事1課長を務め、相沢が監察のプロジェクトチームの班長を務めていた頃にあることを知らない者はいない。プロジェクトチームといえば聞こえはいいが、実態は〝警官狩り〟である。つまり、現場の人間からすれば、〝胡散臭い〟奴なのだ。

　なぜそんな野郎が捜査1課に来たのか。それが、〝血を入れ換える〟という子供だましの理由だけでないことを栗原は知っていた。上に取り入ることだけに才能を発揮するこの類の野郎たちは、本部勤務をできるだけ長引かせようと、必死になって上に揉み手をする。腰を低くして近寄ってくる奴には誰しも気分が悪いはずもない。本部勤務は、捜査1課の場合でも、最近では、昇任でもしない限り、五年が限度で、所轄へ行かせられる。そこで、他の部署に異動することで巧みにそのルールから逃れるのだ。つまり〝血を入れ換える〟というシステムは、揉み手野郎たちの生き残る術そのものなのだ。

「殺し、と判断された庶務担当管理官から、概略はさっき聞いた。で、殺し、と判断ついに、ということだね？」

相沢は目を合わさない。

「ついに？　根拠はなんです？」

栗原はコートの雨滴を拭いながら目を合わせずに訊いた。

相沢が言っているのは、ここ二ヶ月の間に連続している、若い女性ばかりを狙った三件の強制わいせつ事件のことであり、その犯人はついに殺しまでやってしまったと根拠もなく思い込んでいるのだ。栗原は、怒鳴りつけてやりたかった。根拠の裏付けなき推理は受け付けない――それをオレが長年、口を酸っぱくして繰り返していることを知っているはずではないか。

「根拠？　見りゃわかる。被害者の髪をバッサリ切り取っている点、それに尽きる」

相沢は不機嫌そうに言った。

栗原はそれには応えず、規制ロープの手前に立ってじっと鑑識の活動を見守った。

「被害者の人定がまだだ。やっかいだな」

相沢が軽く言った。

栗原は背を向けたままだったが、怒りをぶちまけたかった。やっかいだと？　いったい何がやっかいなんだ？　誰が困るというんだ？　お前が捜査、やるんじゃねえだろうが！　一度でも泥まみれになってやってみろってんだ！　脳ミソさえ汗をかかないクセに！

「会見は二時間後。課長に恥をかかせるなよ」

　そう言い残して相沢は、トヨタの高級車で到着したばかりの捜査1課長のもとへ慌てて駆けだした。

　栗原が苦々しい表情で相沢の背中を見つめていたとき、筆頭警部補の山村が頭から被ったフードを両手で摑んで駆け寄ってきた。

「身元の手がかりになるものがなかなか出ません」

　山村は悔しそうに言って、土砂降りの雨にもかかわらず側溝に首を突っ込んで遺留品捜査を行っている機動捜査隊員たちへ目をやった。

「雨の中ご苦労さん。引き続き頼む」

　栗原はそう言ってから、101機動捜査隊指揮官車の中で、庶務担当管理官から聞かされた状況説明を思い出した。

　被害者の推定年齢は二十代後半から三十代半ばほど。しかし氏名は不詳。なにしろ、バッグをはじめ、財布から携帯電話まで所持品一切が遺留されていなかったのである。ひと粒パールのピアス、ヒールの低い茶色のパンプス、黒いジャケットに下半身は裸で下着もつけていない。どちらかというと地味っぽい。化粧も今時のごく普通の女性という印象で、派手というわけではない。ゆえに人着からも職業を推測するに資するものは何もなかった。

　機動捜査隊の調べでは、目撃参考人の供述により、被害者の死亡推定時刻を、午後九時から午後十時までの一時間の間に絞れるのではないかということだった。第一発見者は、キャバクラから出てきた帰宅途中の会社員で、タクシーに乗る前に立ち小便をしようと路地に入ったところ、仰向けに横たわる被害者を発見した。初めは酔っぱらいと思った。しかし下半身が露出し、カッと目を見開いたまま身動きしなかったので携帯電話からすぐに１１０番したのだという。それが午後十時のこと。しかし、近くの雑居ビルにあるホストクラブで働く店員の供述によれば、午後九時前に出勤のため同じ場所を通ったが死体はなかったという。

　犯行の手口について庶務担当管理官が説明したのは、喉頭の両側および側頸部に手で頸部を圧迫したと思われる指の痕や爪による表皮剥奪と皮下出血などの扼痕があるほか、指頭をかたどる灰白色と輪状の淡紫赤色の皮膚変色が認められたことから、絞殺の可能性が高いこと。ただ、鮮明な扼痕が別の位置に二ヶ所あったことから、犯人は恐らくまずクビを絞めて気絶させた上で、髪を短く切り取り、持ち去ったと見られる。そして、最後に、もう一度クビを絞めて窒息させ絶命させたものである——。

　その手口が、最近連続している強制わいせつ事件のそれと酷似していることに庶務担当管理官も言及していた。

　だが、彼もまた根拠は示さなかった。栗原は庶務担当管理官を前にして口にはしなかったが実はそこが大いに不満な点だった。

ただ、栗原にしても完全に関連を否定しているわけではなかった。しかし、これまでの事件と共通した手口である〝髪を切り取って持ち去る〟という事実について、捜査1課では厳重な緘口令(かんこうれい)を敷き、記者発表もしていない。ゆえに犯人しか知り得ない秘密であり、模倣犯とは思えない――。何より、三件の事件と今回の事件は、いずれも頸部を圧迫して気絶させた上で、財布など身元に繋がる物をすべて奪って、下着を脱がせたうえ、髪を切り取るなどしている手口でほぼ一致している。だが、同一犯とするには決定的な違いがある。今回、この犯人は殺しを実行してしまったのだ。

鑑識員が許可したことで、栗原率いる本部捜査1課員たちは初めて現場である狭い路地に立ち入ることができた。

風俗店などがひしめく十階ほどの雑居ビルに囲まれた狭い空間――。息苦しさを感じた栗原は、コートだけでなく上着も脱ごうと片方の腕を抜いた。だが途中で思い直し、もう一度、上着を着直した。受け取ろうと思っていた山村は拍子抜けしたように首を竦(すく)めた。

栗原は上着を脱ぎたかった。だが脱ぎたくてもできない事情があった。

ワイシャツが皺(しわ)だらけなのだ。

栗原の額に大きな雨粒が落下した。その雨粒は一気に瞼(まぶた)の上から襲った。栗原は上着のポケットから皺だらけのハンカチを取り出した。目にあてようとしたそのとき、手が止まった。かび臭さが鼻をついた。どれくらい前に洗濯したものだろうか。記憶はなかった。

若い奴には、常に衣類は清潔にさせ、無精髭を生やすことさえ禁じている。かつて所轄署勤務の頃には、ジーンズにジャンパー姿で出勤してきた若い刑事を怒鳴りつけ、すぐに自宅に帰らせて着替えをさせたものだ。それが今では、自分がこの有様である。糊が利いたワイシャツでないと一日が始まらない、と生意気に口にしていた一年前が嘘のようだった。

山村の視線がワイシャツの皺に寄せられている風だったが、敢えてこちらから言う必要もないと栗原は思った。

「死角というわけか」

路地の周囲を見上げながら栗原が訊いた。

路地を一歩出れば、日本を代表する繁華街ともいうべき六本木や西麻布の喧噪が渦巻く空間である。行き交う人々はそれぞれの欲望に浸りきり、他人のことなど詮索する気にはならない。ゆえに、ここから何者かが飛び出してきたとしても記憶に残っている者はほとんどいないのかもしれない、と栗原は冷静に考えてみた。

「で、なんで目撃者がいねえんだ、え？」

まったく報告されないことに栗原は苛立っていた。

「六本木や西麻布といいましても、やはり路地に入ると、このとおり、人通りがほとんどなくなります」

山村が顔をしかめた。

「あっちには――」栗原は、東京ミッドタウンが面する外苑(がいえん)東通りを指さした。「多くの人通りがあったんじゃねえのか？」

「それでも、通りすがり、という者が多く――」

栗原は顔を上げてもう一度ビルの谷間を見渡した。

「ここを見通せる監視カメラは？」

「今のところ」

山村は頭を振った。

「とにかく目撃者だ。誰かが絶対に見ている」

栗原のいつもの言葉だったが、とりわけ今日、それが重要だと山村は思った。

タクシーを降りた亜希は激しい雨の中で呆然(ぼうぜん)と立ち尽くした。傘の先へ視線を伸ばすと見覚えのない風景が続いている。ただ、最上階でグリーンのネオンが燦(きら)めく六本木ヒルズの高層ビルが見えるので方向は間違いない。多少迷ってもそう遠回りにはならないはずだ、と思った。

ふと、一週間前、携帯電話に〈徒歩近道〉というサイトの紹介メールが届いたことを思い出した。有料サイトだが三ヶ月無料とあったはずだ。でも亜希は携帯電話を見ることはしなかった。タダほど恐いものはない、そんな母の言葉が蘇ったからだ。

道すがら目にしたコンビニエンスストアに立ち寄り、明日のプレゼンに必要なガムテープと、切れていた詰め替え用シャンプーを買い求めた。

「六本木ヒルズ方面を目指してらっしゃるんですか？」

初老のレジ係の男が声をかけてきた。

「えっ？　まあ……」

「キョロキョロしてらしたから。ここは細い路地が多いから、みなさん迷われるんですよ」

近道を教えてくれたことに礼を言って店を出た亜希は、しばらくして、運のない一日がまだ続いていることを思い知らされた。

教えられたとおり角を右折したところは、工事中で行き止まり。

亜希は慌てて迂回した。

そこには、今まで一度も足を踏み入れたことのない薄暗い路地が真っ直ぐ延びていた。最初はそれが何かが亜希にはわからなかった。二つの人影――。近づくにつれ、男と女が大声でケンカしていることがわかった。痴話ゲンカに巻き込まれたくはない、と思った亜希はさらに別の道を探すしかなかった。

次の角を曲がったときだった。

そこにもまた見覚えのない路地がくねくねと続いていた。

ただ、顔を上げると、六本木ヒルズのビルが見えた。

――ということは、待ち合わせ場所まで、ほんの二、三分のはずである。ここで迷ったとしても十分とは遅れないだろう……。

コートのポケットの中でバイブレーションを感じた。取り出した携帯電話に、友部翔太の名前でメールが届いていた。

――ごめん　かいぎ　いちじかん　おくれる――

亜希が安堵したのは一瞬のことだった。ちょっと待ってよ、と思わず呟いた。これじゃあ、せっかく近道を思いついて急いで来たのに、自分が遅れたとしても……逆に時間が余りすぎる。待ち合わせのホテルのロビーのソファに、地方からの観光客のように所在なく座っているのは嫌だし――。しかも今晩ばかりは、業界誌や社労士試験の問題集を見る気にもなれない。

仕方ない、とにかく六本木ヒルズを目指そう――。ぶらぶら歩き始めた亜希は、東京には、まだ知らない道があるものなのね、と普段は気にも留めないような、くだらないことを考え始めた。

亜希が足を踏み入れたのは、相当古い木造建築の家々が並ぶ狭い路地だった。

木造といっても、余りにも歳月を重ねた結果だろうか、全体的に黒ずんでいて、玄関にしても驚くほど間口が狭く、恐ろしいまでに軒も低い。街灯も白い蛍光灯ではなく、今時ほとんど見ることもない笠（かさ）のついた電球が柔らかそうな黄色い光を道に注いでいる。映画かテレビドラマで見たことのある、昭和三十年代の風景とどこかよく似ている、と亜希は思った。

辺りはすっかり暗くなっているがどの家にも電灯は点いていなかった。初めは廃屋かと思った。だが、洗濯物が干してあったり、手入れの行き届いていそうな植木鉢が並べてあったりと生活感がどの家にもあった。

ここを曲がれば近道だろう、と思って左折したときだった。亜希はふと足を止めた。

さらに狭い路地だった。街灯がひとつもなく、夜空を照らす街のネオンが仄（ほの）かに注ぎ込んでいるだけで、足元さえ危うかった。これもまた〝不運〟の続きなのかしら、と思うと今度は腹立たしくなった。どこまで〝不運〟という不気味な影がついて回るのだろうか。でも、先に目をやると、六本木ヒルズのビルの一階らしき光景が路地の真っ直ぐ先に見える。歩いても恐らく数分。やっぱり早く着いちゃう。

　仕方ないわ。社労士試験の問題集でも見て時間を潰すしかないか。亜希はゆっくりと歩きだした。

　こんなところに？　民家から灯りが道に零れている。近づいてみると、その灯りは民家からではなかった。〈BAR〉とだけ表示されたあっさりした赤い電飾が見える。亜希は違和感を抱いた。街灯がぽつんとひとつしかない暗い路地の真ん中よりも少し手前付近。周りは町工場のようなトタン張りの塀が続き、人が住んでいそうな民家は一軒も見当たらない。いくらこの辺りが西麻布という有名スポットとはいえ、こんなに狭くて暗い路地にショットバーを開くなんて。

　歩みを緩めて硝子越しにそっと中を覗くと、短いカウンターだけの小さな店である。でも木目調のカウンターは手入れがよく行き届き、ツヤツヤと輝いている。その奥にある戸棚にも、丹念に磨かれた高価そうなグラスが整然と並んでいた。

　壁も天井も、濃い目のブラウンに統一され、居心地はよさそうだ。カウンターの中には、白髪に白い顎鬚のマスターがぽつんと座っていて、文庫本を静かに読んでいる。

　亜希は腕時計と路地の先にある六本木ヒルズを見比べた。

決断はすぐについた。優柔不断の自分には珍しい、と苦笑した。

一杯だけ、それも十分で。私には今、不運を取り払う、何かのキッカケが必要なのよ、と勝手に思った。

ドアを開けると、カランカランというカウベルの音がした。

「いらっしゃいませ」

低く響きのある声で亜希は迎えられた。文庫本をカウンターの隅に置いたマスターは、目を合わさないまま早くもチェイサーグラスを戸棚から取り出した。

入り口に一番近い木製の椅子に座った亜希は、それとなく店内を見渡した。淡いオレンジ色の照明とブラウンに統一された内装で、外から見るよりもずっと落ち着いて見えた。しかも気に入ったのは、照明がいわゆる間接照明で、薄暗さも目に優しい。最近はどこもかしこも頭がクラクラするほど――特に残業のときなど――明るすぎる。

携帯電話をカウンターに置いた亜希は、「シェリー酒、置いてらっしゃいます?」と遠慮がちに訊いた。「それもオロロソを。産地はどこでも」

翔太に会う前に一杯やるのはちょっと気が引けたが、少しは解放的な気分になりたかった。そうなると、やはりシェリー酒である。大学時代に卒業旅行で出掛けたスペインのマドリッドで入ったレストラン。そこで食前酒に勧められたオロロソのシェリー酒に口をつけたときの驚きは今でも忘れられない。決してしつこくはない仄かな甘味の中に、キリッとしたドライな舌触り。食欲を激しくかきたてられたおかげで、そのあとに出された食事の美味しかったこと。それからというもの洋食の会食にはシェリー酒が欠かせなくなった――翔太も呆れるほど。でもドライなオロロソのシェリー酒を用意している店は、東京でもそう多くはないのが残念でならなかった。

「ございます」

それだけ言うとマスターは、戸棚から、触ると手が切れそうなほどに細くて薄いグラスを音も立てずに亜希の前に置いた。

「スペインのマエソロ・シエラ。お勧めです」

亜希がボトルに貼られた赤いラベルの余りの美しさに見惚れているうちに、琥珀色の液体がスリムなグラスに注ぎ込まれた。

磨き上げられたカウンターの上を滑らせるようにグラスが置かれた。

胃の中で広がるシェリー酒で余計に空腹感が増した。この飢餓感にも似た感覚がたまらないの！

そのときになって亜希は初めて、翔太の言葉をずっと忘れていたことに気づいた。と同時に、〝不運〟なことばかりが続く今日という一日を激しく恨んだ。

なぜ、今日だったのか。そもそも今日は特別な日じゃないの！　それがよりによって〝不運〟なことが続くなんて……。

亜希には予感があった。翔太が三日前、夕方に送ってきたメールで、ちょっと話がある、とあらたまった表現で伝えてきたからだ。

なんの話かと考えてみたが、仕事に追われ、帰宅してもほとんど何もできず、化粧を落としたりするだけで精一杯。そして次の朝もギリギリに家を飛び出して——どんどん考える余裕はなくなってゆき——。

それを今、やっと思い出した。

あのとき、予感がしたのは、翔太が指定した、待ち合わせの場所というのが、いつもと違っていたことにもよる。そびえ立つ六本木ヒルズのタワービルの裏手に位置するグランドハイアット東京のロビー。あんな高級な場所で、これまで食事のために待ち合わせをしたことなど一度もなかった。だから、いよいよその時が来たのか、と思ったのである。

だが自分でも意外なことに、そのとき抱いたのは、期待という感覚ではなかった。戸惑い、ということでもない。まだ自分自身が答えを導き出せていないことだけは間違いなかった。

それでも、今日という日が自分にとって何かのきっかけになるかもしれない。それが大きな変化なのか、そうではないのか……とにかく、このあと、すぐわかるのだ。

だからこそ、今日という日が大事だったのに——こんなツイてない一日の終わりが彼とのデートなんて……。

気づくとグラスは空だった。ジャケットの袖をまくって腕時計へ目を落とした。あと二十五分。時間はある。でも、ギリギリというのも落ち着かなくて嫌だ。どうしようか。

亜希は自分を笑った。誰にも言ったことはないし、誰にも気づかれていない——翔太にさえ——が自分の本性は恐ろしいまでに優柔不断なのである。翔太に気づかれていないのは、必死に自分を変えようとしているためだった。でも、さすがに結婚したらバレてしまうんじゃ——。結婚？　頭に浮かんだその言葉に亜希は思わず苦笑した。でも、本当に……今日……その言葉を……。

軽やかなカウベルの音が鳴って、背中に涼しい風が感じられた。

ふと目を向けると、ひとりの女性が入ってきた。亜希はふとドア越しに外を見たが連れはなさそうである。

黒いコートに黒のブーツというシックな姿だった。

女性は神経質そうにドアを見つめながら着席するよりも先にトイレを借りようとしたが、マスターはあいにく、今修理中でと謝った。我慢できるかしら、とふとくだらないことを亜希は考えた。もしかして、用を足すのが目的じゃない？　亜希はそこで考えるのをやめた。ひとりで妄想しても何の意味もない——。

カウンターの一番奥に座ると、女性はコートを脱いで隣の椅子に置いたきり、注文もしないで、また神経質そうに腕時計とドアを何度も見比べている。彼女も、約束の時間までの暇つぶしにここに入ったんだろうか、と漠然と考えた。

ただ、自分と違うのは、額が汗にまみれ、淡いグリーンのブラウスもところどころ汗で色が変わっている点だ。余りじっと見つめることはできないが、息も上がっているようである。走ってきたのかしら?

「いかがいたしましょう?」

マスターがチェイサーの細いグラスを置きながら訊いた。

「シェリー酒はここに?」

ドアへ視線を送ったまま女性が訊いた。

亜希は思わずちらっと女性に視線を送った。同じ嗜好の人と偶然にも会うなんて。

「ございます」

マスターが静かに答えた。

「じゃあ、オロロソをお願い」

「産地はどのように?」

「お任せするわ」

「かしこまりました」

もう一度、女性へそっと目をやった亜希は驚かざるを得なかった。オロロソは有名だけど、ここまで一緒とは……。

亜希は女性に引き込まれるような気分になって、二杯目のシェリー酒を頼んでしまった。同じラベルのボトルが使われたので、今度は女性が驚いたようだった。亜希に初めて顔を向け、小さく微笑(ほほえ)んだ。

シェリー酒のグラスが用意されると、女性はカウンターに身体(からだ)を真っ直ぐに向けた。そのとき、女性と亜希の視線が再び重なった。女性は亜希に満面の笑みを送った。亜希はそれを予想しておらず、ぎこちない笑みを返すのが精一杯だった。そのとき初めて女性の顔を真正面から見つめた亜希は驚いた。女性の大きな眼は血走り、顔も土気色をしている。それでも、手の肌の感じからして年齢は三十歳前後か。服装を見ると、六本木の夜を仕事場にしている風ではない。昼間の勤めのように思えた。

そろそろ時間だ、と思って腕時計を見ると、案の定、翔太が言った〝一時間後〟が迫っていた。ここから歩いてゆけばちょうどの時間だ。

マスターに言って代金を払い、お釣りを待っている間、亜希は再び女性へ目をやった。

女性は両掌(りようて)でそっと包んだ一枚の写真を見つめていた。瞳が潤み、泣いているようにも見えた。でも滴にはならなかった。カクテルグラス一杯に注がれた透明感のある液体にひと口も口をつけていないようだ。ということは、ずっと写真を見続けていたの？　しかし写真の絵柄までは見えなかった。

　お釣りをもらってマスターに軽く挨拶し、店を出たときだった。

　六本木ヒルズとは反対方向から走ってきた男とどすんとぶつかった。余りの勢いに身体が回転し、バランスを失ってその場にへたり込んでしまった。感じたのは打ちつけた膝の痛さよりも、オー・ド・トワレっぽい仄かに甘い香りだった。振り返った男は、ごめんなさい、と低い声で謝り、急いで近づいて助け起こそうとしたが、亜希は慌てて断った。店から洩れる光だけで照らされた顔は、四十歳前後の男によくある容貌である。髪はきちんと刈られ、メガネの奥の細い眼と尖った下顎、薄い眉毛。スーツからすると、ウチの会社でよく見かける雰囲気なのでそれ相応の会社に勤めているのだろう。

　だが、男の視線は、亜希が出てきたばかりの店の奥へ向けられていた。しかもその形相に亜希は驚いた。目を見開き、瞬きをせずに睨みつけている。視線の先にあるものに、亜希は気づいた。さっきの女性の知り合いだろうか？　いや、そうじゃない、と亜希の想像は逞しくなった。女にふられた男が、捜し回ってやっと居場所を見つけた、そう、そう、そんな風に見える。

事態は亜希の想像どおりに動いた——少なくとも亜希はそう思った。店に飛び込んだ男は女性の腕を取って、店の外へと連れ出そうとしたのだ。そのとき、男が、何かを叫ぶ声をはっきりと聞いた。やっぱりそうだった。邪険にされた男が恐らくキレたのだ！

女は肉体的な抵抗はせずに、何かを口にして、男の動きを制した。素晴らしい、と思った。女性から出ているオーラのような力が、感情を高ぶらせる男を圧倒したのだ。だが、約束の時間が迫っていた亜希はその場から慌てて立ち去った。

六本木ヒルズ方向へと進んでいたが、気になって仕方がなく、途中で後ろに首を回した。だが、六本木ヒルズを背にすると、路地の奥は真っ暗で、店の赤いネオンの看板だけが浮かび上がっている。

暗闇(くらやみ)の中から女性が近づいてくる——。亜希の足が止まった。シルエットでそれだけはわかった。駆け足でこちらへやってくる。十メートルほどの近さになったところで顔がはっきりと見えた。

さっきの女性だわ……。

亜希は、狭い路地ゆえ、身体を半身にして女性をやり過ごそうとした。

ところが、女性は真っ直ぐ亜希に向かってくる。そして、亜希の前に辿(たど)り着くと足を止め、いきなり顔を近づけた。

女性は亜希の耳元に顔をくっつけんばかりに近づけた。何かを告げられるのかと思ったが女性の声は聞こえない。

いったいなんです！　そう問い質そうとしたとき、信じられないことに、女性が身体ごとぶつかってきた。

戸惑う亜希を尻目に、女性はすり抜けるようにして六本木ヒルズ方向へ走りだした。何が起こったのかわからず振り返って女の背中を見つめたとき、背後に靴音が聞こえた。再び振り向くと、さっきの男が駆けてくる。それも相当な勢いで。避ける余裕もなかった。亜希とぶつかった男はそれでも構わず、押しのけるようにして女性が向かった方へと突っ走った。

男は、ついに路地が終わった地点――たぶんあそこは六本木通りの手前――で女性に追いついた。そして、小さな肩を摑んで激しく揺さぶり、罵声を浴びせかけている。内容は理解できなかった。女性は男の手を振り払い、片足を上げると男の爪先付近を力を込めて踏みつけた。男の短い悲鳴が亜希のところまで聞こえた。男が片足を抱えたままその場に崩れ落ちた隙に、女性は六本木通りを西麻布交差点方面へと逃げていった。

亜希は思わず、バカバカしい、と呟いた。

どうせくだらない男女の痴話ゲンカだったのだ。昨日、日経朝刊の社会面に出ていた記事を思い出した。そこには、婚姻関係にある男女だけでなく、付き合っている相手からの肉体や言葉などによる暴力行為やストーカー行為、いわゆる〝デートＤＶ〟も増加傾向にあるという内閣府の調査結果が書かれていた。付け加えて、単に付き合っているだけでは新しくできたＤＶ防止法の適用を受けないので救いがなく、より深刻だという精神科医のコメントも載せられていた。

　だから亜希は思い直して、警察に通報しようかと思った。だが、すぐに溜息をついた。警察なんてろくに人の話を聞いてくれやしないし、逆に嫌な気分にさせられるのが落ちである。その証拠に、自分が助けを求めた六週間ほど前のあのときだって——亜希は頭を振って、それ以上、心の底に囲い込んでいる記憶の欠片(かけら)を呼び出すのを止(や)めた。警察なんてそもそも拒否すべき存在なのよ！

　あのときのこと——やはり再び脳裏に浮かんできた。早く忘れたいと思って努力したけど、悔しいことによく覚えている。

　その日も残業が続いて遅くなり、終電近くに自宅の最寄りの駅に着いた。コンビニエンスストアで朝食のための調理パンを買っての帰り。背後の気配に気づいたのは、疲れていたのと、新しいパンプスがまだ足に馴染まずに痛かったので、いつもならしないのに、商店街から街灯が少ない近道の方に曲がったときだった。

　忍び寄る(ストーキング)、とはまさにあのことだろう、と今でも思う。背後から聞こえた足音は、亜希のそれと合わせるかのようだった。はっきりと気づいて振り返ったときには、すでに男は、三メートルほどにまで迫っていた。

男は無地の黒っぽい色の帽子を目深に被って顔は見えなかった。だが、にやつくように開いた口に、亜希は足が竦んでしまって動けず、顔も強ばり、声も出なかった。

反射的に身体が動いたのは男が飛びかかってきたときだった。手にしていたバッグで払いのけた。だがそれは錯覚で、男には届かず、逆に男の劣情を一層刺激してしまった。息も荒く、歯を剝き出しにした男に後ろから羽交い締めにされたとき、自分はこのまま殺されるのだ、と思った。そして想像もしない強烈な力で見知らぬマンションの階段へと連れ込まれた。

亜希はとにかく手足に満身の力を込めて抵抗し——。

ところが、急に自分を圧していた男の力がなくなった。顔を上げると、男は呻き声をあげて下腹部を押さえている。その理由は考えもしなかった。逃げられる——そのことに気づいて走りだした。とにかく必死に。

途中で携帯電話を握って１１０番した。

事故ですか？　事件ですか？　余りにそっけない言葉に戸惑った。必死の訴えにも、相手は妙に落ち着いている。だから苛立って、早く来てください！　と叫んでしまった。

マンション四階の自宅に戻ってドアを閉めた直後、携帯電話とサイレンの音がほぼ同時に鳴って飛び上がった。電話は警察官からだった。近くに来ているから出てきて欲しい、と。外に出るのは恐かったが、ひとりで部屋にいるのも急に不安になった。マンションのエントランスへ下りると、赤色のフラッシュが遠慮なく辺りを染めていた。恥ずかしくなって、止めて欲しいと思った。マンションの住人も何人か窓から顔を出している。

パトカーから出てきた警察官たちは、話を聞くよりも先に亜希のタイトなミニスカートと網タイツ姿をじろじろ見つめた。

それからの時間は屈辱的だった。まるで亜希が、男を誘うような刺激的な服装をしている方が悪いと言わんばかりの口調だったからだ。男を誘うって……なによ！　どこでも見かける姿なのに！

そして……警察官たちは、あの犯人を捜してはくれなかった。明日から巡回しますから、と言っただけで去っていったのである。

亜希は必死に訴えた。自分のためだけではない。そういった男は、他の女性も襲う危険性がある。だが、警察官たちは真剣に取り合うことはなかった。

亜希は愕然（がくぜん）としたし、自分が惨めでもあった。

だから亜希は思った。警察というところは決して自分の味方ではない、と。絶対に助けてくれないのだから。

余計なことで思わぬ時間をとったので、珍しく翔太を待たせることとなった。

「理解してるさ」翔太は会うなり笑顔で言った。「互いの仕事については尊重しあっているんだから、オレたちは」

翔太は、文句を言わず、不機嫌な表情も見せなかった。驚いたのは亜希の方だった。彼は、時間には恐ろしくうるさい。自分の遅刻には甘いくせに、亜希が一分でも遅れようものなら、それからしばらくぶつぶつ文句を言い続けるのだ。それが亜希には可愛くも、幼くも見えた。

しかし、今夜は余裕を持った言葉に加え、翔太の顔には笑みさえあった。やはり、今日は〝特別〟なんだわ――。

翔太が予約を入れてくれていたのは、薄暗いロビーのフロントの先、エレベータの手前で左に折れ、夜空が見える四方が硝子張りの通路を越えた、竹が植えられた広い中庭の、さらにその向こうにあるいかにも高級そうな中華レストランだった。

そのとき、ふと視線を感じて目をやると、中年男性同伴のまだ大学生ほどに見える女性がちらちら見ていることに亜希は気づいた。嫌な感じ、と思った。後でわかったことだが、コートのブランドもデザインもまったく同じだったのだ。

黒服に誘われて椅子に座るなり、「今日は、コラーゲン、いっぱい食べさせてやりたくてさ」と翔太は誇らしげに笑顔を見せた。

店員から渡された、小さなメニューには、確かに、コラーゲンがふんだんに含まれる、という説明が付けられた、普段、亜希が口にできないような料理が並んでいる。

「すごいじゃない」

目を見開いた亜希は、翔太の笑顔に満面の笑みで応える義務を感じた。

しかし値段を見て亜希は驚いた。どの料理も一皿、五千円は軽く超える。コラーゲン入りの春巻きなどは一本が二千円もする。翔太はもちろん、自分の財布と相談してここを選んだのだろうが、翔太の給料を知っている亜希にとっては、正直言って気後れするメニューばかりだった。

この人と付き合い始めて、もうすぐ丸三年になるはずだ、と子供のように陽気な翔太の顔を見つめながら亜希は思った。合コンで会ったその日に、二次会を二人っきりで抜け出し、軽くバーで飲んでから相性がいいことに互いに気づき、そのままベッドから始まった関係。今、思い出しても、まさに〝相性がぴったりだった〟というしかなかった。

ただ、彼もまた〝今時の男〟のひとりだとは、そのときは気づかなかった……。それは、人生観もそうだった。

自分で作った弁当を、同期の女の子たちと会議室で食べ、猛烈社員という姿を忌避し、上司からの飲みの誘いはあっさり断るが、その一方で、プライドだけは高く、知ったかぶりをしてしまう〝今時の男〟——。最近、翔太もそのひとりではないかと感じ始めていた。

翔太が勤める大手産業機械メーカー「タカオカ電工」の国内販売部門には、複数の地方営業所があり、本来なら北海道、東北、関東といったブロックエリアの営業として二十代の頃から転勤を繰り返す。だが、翔太は入社以来、横浜の営業所勤務が続いていた。翔太に言わせれば、本社の営業本部長から可愛がられているからさ、ということなのだが、翔太のこれまでの言動を繋げてみると、地方勤務を若い頃に積み重ねて出世をするということを犠牲にし、結婚をするまでは横浜に置いてもらっている——ただ、それもあと三年ほどが限度らしいが——それが実情のようだった。つまり、翔太の人生目標は〝安定した家庭〟であり、結婚が優先なのだ。そのことに気づいたとき、喜んだ反面、なぜか微かな頼りなさを彼に感じた。

それでも、亜希にとっては、仕事の不満について、本音を口にできる相談相手は翔太しかいなかった。後輩の女の子たちや同期入社の男たち、また上司や先輩などと仕事が終わってもコミュニケーションをとるのはそもそも必要のないことであり、自分のスタイルではないと信じていたからだ。その思いが、取引先のオヤジからの誘いを拒み続けられていることに繋がっている。亜希は、なぜビジネスと飲み会が重なり合うのか理解できなかった。

翔太は、聞き上手というわけではないが、亜希の話をいつも真剣に聞いてくれている。何度となく力強く頷きながら神妙な表情を向け、絶好のタイミングで励ましの言葉を短く挟んでくれるので、心が安まる思いに浸ることができた。学生時代に付き合った最低の男――口から出るのは単なる気休めばかりで、亜希の性格を勝手に決めつけるような――とはまったく違っていた。ただ、それもある時間までだが――。

今日もまた彼の寛大さは束の間のことだった。ビールに続いて頼んだワインが半分になった頃、翔太はいつもの調子に戻った。

亜希の上司を批判する流れが、いつの間にか、日本の産業の擁護へと話が移り、次第に商社への批判となっていったのである。

「お前の部署はさあ、まっ、仕方がないにしろ、いつまでもさ、海外調達が幅を利かせていると、日本の基幹産業の開発力が脆弱になるんだよ。商社はさ、そういった、国家戦略上のことを考えてやしないんだよな」

亜希は溜息をつきたかった。何度同じ会話をしたことか――。

「そう思うだろ？」

だが翔太はしつこかった。

「――優れた商品を廉価で、しかもすぐに手に入れられる――それによる企業のメリットを無視することもないんじゃないの」

「メリット？」翔太は、卑下するような笑いを投げかけた。「国内ビジネスは、お前が思っている以上に凄まじいんだぜ」

亜希はもはや反論したくはなかった。彼を簡単に見透かせたからだ。そう言うことが今の彼にとって精一杯のプライドなのだろうと。

亜希が話題を変えようと国際情勢の話——それもたわいもない小ネタ——に持ち込んでも、翔太は、酔いがそうさせたのか、こだわり続けた。

そして次第に、自分の取引先の例を出し、

「オレなんかさあ、こんなに酷くてさぁ……」

と逆に愚痴を言い始めた。

だから……同い歳ってダメなんだ……。そんな諦めにも似た言葉が亜希の脳裏に浮かんだ。同時に今日の、午前中の、あの忌々しい光景がまたしても立ち上がってしまった。

危惧していたとおり、出社しても、何をやっても上手くいかなった。ステイプラーに替え針がない！　パソコンがフリーズ！　コーヒーを机の上に！

何度か試行錯誤してやっとパソコンを立ち上げるまでの間、昨日は午後からずっと外へ出っぱなしの上、そのまま直帰だったので、卓上電話に何枚も貼りつけられていたポストイットのメモに目を通した。お電話をください、またお電話します。ほとんどは急ぎのものではなかったし、しつこい夕食の誘いが感じられる、うんざりするものもあった。

だが、一つだけは違った。合計すると三枚。いずれも、電話が欲しい、というメッセージが若い女性社員の丸文字で書かれていた。

亜希は胃を締めつけられる思いだった。急ぎ対応しなければならない相手の名前がその中にあった。朝一番で電話をかけようと思っていたのに、お客さんから先に連絡を受けてしまったのだ。

だがすぐに電話をかけるだけの精神的な余裕はまだなかった。だから気持ちを落ち着かせるために、毎朝の〝日課〟をまずこなすことから始めた。

パソコンがやっと立ち上がると、まずスケジューラーの〝やるべきリスト（TODO）〟を確認して、今日のアポイントメントや溜（た）まった書類作業を確認した。

でも、午後のアポイントメントは、延期をお願いしなくちゃいけないことになるかもしれないと思いながら。

メールを開いて、至急、緊急とあるものに手短に返信する。

そして、窓を背にして座る、桑野（くわの）洋平（ようへい）課長へちらっと視線を送った。本来ならば、桑野の横に置かれているパイプ椅子に座り、昨日の報告をすべきところである。が、この件が、今日これからのすべてを決めてしまうことを覚悟していた亜希は、それを後回しにするしかなかった。だから簡単な報告のみを桑野に社内ＬＡＮと繋がったメールで送った。

大きく息を吸い込んだ亜希は、受話器を取り上げた。

「昨日は外出しておりまして、連絡がとれなくて申し訳ありませんでした。お電話をいただいたみたいですが――」

ガソリンスタンドのオーナーである宮内祥三は予想どおり、苛立っていて、亜希の言葉を遮った。

「とにかく、電話ではよくわからないから、来てくれませんか？」

詳しく話さないことが余計にことの重大性を意識させた。

かしこまりました、と丁寧に答えて受話器を置いた亜希は、やはり、すでに入っていた他の顧客との二件のアポイントメントを謝り倒して午後に延期してもらった。今回のトラブルの内容では、何時までかかるかわからないからだ。亜希は、クレーム対応のあとでもし時間があれば、そのまま別の顧客に持ってゆく、製品パンフレット書類とデモ用のノートパソコンを詰め込んで重くなったバッグを抱えた。ところが、出かけようとしたそのとき、新人の男性社員から呼び止められた。

「この入金伝票の処理の件なんですが……」

新人だからってなんでも訊けばいいもんじゃない！　と叫びたかった。

「ごめん、これから外出だから帰ってから教えるから」

小さな子供に言うように優しく言うと、部屋を飛び出した。

ところが、地下鉄の改札口からホームへ駆け下りると、人身事故で止まっているとのアナウンス。

だったらどうして改札口で言ってくれないの！　ぶつぶつ独り言を呟きながら、急いで地上に出てタクシーをつかまえようとしたが、なかなか空車が来ない！

そして挙げ句の果てが、やっと辿り着いた顧客先での、あの炎のごときクレームだった。

「受渡完了時点で、貴我間で締結いたしておりました、この部分の契約に——」亜希は契約書の一部を指し示した。「——こちらで調べましたところ、お客様と弊社の間で認識の違いがありましたことが判明いたしまして、結果として、販売価格に変動が生じ、ご期待に添えない結果になりましたことにつきましては、誠に申し訳なく——」

亜希は再び頭を下げた。この応接室に通されてから、もうこうやって三十分も立ったまま謝り続け、座ることさえ許されなかった。

「認識？　勝手なことを言わんでもらいたいね。そっちの一方的な解釈じゃないか」

都内の二十ヶ所でガソリンスタンドを経営する宮内の言葉は、亜希にとってまったく納得できるものではなかった。あなたの理解不足じゃない！　と言いたいところを、もちろんグッと堪え、さらに折れて、〝認識〟という言葉に替え、つまりこちらが折れてやったのだ。

にもかかわらず――。

灯油、軽油また重油など石油製品全般の国内取引を担当している亜希にとって、主な業務は、価格と数量交渉を基本とした、大手ガソリンスタンド経営者という法人客の長期営業である。ただ、そういうと聞こえはいいが、先輩営業マンが開拓した顧客の管理、維持、もっとはっきり言えば、せっかくのお客様から取り引きを切られないための――すでに敷かれたレールの上を歩くだけの――ルートセールスというのが実態である。

それなのに、現物取引をベースに先物や為替スワップ（直物為替と先物為替の反対売買）などを用いた案件の価格ヘッジなどもあることから、常に、国際情勢などの変化を注視しなければならないという過酷な職種でもあった。天候や為替相場だけでなく、戦争、テロや政変といった国際情勢までも適正価格に影響し、それがまた時間単位でも目まぐるしく移り変わり、考えたくもない納期遅延というリスクが常にある。すなわちリスクと向き合う仕事であり、そのマネジメントこそが重要となる。それはまた、一般の言葉に〝翻訳〟すれば、トラブル、苦情処理に走り回って、ひたすら頭を下げ続けることこそ重要ということなのだ。

しかしそれでも、亜希は納得できない部分があった。今回は、自分に非はない、と確信があったからだ。

数ヶ月前のことだ。

原油の価格が納入時期あたりに底値になると判断し、その時期に買い付けるよう口頭で指示していた当人こそ、宮内だったのである。

結果として、中東地域で軍事的緊張状態が発生し、逆に原油価格がそのときになって高騰してしまったのだ。

「H商事さんなんか偉いよね」宮内はこれみよがしに溜息をついてみせた。「こういったことで、我々顧客にリスクを押しつけないように、自社の油槽所を持って価格変動にも耐えられるようにしているんだから。それがなんだ、あんたたちは。タイムリーな売買やタンクの賃貸すらやらないばかりか、責任もこっちに転嫁するなんて——。一流商社のやることじゃないね」

「いえ、リスクを御社に押しつけるなどということは決して——」

「なら、価格変動による損失分をそっちで引き受けてくれるんだな？」

「本件につきましては、上司と検討させていただきたいと存じます」

宮内は吐き捨てるようにそう言うと、椅子の背もたれに身体を預け、不機嫌そうに横を向いた。

「検討？　対応、遅いよ！」

反論したい思いをずっと堪えていた亜希は爆発しそうだった。これまで、リスク要因についてはきちんとフォローし、また、需要と供給のバランスを正確に把握してタイムリーに価格を教え、つまりちゃんとお客さんに情報を与えていたはずなのである。いや間違いなく伝えてきた。

亜希には大きな自負があった。少なくとも、同期入社の男たちよりも長時間、働いてきたという点については絶対の自信があった。だからこそ、二十九歳という年齢ながら、ひとりで大手ガソリンスタンド経営者の担当を任されているのである。たとえ、ルートセールスであろうが、責任ある立場を任されたことこそ重要なのだ。

亜希はその都度、国際情勢についての情報までもこの宮内に提供していた。しかし宮内はその度に強気な発言を貫き続けていた。ところが、今となって、宮内はそのことを忘れたかのように自分の判断ミスの責任を亜希に押しつけようとしているのである。

ただ、亜希にも後悔がないわけではなかった。情報に基づいた価格相場の判断に完全な自信を持てていなかったから、宮内の強気な判断に引っぱられてしまったかもしれない……。

「しかもだ――」宮内が大きく息を吐き出した。「いったいいつ納入されるんだ！」

それについては、再び謝るしかなかった。この問題の方がより深刻なのだ。たとえ中堅であろうと商社と名乗る限り、お客さんへの納期遅延が発生することなど、決してあってはならないことだ。宮内には口が滑っても決して言えないことだが、はっきり言えば、場当たり的な取引こそ反省すべきことなのだが――。

ただ、それもまた、ペルシャ湾で、アメリカと中東諸国の一部とが緊張状態になってしまったせいで、アメリカ軍が原油を世界中からかき集め、世界的規模で原油不足となったという予想外のことが影響したのである。しかし――〝戦争〟というのは、契約上、亜希の会社がリスクを引き受けない免責事項にあたるときちっと書いてある。

亜希はその言葉が喉（のど）まで出かかった。

しかし、取引の継続ということを考えるとそこでは言えなかった。

とはいえ、安易に非を認めることもできないし――。

「ですので、来月からの取引につきましては、外部環境の変動に左右されることなく、お客様にとってご納得いただける形で継続する方法を、現在、検討しております」

「来月？　で、今回はどうするんだ？」

「私が、中東の供給元（ベンダー）を直接訪問し、責任を持って、納入を一日でも早く実行させる予定でございます」

それは桑野にまだ相談していないことだったが、納得させる自信はあった。なぜなら、自分が行くことのみが理屈に合うからだ。

「中東？　女性の君で危なくないかね？」

宮内が怪訝（けげん）な表情で見つめた。

その言葉にはさすがに引っ掛かった。少なくとも社内でそんな言葉を吐いたら、セクシャル・ハラスメントとなる。しかしその思いもまた呑み込まざるを得ないのだったが——。

「まっ、とにかく、責任をとってもらえればいいだけの話だけど——」

「かしこまりました」

「とにかく、それによっては——」

亜希は、宮内が何を言おうとしているのかわかった。

「今後のことをいろいろ考えなきゃいけないしね」

宮内は薄笑いを浮かべて亜希を見つめて言った。

「ま、しょうがないな、女だから」

現実に戻った亜希が、今日のクレーム対応についての愚痴を零した直後に、翔太が口にしたのはそのひと言だった。

しかもそれだけでは終わらず、

「ウチを含めたメーカーでさ、お前みたいに、女が営業職の最前線に立つなんてあり得ないよ。しかも責任ある立場なんて……。ウチなら最低でもあと十年はかかるな。だいたいさ、お前もさ――」

次第に、翔太の話は説教じみた感じになってゆく。しかも、熱っぽく今の仕事を語るわけでもない。どこか醒(さ)めた雰囲気で自嘲(じちょう)するのだ。

亜希は、今までは漠然としか思っていなかった、自分と翔太との距離感を今ははっきりと自覚し始めていた。二人の世界が違っていることもまた強く感じた。いや、かなり前からわかっていたのだ

溜息を繰り返す翔太の顔を亜希はまじまじと見つめた。ますます饒舌(じょうぜつ)となる説教めいた言葉を上の空で聞きながらも、このままこの男と近いうちに結婚することになるのだろうか、と初めて真正面から考えてみた。

翔太が最近、そのようなことを頻繁に匂わせていることに亜希は気づいていた。だからこそ、今日、ある程度は予想してきたのだ。

だが、亜希の中では、半分、戸惑いがあった。そのとき……自分はイエスとすぐに答えるのだろうか？

自分にとってプラスかマイナスかで決めることだけはしたくなかった。純粋に自分の心を覗いた。

そろそろ結婚かと思う気持ちは確かにある。しかし、それは、今日のような失敗や、最近感じ始めている壁から逃げたくなっているだけなのかもしれない。

でも、それは違うわ、と思った。翔太が好きだし、二人の人生も想像できる。セックスもそれなりに相性がいいし、学生時代のカレシのようにひとりよがりではない。

聞き流していたはずの翔太の話の中で、二人の共通の知り合いが転職した、という言葉が亜希の耳に残った。

そのとき、なぜか亜希の脳裏に、急に〝転職〟という言葉が浮かんだ。そして、思考がどんどん転がっていった。転職先のイメージを漠然と考える。やはり外資系企業だろうか。具体的な社名も浮かんだ。最近、躍進著しい外資系製薬会社、石油メジャー関係……。

でも外資系企業の厳しさは、大学の同級生から嫌というほど聞かされているのでよく知っている。成果主義、年俸制……。そんな厳しい環境で、私はどこまで仕事でアピールできるだろうか……。正直言って不安ばかりだった。

だから、やっぱり、それよりも……結婚かな……。翔太もいい奴であることには違いないし……。

〝仕事がんばっているのは応援したいけど、孫の顔も見たいわね〟という母の最近の口癖も思い出された。

ところが――。肝心の翔太が、わざわざこんな場を設けた理由をいつになっても口にしようとしない。

「今日、高かったんでしょ？　無理させちゃったね」

仕方なく亜希の方から水を向けなければならなかった。

「いや、そうでもないさ」

翔太は無邪気に苦笑した。

溜息が出そうだった。期待していたわけではないが、察しの悪い翔太に亜希は苛立ちを感じ始めていた。

しかし、自分からは言いたくなかった。絶対に口にしたくはない。そうすることはプライドが許さなかった。

気を取り直そうとトイレに立った亜希は、便器に座りながら、思った。トイレの中でこそ、新たな考えが浮かび、決心がつくこともあるのだ。

翔太に、自分の口からはっきりと訊こう。二人の今後について。駆け引きをしている歳でもないのだから。

テーブルに戻ろうとしたとき、入り口付近で客が騒いでいるのが聞こえた。さっきの若い女性を連れていた中年の男性が、店員に預けていた自分の服がない、と主張している。

席に戻ってみると、翔太はかなり酔っていた。気がつくと、ワインボトルは空けてしまって、グラッパに手を出している。

今日は何もなしか、と亜希は確信した。グラッパを飲みだすと翔太は泥酔状態となってしまうのだ。

亜希は、残念でもあり、安堵感も覚えていた。

しかし翔太が勘定する段になって、亜希は溜息を我慢しなければならなかった。どこからもらったかは知らないが、翔太が会計デスクの上に置いたのは、招待券だったからだ。

ホテルの玄関前で客待ちしていたタクシーに、足元の危うい翔太を苦労して乗せ、そのテールランプを見送りながら、自分もタクシーを使おうかどうか逡巡（しゅんじゅん）した。亜希の給料では、深夜の帰宅にタクシーを使うのはやっぱり贅沢すぎる。とぼとぼと大江戸線の六本木駅に向かって歩きだしたが、やっぱり今日だけは、最寄りの駅からのあの暗い夜道を歩く気にはなれなかった。降り続ける雨を苦々しく思っているとき、空車のタクシーが目の前に滑り込んできていた。

亜希にもはや躊躇いはなかった。タクシーに慌てて乗り込もうとしたそのとき、誰かが後ろからぶつかってきた。同時にバッグを思いきり引っぱられた。だが肩にかけていたので咄嗟に抵抗した。ひったくり!?　瞬間的にそう思った。そのまま尻餅をついて倒れ込んだ。男は雨の中を舗道へと走り去った。

「大丈夫ですか！」

ドアマンが慌てて駆け寄って介抱してくれた。もうひとりのドアマンが男を追いかけてゆく。

亜希は苦笑しながらドアマンに礼を言っただけでそのままタクシーに乗り込んだ。とにかくそこにいることが恐かったのだ。

「物騒な世の中になったもんですね」

タクシーのドライバーが声をかけてきた。亜希は「出していただけます？」とドライバーをせかした。一刻も早く家に帰りたかった。

それは寒さではないことはわかった。身体を震わせた首を竦めた亜希がリアウインドウから視線を外そうとしたときだった。

赤信号に変わったのに、強引に続いてくるブラックメタリックのワンボックスカーが視界に入った。しかしそうは言っても、亜希にとっては、都会の夜にうごめく、たくさんの車の中の、ただの一台でしかなかった。

後部座席の背もたれに身体を預けた亜希は、やっぱりついていない一日だった、とひとり呟いた。


タクシーが停(と)まったとき、亜希はすっかり酔いが醒めていた。変質者に襲われたあのとき、、、以来、身についたことだが、忘れたい記憶を逆に思い出すことになってその度に嫌な思いに浸るのだ。

七階建てマンション「ファミーユ梶(かじ)が谷(や)」のエントランスの真ん前でタクシーから降り立った亜希は、気を引き締め、神経を研ぎ澄ませて周囲を急いで見渡した。

そのとき、ついさきほど見かけたのと同じような、ブラックメタリックのワンボックスカーが右側を通り過ぎていった。そしてずっと先の角の向こうへと走り去った。車はそれだけだった。いつもの静けさが辺りを包んだ。

見通しはいい。真正面にはいずれもオートロックの中層マンションが路地の隙間(すきま)もなく林立し、左右には、車がなんとかすれ違えるほどの幅の狭い道が真っ直ぐに延びているだけだ。マンション一階のオートロックドアを解錠するときも背後をしきりに気にした。

エレベータで四階に上がり、玄関ドアを開けるときもまず後ろと非常階段方向をしつこく振り向いた。この瞬間が最も危ないのだ。あのとき、警察なんてあてにできないと悟って以来、自ら考え出したささやかな防犯対策だった。ドアを開けた途端、背中を押されて部屋の中へ押し込まれ、そのまま監禁されてしまう——。

同期入社の男たちは、心霊現象の話や幽霊話をして恐がらせようとするが、女にとって、得体の知れないわいせつ犯やストーカーよりも恐い存在などこの世にないことを男たちはわかっていない。特に、実際に、あの日のような目に遭った自分にとっては毎日、切実な問題なのだ。

八畳ほどのリビングの電気を点けてやっと大きく息を吐き出した。いつものように真っ先に窓を開けようとしたが思いとどまった。今夜は酷い雨。湿気が入るのが嫌だった。

コートを脱いだ亜希は、納戸を開けてクリーニングに出すための紙袋に無造作に放(ほう)り込み、ピアスなどのアクセサリーを素早く取り外すと、すぐにバスルームへと直行した。今日一日、ついていなかったことすべてを洗い流したい、そんな気分だった。

毎度のことながらここからが女は面倒臭い。シャワーを浴びながら化粧を落とし、バスルームから出ると、タオルを頭に巻いたまま、ボディローションを全身に塗りたくる。LサイズのTシャツを頭から被って、下着の上からジャージを穿き、テレビのリモコンスイッチを押してから化粧台の前に座った。

化粧水をカット綿で叩く手が止まった。

テレビを振り向いた。〈西麻布〉〈殺人事件〉という字幕が目に入った。

ホテルに向かうときに見かけたあのパトカーかしら?

音量を大きくしようとリモコンを探したとき、傍らに置いた携帯電話が振動した。

翔太からのメールを受信している。

――今日は楽しかった。おやすみ。ちょっと話があったんだけど　また今度ね――

亜希は、ご馳走になったことへのお礼を返信し、最後に、お決まりのハートマークを添付した。亜希はなぜかほっとした気分になっていた。翔太から何も聞かされなかったこと、それが私の人生に大した影響があるわけでもないし、と思った。

化粧台に戻った亜希は、鏡越しにテレビを覗いたが、画面は天気予報に替わっていた。だからさっきのニュースのことはすっかり忘れていたし、明日のスケジュールを考えながら乳

液をつけ始めた。今日のトラブル対応のことは頭から切り離そうと思ったし、すでにそうし
ていた。そうでもしない限り、怒りで眠れそうにないからだ。
　美容クリームと保湿クリームを使ってから、さらに髪をブロー。ドライヤーを握りながら、
あと何年、自分はこんなことを続けられるのか、とふと思った。しかもなんのために、誰の
ためにするんだろうか――。
　冷蔵庫の麦茶をコップに注ぎ、リビングのソファの中にもたれ込んだ。テレビのチャンネ
ルを替えたが、漫然と視線を送るだけだった。
　それにしても、やっぱり自分は悪くない――。
　宮内の顔が脳裏に浮かんだ。怒りが込み上げた亜希は、台所にもう一度立って、冷蔵庫を
開け、一缶だけ残った缶ビールを手に取るとソファに戻った。アルコールでもなければとて
もじゃないが寝つけそうになかった。
　チャンネルを替えると、さっきのと同じだろうニュースが映った。パトカーや警察官の姿
が溢れている。字幕の一部にさっきと同じ〈西麻布〉という文字があることに気づいた。亜
希は、リモコンを手に取って音量を大きくした。甲高い声の男性アナウンサーが、殺害現場
がどうのこうのと言っている。最初から聞いていないので内容は詳しくはわからないが、ど
うやら女性の死体が発見されたのが、つい今しがたまで翔太と会っていたホテルの近くで、

時間も、翔太と待ち合わせたホテルへタクシーで向かってるときのようだ。

脳裏に記憶が蘇った。タクシーに乗ったばかりのとき、何台ものパトカーが外苑西通り方向へ曲がっていったわ……。

ただ、亜希の興味はそこまでだった。バッグから取り出した社労士資格試験の問題集を手に取って、ビールを喉に流し込みながらページを捲った。だが、睡魔が急に襲ってきた。

これ以上、やっても頭に入らない——。

寝室へ行こうと立ち上がったとき、カーテンの向こうから叩きつけるような激しい音が聞こえた。

重い瞼のままカーテンの端をそっと開いた。

雨足まで見える土砂降りだった。

朝にはやんでいればいいけど……。そんなことを思いながらカーテンを引こうとしたとき、眼下、マンションのエントランスの斜め前に、シルバーグレーのワンボックスカーが駐車か停車かしているのが雨に霞んで見えた。ブレーキランプも消えているから駐車されている。でも、この辺りは、うるさい人が多く、すぐに通報されるのに……。

だが、亜希の思考はそこまでが限界だった。心地よい睡魔に抗うことはできず、部屋の電気を消し、目覚まし時計の確認をするだけが精一杯で……。

マンション前に駐まっていたはずのトヨタのアルファードが突然、ブレーキランプを点灯させたのは、亜希の部屋の光が落とされた、その直後のことだった。そして、ヘッドライトは灯すことはなく、バッテリー駆動によって静かに発進した。

広い通りに出る信号の前にきて、アルファードのヘッドライトがやっと眩い光を放った。片側三車線の道路に入ると、すぐにその左端に停まったアルファードの後部座席で、秋本はスマートフォンを握った。

相手の声は重い口調だった。

「作業を閉じるべきだ」

福島外事2課長が確信を持った言い方で主張した。

「理由が見当たりません」

作業班係長の秋本は反論した。

「これが相手の意思だと思わないのか？」

「少なくとも我々の動きは決して相手の視線内には入っていません」

「しかし、筋が悪い。そう受け止める決断は恥ずべきことではない」

福島がこだわった。

「予想外の事態はいかなる計画があろうと起きます」秋本に迷いはなかった。「だからこそ、逆に千載一遇のチャンスと捉えるべきです」

福島は顔を歪めた。

「とにかく、作業は進めるべきです。二年もかけたのですから」

秋本が続けた。

「しかし、対象が殺されたということは、我々の動きが知られた可能性がある」

「それはあり得ません。しかも、獲得作業中の対象はまだひとり残っています。ご存じのはずですね」

「もちろん」

「容疑を裏付ける疎明資料にしても、すでにかなりの部分が揃っています」

それでも福島は低い唸り声を引きずった。

「経済産業省も腹を括っているんです」

「だが——」

「なら、躊躇すべきではありません」

秋本の言葉に、福島はようやく頷いた。

「――わかった。しかし、より慎重を期せ、いいな？」

「もとよりそれが外事2課の得意とするところです」

「ところで――」福島は机の片隅に置かれている一枚の写真を摘み上げた。

「それにしても」福島の声の雰囲気が変わった「結構イイ女じゃないか」

「一年前に、私がそう申し上げたはずです」

秋本が即答した。


陰鬱な会議なのは、うるさいまでに降りしきる雨のせいだけではない、と栗原は思った。午前零時半ちょうどに港署四階にある訓示室で始まってからというもの、静けさだけがべったりと床にへばりついているようで気分が悪かった。

被害者の身元がまだ割れていないのが重苦しい空気を余計に沈ませていることは間違いない。

しかも、部屋の中が雑然としているのも、落ち着きのなさを感じさせている原因のひとつだ、と思った。東京都警察情報通信部の職員たちと所轄署刑事課員が手分けして臨時に架設した警察電話、一般電話、受信専用電話と前科前歴及び指名手配者照会用コードの最終チェックを急いでいた。技術スタッフは、膨大な配線、コードと闘っており、警電やデータベース端末の設置を急いでいた。

組み立て式のスチール製長机に並ぶ〝雛壇〟では、中央に座った捜査1課長の沢木が、管理官の相沢と顔を寄せ合って何ごとか囁き合っている。その右隣に座るのが栗原だった。沢木課長を挟んで左側には、これから大量の署員を特別捜査本部員として差し出さなければならない港署長の井森が、束になった名簿を前にして港署刑事課長とともに頭を抱えていた。

そして〝雛壇〟に面対する十数個の机の前では、雨で台無しになった背広を机の上に乱暴に投げ出した刑事たちが猥雑に、くしゃくしゃになったハンカチで髪の毛を拭ったり、パリパリと音をさせてメモ帳を捲ったり、ごくごくと音を立ててペットボトルの水を喉に流し込んだりしている。何人かの目は、最前列の机の上に積み上げられた、握り飯が入ったプラスチック容器の山に奪われていた。

栗原は、雨音が消えたことを喜びながらも、湿ったワイシャツの気分の悪さと闘っていた。ただここでも上着を脱げなかった。警視庁全体に、噂をばらまくわけにはゆかないのだ。

「ご苦労さん」

栗原はあらためて全員を見渡した。

「いよいよ明日から本格的な捜査に移るわけだが、現場状況などの基礎情報については、さきほど配布した『事件概要書』を徹底的に読み込んでもらいたい」

紙を捲る音が静けさを際だたせた。

「まず先だって、本日の捜査の内容について、簡潔に、かつ要領よく報告して欲しい。では、地取捜査を担当した、本部、安岡警部補、結果報告を」

頭髪を短く刈り込んではいるが、童顔で、くりんとした大きな目をした安岡は、人なつっこい性格であることからも聞き込みなどでの印象は悪くない。地取捜査では欠かせない男だった。栗原は、何度もこの男を捜査1課に引っぱってこようとしたが、所轄署が重宝がってなかなか離さなかった。栗原の望みが叶ったのは二年前である。

ソツのない安岡の報告が終わってから、栗原班の森田巡査部長が大きなノートを広げながら現場捜査の報告を始めた。

栗原とはひと回り近くも違うこの男は、薬科大を卒業後、製薬会社に技術者として入社したが、一年で辞め、警視庁採用試験を受けたという変わり種であった。ただし、容貌は犯罪者面といってよく、細い目は何かで引っぱったように吊り上がっている。薄い唇と細くて高い鼻筋が、より強面風にしている。背は百六十五センチと自称しているが、明らかに虚偽申告っぽかった。口数も極端に少なく、タバコも酒もやらない。ゆえに当然、上からの覚えも悪く、そろそろ所轄へ出されるという噂も多い奴である。ところが現場捜査となると、鑑識チームと抜群のコミュニケーションを確保し、被疑者を取り調べで落とすことに成功した決定的な証拠資料を手に入れたことも一度や二度ではなかった。しかし、こいつはそのことを絶対に自慢しないし、手柄を吹聴もしない。ひたすら寡黙に、愚直に仕事をやり遂げる。そんな森田に栗原は絶大な信頼をおいていた。

ただひとつ、森田についてはどうも納得できない不可思議なことがあった。この面で女房がいることだ。しかも美人ときているから、栗原にしてみれば、実は、こいつのことを何もわかっちゃいないのかもしれない、と思わざるを得なかった。

初動捜査報告がすべて終わったことを確認した栗原はあらためて全捜査員を見渡した。

「以上、ひと通り聞いたが、引き継ぎその他、ないか？」

森田の背後から磯島が手を挙げた。正式にはまだ特別捜査本部の要員に決まったわけではなかったが、最初に現場に臨場した港警察署員の一人であり、当日の当直責任者だった。

これまで警部昇任試験を二回も滑っている本人は、もちろん昇任した上で、再び本部捜査１課に凱旋したい、と真剣に思っている。酒を飲むたびに、こいつから聞かされるのは、「次は絶対です」というセリフだった。

「港警察署、磯島警部補です。犯行推定時刻に該当する時間帯で不審者の目撃情報を得ました。証言者は、近くのスナック『エスペランサ』に勤めるホステス、有香、二十二歳。同女の供述によれば、昨夜午後十時前、タバコを買うために、現場の路地を見渡せる、外苑東通りを挟んで反対側に位置した、コーヒーショップ前を通り過ぎようとして、ふと反対側に目をやったとき、現場の同路地へと急いで駆けてゆく女と男を目撃しています。男の身長は百八十センチメートルほど、黒っぽいバッグを肩から提げていた。女は、黒っぽいコートを着ており、百六十センチほどであり、痩せ型。しかし距離があったため、顔貌の確認には至っておりません。尚、この男と女が同路地に入っていったそれぞれの時間や、行動を共にしていたかどうかは不明です。以上です」

「全員、この情報に留意しろ」

栗原はそう言ってから、山村へ視線をやって頷き合い、今、口にされたコーヒーショップの客への聞き込みが重要だと阿吽の呼吸で理解しあった。

捜査員たちがそれぞれの報告書をまとめ終え、水を含んだ若布のようによれよれの体を引きずって道場に上がっていったのは、午前二時半を過ぎていた。

特別捜査本部に残ったデスク主任の山村は、山積みの報告書をひとつひとつ丹念に読破し、栗原と相談しながら、明日からの捜査事項の組み立てと捜査員たちの配置を大学ノートに書き込んでいった。

幾つかの遺留指掌紋は被害者の衣服などから若干検出できたが、明確なものと分類される4号指紋ではなく、照合不能な3号指紋ばかりであったためか、前科・前歴者、捜索願が出されている者、指名手配者のいずれにも該当せず、市民への広報の他は、歯の治療痕に関する医師会を通じての照会のみに期待がかかるだけ、という喜ばしくない方向へ向かっていた。

ネクタイを外した栗原は、窓際に立って、大きく押し開いた。雨はさっきまでの土砂降りが嘘のように上がり、六本木辺りの不夜城の明るい空が珍しく澄んで見えた。

窓に映る山村の傍らで、手口捜査班に抜擢した二人が熱弁を振るっているのが見えた。捜査会議の場では、筋読みや推理を口にすることは厳禁である。もしそれを口にするような者がいれば即刻、会議の場から追い出されることを本部捜査1課で知らない奴はいない。それが唯一、許されるのは、会議が終わったあと、デスク担当主任の前だけなのだ。

「これです」

手口捜査班員たちがようやく道場に上がっていくと、山村が勢い込んで栗原に言った。

「一連の事件と明らかな相違点を、手口捜査班員が見つけてくれました」

山村が、今受け取ったばかりの報告書を叩きながら言った。

振り返った栗原は、言ってみろ、という風に頷いた。

「連続している三件のマルワイ（わいせつ事件）に共通する手口は、髪をきれいに、それもまるで美容師がやったようにカットしていることです」

「しかし今回は違うと？」

「ええ、ああいった変質者は、そういったことにこだわるはずです」

「なるほど」栗原が大きく頷いた。「なら、地取捜査班をもっと増やそう。あと何班、他から回せる？」

「最大で二個班かと」

「まっ、それでいい」

　山村が広げた特捜員配置表を栗原が見下ろしたとき、ドアがけたたましく開かれ、地取捜査主任を命じられている栗原班の安岡が脂ぎった顔のまま大股（おおまた）で近づいてきた。そのすぐあとを栗原班では三十一歳と二番目に若いが、特命捜査主任に抜擢されている松前（まつまえ）警部補が何枚かの光ディスクを抱えて駆け込んできた。

　栗原は思わず壁掛け時計へ目をやった。午前二時半過ぎ。栗原は苦笑した。この、仕事バカどもめ。

「犯行の直前と思われる時間帯の、被害者の足取りの一部を見つけました。現場近くの監視カメラの録画画像です」

「よし、すぐに見せろ」

栗原は興奮を抑えるのに苦労した。なにしろ、安岡という男は、めったなことでは、顔色を変えて報告するようなことなどしないことを栗原は知っていたからだ。

ワイシャツの袖をたくし上げた松前は、〝雛壇〟脇のデスク班の机の上に置かれたＤＶＤプレーヤーに一枚の光ディスクを押し込んだ。

その間に、安岡が栗原たちの前に抱えていた地図を広げた。

「犯行現場はここです。で、我々が入手したのは、現場からは離れた、このコインパーキングの監視カメラの光ディスクです」

安岡が地図上で指し示したのは、殺害現場の外苑西通り脇の路地から、さらに路地を巡って東へ行った、六本木通りの北側歩道付近だった。

「再生、いつでも」

松前がそう告げると、「よし再生しろ」と安岡が命じた。

「監視カメラは、コインパーキングの奥、高さ二メートルに配置された固定式のもので、アングルはもちろん駐車される車に向いていますが、この上の、この部分をご覧ください。松前、そこで一時停止しろ」

テレビの前に移動した栗原と山村は、指をさされた、コインパーキングの先、六本木通りを通り越した南側の歩道の部分に目を凝らした。

「ここから見ていてください」

安岡が松前に言って、画像を再生させた。さきほどの歩道に、小さな路地から走り出てくる人物が見えた。

「少し戻して停止しろ」

同じ人物が後戻りして、路地から出てきた瞬間で止まった。

「時刻は、ここにカウントされていますとおり――」安岡は画面右下のデジタル数字を示した。「九時ちょっと前です」

松前は、その部分だけをズームアップさせた。

「どうです？」安岡が振り返った。「人着、髪型、バッグ――明らかに女です。で、バッグはわかりませんが、人着、髪型は被害者のものと酷似している――」

山村が急いでデスクに戻り、鑑識がストロボカメラで撮影した被害者の遺体写真を貼ったファイルを持ってきた。山村は、画面に顔を近づけ、遺体写真と何度も見比べた。

「問題は、この次の映像です」

さきほどの女が画面の右へ消えていってから約二十秒後、ひとりの男が同じ路地から飛び出し、女と同じ方向へ走っていく。

背格好は百八十センチほど。濃紺風のスーツ姿。髪はきちんと整えられ、銀縁風のメガネをかけている――。余りにも特徴がない、ということが栗原はなぜか気になった。

「後尾けしてる？」

栗原が呟いた。

「女についてだが――」山村が慎重に続けた。「画像は鮮明じゃねえな。〝似ている〟としか表現できない」

「なら、これをご覧ください」

安岡が自信を持った声を押し出した。

「今度は、このコンビニエンスストアの監視カメラのものです」

地図上を安岡が指でなぞる。コインパーキングから西へ、西麻布交差点で南へ折れた、外苑西通りに面した一点で指を止めた。そこにはコンビニエンスストアのマークがあった。

「再生、いつでも」

松前がそう告げると、「よし再生しろ」と安岡が命じた。

「監視カメラは、店の出入り口から二メートル入った、その天井に配置された固定式。客が出入りする瞬間を捉えています。よって、店の前もクリアに撮影されていました」

栗原と山村がテレビ画面を凝視すると、コンビニエンスストアが面した、外苑西通りを行き交う切れ目ない車や、舗道を歩く何人もの男女が映し出された。

「ここからです」安岡が松前に言って、画像を停止させた。画面の右下に流れていたタイム・カウントも止まった。「右から、つまり西麻布交差点方向から走ってくる女です」

タイム・カウントが再び時を刻み、画面が流れ始めた。

ひとりの女が見えた。

「この女です」

安岡が声を潜めた。

その女は、足早に左方向へ、つまり広尾方面へ駆けてゆく。あっという間に画面から消えた。その間、わずか三秒ほどだった。

松前は、女が中央の位置になったところでズームアップさせた。

「どうです？」安岡が振り返った。「人着、髪型、これもまた被害者のものと酷似し、しかもさきほどのコインパーキングの画像とも――」

安岡が、画像を拡大するように松前に指示した。

「そしてこれです」

ズームアップされた部分には、女のパンプスが映った。色も形も被害者が身につけていたそれとほぼ一致している。

「なるほど――」

山村が小さく頷いた。

「さらに興味深いものがあります。同じ画面の、すぐあとです」

画面に食らいつくように目を輝かせた山村は、しばらくして、アッと小さく声をあげた。

女が再び右方向から走ってきて、タクシーを呼び止めると、さらにそのあとから走ってきたさきほどの男が同じタクシーに乗り込んだ。山村には、二人が車内で揉めているようにも見えたが、タクシーはそのまま走りだした。

「うーん……」

山村は低い唸り声を引きずった。

「つまり、逃げる女、追いかける男――そう判断するのが自然かと思います」

「さらに――」安岡が松前に目配せし、二枚目の光ディスクが入れ替えられた。「これからお見せするのは、今の画像の五分後、さきほど、男女がタクシーを乗った地点から、約六百メートルほど行った、ここです」

地図を手に取った安岡は、まずさきほどのコンビニエンスストアを指さした後、その指をそのまま西方向へとずらし、日本赤十字社医療センター前の通りの上で止めた。

「通称、日赤通り。この六本木通りから約五百メートル南の地点――」

画像へ目を移した山村は、停まっている一台の黒塗りの車を示した。画面右から男が現れ、その車に乗り込んだ。山村は画面にかじりついた。

「同じ男だ！」山村が身を乗り出した。「ナンバーは！」

黒塗りの車が走りだしたとき、山村の声はさすがに掠(かす)れていた。

「外ナンバー……」

青地に白く四桁(けた)の、在日大使館に勤務する外交官だけに与えられる番号が記されていた。

「拡大しろ」

栗原の指示で、画像が巻き戻され、ナンバープレートの部分が拡大された。

「勘弁してくれ！」

山村が舌打ちして画面から目を外した。

室内に重い空気が流れた。

「なんてことだ……」山村が溜息を引きずったまま、椅子の背もたれに身体を預けた。「面倒なことに――」

「それもとびきりの」

と安岡が付け加えた。

「恐らく外事2課(ソトニ)が出張(でば)ってきますね」

山村が冷静に分析した。

「野郎たちは、モトダチ（捜査指揮）を望むだろうよ」

栗原は冷静だった。

「まさか――」安岡は目を見開いて栗原と山村の顔を見比べた。「ちょっと待ってください、こっちのヤマですよ。あり得ませんね」

「もちろん、中国大使館の絡みが濃くなった場合だが」

山村が諭すように言った。

「ただその前に、管理官とデスク主任だけは最低でも送り込んでくる」

栗原が軽く言った。

「そもそもですよ――」安岡は我慢ならなかった。「奴らに殺人事件（コロシ）のまとめや調べなんてできやしない。野郎たち自身もわかっているはずですよ」

「朝から晩まで追っかけ、張り込み（ハリ）をやってる奴らだ。大使館員に関する情報は圧倒的に持っている。それは事実だ」

栗原はあくまでも淡々としていた。

「ではモトダチを受け入れると？　信じられませんね！」

安岡は吐き捨てた。

「それはともかく」山村の頭に浮かんだのはそれ以上に重要な問題だった。「大使館への、この男に対する聴取要請の手続きがすぐにでも必要かと」

「なら我々の手でやります。どう考えたって、この野郎は、重要参考人（マルヨウ）です。しかし、もし外交的な圧力をかけて――」

　安岡が画像に映る男を睨みながら言った。

「馬鹿野郎！　ズボンの屁（へ）別れ、みたいなこと抜かすな！」栗原が諫（いさ）めた。「捜査は王道を貫く。障害があれば突破する。粛々とやるだけだ。課長と理事官には明日の会議の前に私から話す。で、警察庁から外務省への要請という段取りとなるはずだ」

「相沢管理官には？」

　山村が敢えて訊いた。相沢には、特定の新聞記者への情報漏洩（ろうえい）の疑いがあることを知る者は、まだ捜査1課でもそう多くはなかった。

「何年オレと付き合っている？」栗原は睨みつけた。「水漏れする蛇口は使わない。それだけのことだ」


　磨き上げられた黒靴の音が人気（ひとけ）のない廊下に響き渡るのを、牧村（まきむら）1等海佐は心地よく聞く余裕がなかった。腕に巻かれた手錠と繋がる銀色のアタッシェケースもいつもより重たく感じていた。

しかも、自衛艦隊司令部作戦室から、隣接した潜水艦隊司令部作戦室まで繋がる極秘のトンネルを移動している間でさえ、今、この中に収められているデータが、今後、どんな事態を招くか、それを想像するだけでも、手のひらに汗が滲み、高鳴る鼓動を聴くこととなった。

それでも、司令部ビル二階の廊下に置かれた姿見の前に辿り着くと、黒いズボンの折り目が指で触れれば切れそうなほどにアイロンが利いていることに満足し、金色の徽章が輝く黒い上着にも糸くずひとつないことを確認することを忘れなかった。江田島の幹部候補生学校校舎の通用口に張られた鏡の前で、徹底して叩き込まれたこの習慣は、そう簡単に抜けやしないのだ。

潜水艦隊司令官室のドアの前で待ち続けた牧村は、副官の先導のもとポロシャツ姿で現れた馬場海将に直立不動で応じた。

「お休みのところを大変申し訳なく――」

馬場は身振りでその先を制し、副官を引きさがらせてから神妙な顔を向け、執務室に入るよう目配せだけで促した。

ポロシャツで来たことが、深夜に潜水艦隊司令官が戻ってくるという異常事態を誤魔化すカモフラージュであることを理解していた牧村は、責任の重さをあらためて自覚した。

トイレとシャワー室の前にある衝立(ついたて)を回り、執務机の手前に置かれた応接セットに腰を落とした牧村は言われるまでもなく、アタッシェケースから取り出した識別番号がふられているノートパソコンを開いた。二重のパスワードを入力して立ち上げると、会議机の中央に出っ張っている、液晶プロジェクタと繋がるＵＳＢポートに手際よく繋いだ。

映写スクリーンに映し出されたのは、〈特定機密　潜水艦隊司令部幕僚以上に限り閲覧のみ許可。配布厳禁〉という、最高度の機密区分であることを表紙の右上に赤い文字で示したパワーポイントのスライドショー画面だった。

「毎日の定期情報(ダイアリー)とは別であります。五時間前、非公式にＪＩＣＰＡＣ(ジックパック)より提供(レリース)された衛星画像群です」

牧村の説明と合わせてページが捲られる度に、馬場は低い唸り声を引きずった。

スライドショーの一枚一枚には、アメリカ軍の偵察衛星が撮影した膨大なパンクロマチック画像をアメリカ太平洋軍統合諜報センター(ＪＩＣＰＡＣ)が集約、解析した画像が大きく貼りつけられている。

映っているのは膨大な数の大型、小型の船舶で、アンテナの細かな形状までわかるほどに高解像度で撮影されたものであった。しかもほぼ北朝鮮全域に及ぶ港の詳細地図も併せて添付されている。

　最後のページが映し出されても、馬場は身動きせずに黙ったままだった。

「――以上が、さきほどアメリカ第7潜水隊群司令部（フラッキーホール）から緊急通報を受けました、北朝鮮チヨンジンのＳＩＦ、つまり工作員潜入部隊基地において発生した爆発事案の概要であります」

「で、我々への脅威は？」

　ここに来て馬場が初めて口を開いた。

「情報収集ならびに分析中であります」

「分析中？　そんな言葉を使わせるために、情報主任幕僚（エヌツー）を置いているわけじゃない」

　馬場は苛立っていた。

　しかし牧村が弁明できることはほとんどなかった。天文学的な予算が投入されている、アメリカ軍が誇る様々な監視システムを検証する能力が日本にあるはずもないからだ。

「情報本部にも照会中でありますが、回答は明日になろうかと思います」

　牧村が指摘したのは、日本というひ弱な国が持つ唯一の〝ウサギの耳〟だった。

「なんにしてもお前がやるべきは情報の羅列じゃない」馬場が立ち上がった。「私が何をすべきか、その選択肢を提示しろ。いいな？　以上だ」

慌てて部屋を飛び出した亜希は、早朝の澄み切った空気を感じる余裕もなく、エレベータへと急いだ。一階のボタンを何度も押してから手櫛で髪を整えた。だが口から出たのは溜息だった。今日一日のスケジュールを考えると憂鬱(ゆううつ)だった。

郵便受けに突っ込まれた日経新聞を抜き取り自宅マンションを出て、ふと右へ視線を向けたときだった。五十メートルほど後ろに、車が後ろ向きに停まっているのが目に入った。黒いシールドが貼ってあるので人影は見えないが、マフラーから白いものが出ているから、誰かがいるのだろう。でも……。最近、違法駐車が多いわね……。

駅までの道を小走りに急ぎ始めたとき、いつもとは違う音に気づいて空を見上げた。

オレンジ色のラインが入ったヘリコプターが遊覧飛行を楽しんでいるかのようにゆっくりと飛行していた。

駅に向かう最後の角を左へ曲がろうとして、再び車が来ないか反対方向へ目をやった、その先で、グレーの乗用車がゆっくりと停まるのが目に入った。しかも中途半端にボディの半分しか出さずに停まって——。

進むの？　どっちなの!?　車が動かないことを確認した亜希は苛立って腕時計を見た。ここで走らないと乗り遅れる——。亜希は焦った。

ホームは、線路に溢れんばかりのサラリーマンたちで混雑していた。眉間(みけん)に皺を寄せていることに気づいた亜希は、ダメダメ、と自分を叱った。険しい表情なんかしたらますます皺ができるばかりじゃない！

今日一日が昨日以上に憂鬱にならなければいいが、と考えたのは満員電車の中で身動きできなくなってからだった。昨日からの悪い流れが一晩寝ることで払拭されていることを願った。

満員電車に漂う安っぽい男性整髪料や水カビのような雑巾臭で気分が悪くなりかけ、上を向いた金魚が水面に口を突き出すかのごとく、亜希は背の高い男たちに囲まれながら顎を上げてできるだけ新鮮な空気を吸い込もうともがいた。

目を向けたところにちょうど転職情報誌の中吊り広告があった。漫然と視線を向けているうちに、亜希は、ある重要なことを忘れてしまっていることに気づいた。期首に異動願いを出していたことである。石油の元売りに携わるエネルギー・グループ石油商品第1課（エネルギー第1課）への転属を願い出ていたのだ。海外への出張や海外支店への配属の可能性がある部署だからである。女性の総合職ではまだ一人も海外勤務に抜擢された者はいないが、亜希には、体力的にも男に負けずにできる、という自信があった。だが、いまだになんの回答もない。人事とはまさに忘れた頃に発令されるのだが、もう諦めなければならないのだろうか。

　会社に着くといつもの忙しさが待っていた。亜希にとってそれこそ喜ばしい世界ではあった。

　パソコンを立ち上げて、卓上電話に貼りついたメモの優先順位を判断。急ぐ相手には電話を入れる。パソコンのスケジューラーを起動させ、一日のスケジュールを確認。桑野に渡すための報告書と社内報告用のものを急いで書き上げて社内LANを使って、桑野とそれぞれの部署へメールで送ったあと、電子承認用のシステムを稼働。決められたフォーマット上で必要な事項を書き込んで、直属の上司である桑野へメッセージを送った。

　ここまでは、毎日のことであり、ここからが本番だった。

　海外輸送業者（フォアーダー）へ用船手配の書類を作成し、海外供給元（ベンダー）への督促メールを送り始めた。昨日のトラブルにはできるだけ迅速に手を打っておきたかったからだ。だが、これで済むとも思えなかった。やはり実際に足を運ぶべきなのだ。だから、海外出張の決裁をもらうべく、さっきから桑野の姿を捜しているのだが離席しており、周囲にもいなかった。

　仕方なく、自分が担当するお客さんへの、つまりルーティーンの仕事にのめり込んだ。受信メールへの返信、原油の先物価格やフィナンシャル・タイムズの国際情勢欄をネットで読み込み、顧客に知らせるために三十分ほど費やしたとき、発注（パーチスコントラクト）書が溜まっていることに気づき、大慌てで作成し始めた。

そんな中でもニュースの洪水が亜希を襲った。原油価格の変動を知らせる時事通信やフィナンシャル・タイムズから、自分の仕事に絡む記事をピックアップしたものだけでも数十枚はあった。中でも、経済や金融関連ではなく、一般国際ニュースが多く、さらにイランとアメリカの軍事的緊張がますます高まっているというニュースが何枚も目についた。そういえば、朝刊の国際面でもそう伝えていた。現実的なリスクとして分析してみなくては――。

こういった事柄が、いわゆる〝安全保障〟という分野であることはもちろん知っているが、軍事がどうのこうの、軍艦がウンヌンということには興味がない。ただ、今後の情勢が気になるわけで、それが軍事情報の細かい解釈と繋がる場合のみ、事実を知る努力をするべきだとは思っていた。だがやはり、軍事の世界はどうも苦手で、亜希が凄惨(せいさん)なできごとを忌避していることもその理由のひとつだが、専門用語が多すぎることこそその大きな原因だった。

一本のメール受信を知らせるメッセージが画面の右下に現れた。画面上の作業を縮小させてからメールの受信ボックスを開いた。

桑野課長からだった。

――今、時間がありますか？――

顔を上げた亜希に、硬い表情で桑野が頷いているのが見えた。直接声をかければいいものを――。

だが桑野は、横に置かれたパイプ椅子を促すのではなく、部屋の奥にある会議室へと勝手に歩いていった。

溜息を堪えた亜希は、部下に仕事の続きを頼んでから桑野の後を追った。理由はわかっていた。恐らく、また昨日のクレーム対応の件を蒸し返そうとするのだ。自分の失敗はすぐに頭を切り換える才能を持っているくせに、他人のそういったことにはやたらとしつこいのだ。

「まったく！」

亜希が後ろ手にドアを閉めた途端に桑野が発した第一声だった。続けて桑野は聞こえよがしに大きく息を吐き出した。そういった姿こそ、亜希が桑野を毛嫌いしている原因――たくさんありすぎてわからないほどだが――のひとつである。

「宮内さんの件、どう理解してる？」

「フォロー不足でした」

亜希は素直に言い切った。論理的に納得しているので、非を認めることに特別なこだわりはなかった。しかし感情面では不満があった。宮内は自らのミスの責任を自分に押しつけているのだ！

「不足だった？　そんな言葉で済む事態か？　すでに高い価格で買い付けているから、結果的に、会社が損をして引き取ることになる。そのことをわかっているのかね？」

「わかっています。しかし――」

「冷静になりたまえ」

いかにも自分は理性的な男だと言わんばかりに声のトーンが柔和になった。

「君はね、リスクに対する認識が甘いんじゃないか？」

「申し訳ありません」

亜希は、あんたにだけは言われたくない、と内心で吐き捨てた。

「とにかくだ、今回のことは、マーケット分析のミス、それは間違いないね？」

「マーケット分析のミスというよりは、マーケット情報を宮内さんに正しく理解させることができず、その結果、相場の判断というか決断を誤らせてしまったことは反省し――」

「ちょっと待て」桑野が遮った。「どうして顧客に決断させてる？　君がやるべきことじゃないか。そういう優柔不断な態度がだ、会社に損害を与えている、その認識がないのかね」

そんなことは言われなくたってわかっている――その言葉は、もう、喉を通り越して、口のすぐそこまで辿り着いていた。あの宮内という男は、自分の主張が通らないと、卸元を替えるなどと烈火のごとく怒りまくるという尋常でない性格の持ち主なのだ。ただ、その背景には、自分のような女にアドバイスされることへの嫌悪感があることも亜希は気づいていたが……。

それよりもだ、と亜希は拳を握りしめた。損害？　ふざけないでよ。確かに、私はまだ経験は多くない。でも、あなたは、今まで客との交渉の場に出てきたことがないじゃない！

それなのに現場の何があんたにわかるの！

「しかしだ。同時にこの業界は『人間力』で売ることを求められる昔ながらの日本的な商売の色が強い。つまり、重要なのはお客さんとのコミュニケーション。そこに重きをおいてこそ、お互いのリスク回避方法を念頭におけるし、状況をよりシンプルに解決できる――」

　つまり、こいつは、人間性がどうのこうの、ということを言いたかったのだ。

亜希は頭にこなかった。逆に侮蔑の感情を桑野に抱いた。

やっぱり、器の小さいヤツめ！

しかも、今、こうやっている間にも、なんの対応策も指示していない。しょせん上司として失格なのだ！

「まっ、そもそもだね、オレの頃は、業界内での情報交換も行って、タイミングよくお客さんのポジションを把握すること、市況変動・需給動向等マーケットを正しく予測することを心がけていたものだ。しかも、たとえ、半日でもそういった努力を怠ると、自分の情報は古いという危機感を持ったので、眠れないことなんてしょっちゅうで――」

「今回の案件ですが――」亜希はたまらず口を挟んだ。「価格については来月以降の契約において、補塡（ほてん）を検討しています。また、納入遅延についての今後のフォローは、私が海外に行きまして――」

「それは受け入れ（アクセプト）ることできない」

「とにかく、プライオリティは、一刻も早く納入することですから――」

「だったら、その件はすでに対応してる」

「すでに対応とは……」

　亜希は嫌な予感がした。

「斉藤（さいとう）に指示を出した」

　斉藤？　亜希は声が出なかった。同期入社の、あの斉藤大晴（たいせい）。英語検定試験（トーフル）の成績がいいことは認めるが、新婚だというのに合コンに余念がない、下半身が緩い、自信たっぷりの男の顔が浮かんだ。

「ベンダーへメールや電話で何度も斉藤が催促したが、どうも事態の改善に希望が持てないようなので、中東のベンダーへ行って、フェイス・トゥ・フェイスで交渉し、こっちにプライオリティを確保させるとともに、出荷されるまで見届けさせることにしたんだ」

「そんな話は聞いておりませんが――」亜希の声が上擦（うわず）った。「この件は、私が任（アサイン）されているはずで――」

「それはわかってるが、しかし中東なんてところへ――」

桑野は言いかけて口を噤んだ。亜希にはそれが何か簡単に想像できた。中東のような政情不安な場所へ、しょせん女は行かせられない、そう言いたいのだ。しかし、その言葉を女性社員に口にすることは社内ではセクシャル・ハラスメント項目に入っている。この根性ナシの男は、セクシャル・ハラスメント委員会にでも訴えられることを怖れているのだ。

「彼はこういう海外のベンダーとの交渉に慣れているからね」

「しかし、私は何も――」

「まっ、君も、あんな偏屈な顧客を担当するなど、今までいろいろ苦労して大変だったことは私がよく知っている。だが、今後は、斉藤がきちんとやると思うから安心すればいいさ」

「ですが――」

亜希は口を噤んだ。同じだけ努力したのに、いつも男だけが過大に評価されるのは今に始まったことじゃない。しかも、これ以上、反論すると、理性的でない、などとレッテルを貼られるのだ。

「まっ、上の方の了解は事後として、私がそう判断した」

亜希は脱力感を激しく覚えた。女が抜擢され、素晴らしいと認められるまでには、関わっている上司全員のＯＫが必要だが、男はたった一人のＯＫでいい、それもまたいつものことなのだから。

「すでに結論を下（コンクリエード）したことだ」桑野が語気を強めた。「だから、案件のこれまでの一連の流れと懸案事項について、斉藤に引き継ぐこと。以上」

亜希は、冷静なまま、今、ここに立っていることが不思議だった。

感情が爆発しないのは、せめてものプライドのせいだと自覚もした。しかし、それにしても、余りの仕打ちではないか——。

亜希の脳裏に、三年前まで上司だった男の顔が浮かんだ。彼は、具体的で適切なアドバイスを常に与えてくれた。しかも、クレーム対応というリスク対処ではいかなる行動をとるかということこそが一番重要であり、リスクを最小限に抑えることこそ評価の対象となる——実に理論的で、あるべき上司のアドバイスだった……。

デスクに戻る気がしなかった亜希は、そのままエレベータで一階に下り、近くのコーヒーショップでエスプレッソを買い求めた。そして、会社が入るビルの前にあるベンチに腰掛けた。

入社のときに抱いた理想がいかに幼いものだったか、最近そんなことを度々考えるようになっている。本当に、お目出たい話よ——。

四年制私立大学の経済学部を卒業し、中堅の総合商社に総合職として就職した亜希が、エネルギー第2課に配属されて七年。つまり先月で二十九歳になってしまったわけである。

採用時の自分は愚かなほど輝いていた。人事担当者たちが投げかけた言葉。世界を股にかけた、グローバル企業の一員として、海外の仕事先とのコミュニケーションをはかり、自分自身への挑戦として――そんな言葉が頭の中で燦めいていた。しかし研修を終えて一ヶ月後に始めていたことは、極めて狭い分野の専門的なことばかり。世界を股にかけるグローバルな仕事なんて何も……。国家政策としての大規模な資源開発プロジェクトは大手商社が独占しているため、亜希が勤める兼友商事が入り込めるのは既存の国内取引先向け石油製品の販売だったのだ。

ただ、国際情勢など世界に目を向けるというスケールの大きな世界に、亜希はやりがいを見つけた。常にビッグビジネスになるかどうかを気にしてばかりいることは、欠点かもしれない、とは思ったが、常に最先端の情報を収集しているという点では大手と遜色はないことに大きな満足を抱いた。

ただ、それにしても……。八年目ともなると客と一対一で話すという責任を与えられるが、しかし結局、営業は国内向けのみの、それも、前の担当者が開拓したお客さんの発注を担当するルーティーンワーク。一定の営業計画数値よりも上を目指すことが求められるが、お客さんを継続する、切られないことこそ重要で、正直に言えば、最後のそれが期待されているに過ぎないのである。そして海外に出されるのは男ばかりで……。

　やっぱり女だから!?　思いがけずその言葉が浮かんだ自分が、亜希はひどく腹立たしかった。

　デスクに戻った亜希に、同期入社の斉藤が近づいてくるのがわかった。

「わかるよ」

　斉藤は優しく接した。だが今の亜希には、そんな態度もわざとらしく感じられた。

「こういう予定変更(リスケ)はよくあることさ」

　斉藤は快活に笑った。

「昔だったらともかく、今はとにかくコンプライアンス、だからな」

「まあね」

　亜希は、笑顔でそう応えながら腸(はらわた)は煮えくりかえっていた。

　しかも大声で言ってやりたかった。

　まさか、そんな基本的なことを私が忘れていたとでも思うの!?

　斉藤が言おうとしていたのは、昔は納期遅延が起きた場合など——本来はやってはならないことだけど——顧客が、人間関係で、なあなあで許してくれ、通常の納期だったという受領書を発行してもらうことがあった、ということである。

しかし、ビジネスのすべての分野においてコンプライアンスが強化されたここ数年、そういうことは絶対に許されない、つまり契約書どおりじゃないと許されなくなった。しかも、顧客側でも、経理などがコンピュータ化されたことで納品確認が誰にもズバリわかってしまって、別の部署が絡むと、厳しくならざるを得なくなったのだ。

だからこそ、社内研修などで、海外のベンダーやサプライヤーにコンプライアンスを理解させなければならない、という教育を受けていたし、亜希自身もそれをやってきたつもりである。

しかし、斉藤の今の口ぶりは、亜希が、それを怠っていた、と言ったも同然だった。

「まっ、先方とも決まった（フィックス）ことでもあるし、任せてくれよ」

手を上げて去ってゆく自信たっぷりな背中を見つめながら、亜希はひとり呟いた。あなたの実力が認められたわけじゃない。あなたが男だから選ばれたのよ——。

馬場海将は、信じがたい、という風に頭を振った。

「一ヶ所のみの結論ゆえ、ご判断いただく選択肢にはならず、今後さらに——」

「いや、そうじゃない」牧村の言葉を馬場は遮った。「今の報告だけでも、タスク・フォースを立ち上げる理由になる」

「確かにこれまでになかった、余りにも〝特異的な変化を抽出〟ではあると言えます」

「〝ブラッキーホール〟はどう言ってる？」

「まだ、情報の摺り合わせは行っておりません」

「なんだと？　そんなことは直ちに――」馬場は口を噤んだ。「お前の判断はよろしい」

牧村は神妙な表情で頷いた。

「司令官――」牧村が慌てて続けた。「別件ですが、お耳に入れたいことがございます」

馬場は怪訝な表情を作った。

「北朝鮮のこれら特異な動きと、警察のある部門の動きとの関連が疑われます」

「ある部門？　動き？」

答える代わりに、牧村は一枚の報告書を差し出した。

牧村が立ち去ったあと、馬場は急いで移動した地下四階の作戦室の中で身じろぎもしなかった。

牧村からの報告書の中にあった、その事実がどれほどの災いを導き出すのかに思考を集中させた。

だが、馬場は途中で諦めざるを得なかった。余りにも情報が不足しているからだ。

ハッとして顔を上げた馬場は、作戦室を出ると、エレベータを使って急いで自室に戻った。執務机の横にある金庫を開けて取り出したのは、かつて手書きで作成した文書と、一人の海上自衛官の人事記録だった。

馬場の脳裏に浮かんだのは、〝このときのために〟という言葉だった。


身体の隅々までアルコールでびしょびしょになるほどにして、やっと意識をなくすことができたのは確か、午前四時頃だったか。それでも、ほとんど二日酔いも起こさず、肝臓がまだ壊れずに働いてくれていることは栗原自身にとっても驚きだった。

「起立！」

港警察署刑事課長の号令とともに、数十名の男たちが立ち上がって直立不動の姿勢をとった。

「礼！」

全員がほぼ同時の動きで、上半身をほぼ同じ角度に折り曲げた。大勢の捜査員たちと相対して、雛壇の長テーブル中央で背筋を伸ばして立ち上がった沢木捜査1課長は、昨夜の会議とは比べものにならないほど集まった捜査員たちを見渡した。

「おはようございます」

沢木の声に、数十人の男たちの口から発せられた低音の塊が訓示室に響き渡った。

喫緊に解決すべき事件であり、世論の強い関心を集めているゆえに——そんな沢木の言葉が続けて聞こえたような気がした。しかしその合間に、目の前に停まっているテレビ中継車のエンジン音や無節操に飛び回るマスコミのヘリコプターの爆音が課長の言葉を何度となく遮った。

「本件については、本部捜査1課、相沢管理官が担当、栗原係長の班が専従する。ここ特別捜査本部に架設した加入電話番号は、右、壁に書き出しているのですべてメモをしておくように。また、指定要員は名刺の裏に自宅の住所と電話番号、さらに個人の携帯電話番号を明記した上で、会議終了後、栗原係長に提出するよう」

沢木はひと呼吸置いてから声のボリュームを上げた。

「本件は、なんといっても被害者（ガイシャ）の人定が最優先事項だ。各班ともこの点に留意しろ。以上」

沢木が頷いたのを確認し、栗原は立ち上がった。

「おはようございます。この事件を担当する本部捜査1課の栗原警部です。よろしくお願いします」

再び男たちの低音の塊が打ち返された。

「それではこれから、組み合わせと捜査事項を伝えます。指名された者は起立し、互いに顔を覚えられたい」

栗原に山村から五枚綴(つづ)りの配置表が手渡された。

「まず、被害者(マルガイ)の身元調べの捜査のうち、被害者の歯型からの捜査、本部捜査1課、十文字(じゅうもんじ)警部補、港署の三浦(みうら)巡査部長」

四十五歳を過ぎたばかりの十文字好治(こうじ)が立ち上がると同時に、右側の机から若い刑事が飛び上がった。すでに鑑取(かんどり)捜査専門伝承官としての称号を与えられている十文字が、被害者周辺の人間関係に深く入り込むベテランであることが、栗原には頼もしかった。特別な技術があるわけではない、と十文字が言っていたことを栗原は思い出した。ただ愚直にやっているのだと。その愚直さゆえ被害者を巡る深い溝に入り込めることを栗原は知っていた。

栗原の三歳下の十文字は、今どき珍しい五人の子供を抱える父親である。ただ、停年後を見込んで千葉県の館山(たてやま)に自宅を建てたものだから、一年のほとんどを帳場泊まりという、今の栗原と同じ、非人間的な生活を続けていた。いや、こいつは昔からそうだった。栗原がまだまともな結婚生活をしていた頃も、よく飲みに来させ、そのまま泊まらせることが多かった。あるときの十文字は〝一ヶ月ぶりの柔らかい布団で寝させてもらいました〟と満面の笑みを洩らすほどで、つまり仕事へののめり込み方が尋常ではなかったのである。

だから、昨年、大腸癌で手術を受けたのは必然だった。幸い早期発見だったので、予後はなんの問題もなく順調だと栗原は聞かされていたが、本当かどうかはわからなかった。

「十文字です」

十文字の落ち着いた声に対し、港警察署刑事課員の三浦佑介巡査部長は「よろしくお願いします」と甲高い声で深々と頭を下げ、さらに後ろを向いて周囲にも挨拶を大袈裟に繰り返した。栗原が目を落とす資料には、年齢二十九歳。警察学校卒業後の配置は、所轄署の交通課だったが、仕事に熱心で、五年目に巡査部長昇任試験に合格したことから、二年前、刑事課に抜擢されたとあった。備考欄には、二ヶ月前に結婚したばかりとある。大丈夫だろうかなどと栗原が思うはずもなかった。仕事がデキない奴をもとの署へ戻すことに栗原はこれまでなんの躊躇もなかった。

「次、地取りの捜査においては——」

栗原は壁に貼られているメッシュ方式——一辺が二百メートルの正方形を二十数個に分割し、それぞれナンバリングした——の巨大マップの横に立った。

「第一行路、本部捜査1課、安岡警部補、指定要員の港署、槇原巡査部長。尚、この区割りの中間にある橋は第一行路に含む。次、第二行路、機捜隊の――」

四十名近くの捜査員ひとりひとりの名前が読み上げられ、立ち上がっては挨拶する光景が延々と続いた。

会議が終わると、捜査員たちは一斉に特別捜査本部を後にしたが、沢木課長、栗原とデスク主任に抜擢された山村の三人だけが刑事課長室に集まった。

「で、確認したのか？」

椅子に座るなり沢木が急いで訊いた。

「在日中国大使館に与えられた十台の外交官ナンバーのひとつです。ゆえに同時刻の利用者は大使館で記録されているはずです」

山村が自信を持って報告した。

「それだけでは弱い」

沢木は顔を歪めた。

「弱い？」山村が驚いた顔を向けた。「被害者の死亡時刻の直前に接触していた、確認された唯一の人物、それだけでも明らかな重要参考人です」

「忘れてはならないのは、聴取要請には外務省が絡むことだ」沢木は納得しなかった。「明白な証拠が必要だ」

「それでも我々は愚直にやります」

山村は、外交官ナンバーが映った監視カメラの静止画像を沢木の前に滑らせた。

沢木はしばらく見つめていたが、頭を振って「肝心の男の顔貌が不鮮明だ」と押し返した。

「今朝、一番で、外務省から入手しました」栗原は、在日中国大使館員として外務省外国人課に登録されている館員と随員たちが並ぶファイルを開き、ひとりの顔写真の上に指を置いた。「恐らくこいつです」

広い額に見事な七三分けの黒髪。銀縁風のメガネ。顎は尖り、頰は痩(こ)けている。肩幅の広いバストショットの写真の下には、〈経済担当一等書記官　寧偉(ニンウェイ)〉と書かれている。

「ダメだ」身を乗り出した沢木だったが、すぐに顔を上げた。「不鮮明で人定とまではいえない」

「課長、どうでしょう。逆に、です。大使館員と接触していた被害者の女性が、中国大使館員の関係者である可能性があり、心配している――つまり、あくまでも人道的な問題であるとして聴取を要請する――。これなら外交的に非礼にあたらず、外務省は嫌がらないはずです」

栗原が提案した。

「とにかく、外務省や大使館はそんなに甘くない。もう一本、目撃参考人を探せ」

「しかし、課長、中国大使館にあたる件はどうしても引けませんので、よろしく」

　栗原が言い放った。

「わかってる。もう一本出れば、部長の決裁を受けて警察庁に上げてやる」沢木が続ける。

「ただ、保秘を徹底するため、栗原さん、あんた自身でやってくれ、いいな？」

「もちろんです」

「知っているだろうが、重罪にあたる刑事事件であったとしても、外交官の扱いは外交交渉の場に移る」

「わかってますとも」栗原が遮った。「しかし、公道であれば引っぱれます。そして叩いて吐かせる。その後はどうでも。これはご了解ということで」

「それは聞かなかったことにする」

　栗原はニヤッと笑って立ち上がり、「外事2課にもあたるつもりですので」とだけ付け加えた。

「ただ、会うべき人間を選べ」沢木が急に囁き声となった。「作業班長、それ以外なら意味がない」

「恐らく、出してこないでしょうが」

栗原はこともなげに言った。

「なら、行くだけ無駄だ」

沢木は顔を歪めた。

「それもまた愚直にやるのみです」

栗原はそう言っただけで山村とともに部屋を後にした。


桑野への不満がまだ頭の隅に引っ掛かったままの亜希は、いつもの忙しさに自分を放り込むことで、その不満から逃げたい気分だった。

だから、二時間後に始まるウイークリー・ミーティングの準備のため、これまでのプロジェクトの進捗状況、今後の戦略などを自分なりにまとめ上げることに没頭した。また、桑野を通じて経理に送る社内報告のための、事業計画の数字、売り上げ計画の見直し、債権回収確認、ベンダーへの納期確認だけでなく、月次報告や週次報告にまで手をつけ始めた。

だが、それがいけなかった。頭が一杯になってしまったのだ。お陰で、ウイークリー・ミーティングでは、桑野から、いつものように、何度も報告を遮られた。

「そういう話をしてるんじゃない」「それはわかってる」

人の話をきちんと聞かない桑野の性格にいつも嫌悪感を抱いていたのだが、今日は突っ込まれる隙を見せてしまった自分が悪い、と亜希はまた落ち込んだ。

だから、会議が終わって桑野がデスクに近づき、「昼飯、たまには一緒に」と言われたときにはすぐに断ろうと思った。だが桑野がいつになく神妙な表情をしているのが妙に気になった。周りのスタッフが興味津々といった表情で聞いていることにもなぜか嫌な予感がした。

それでも、気分はもちろんすぐに憂鬱になった。どうせ最初はまたさっきのことを蒸し返して叱られるのだろう、と思うと一気にブルーな気分に陥った。

昼前になって再び桑野はデスクにやってきて、「ちょっと早いけど」と言った。後輩たちに視線を流すと、首を竦めたり、首を横に斬る仕草をしたり、ただ苦笑するだけだったりで、ありがたく見送ってくれた。

桑野に連れて行かれたのは、歴史を感じさせる重厚な趣の数寄屋造りで、屋号が入った白い暖簾のかかる、この辺りでは有名な懐石料理店だった。玄関を入って黒光りしているような古めかしい階段を上がるとき、後ろにカップルが続いていた。ちらっと見えた女性はまだ学生のように若かった。興味を持ってその後ろへ視線を送ると男性の方も、スーツは着ているが二十歳前後のように見えた。普通ならばこんな店、しかも二階はすべて個室だから若い人たちが来られるところじゃない。さしずめ、金融関係かな、と亜希は羨ましく思った。

上品で美人の仲居に案内されたのは、小さな紫の暖簾だけで仕切られた小上がり風の半個室だった。

懐石料理の老舗といっても昼間は、リーズナブルな料金で提供しているということは知っていたが、それでも、渡されたメニューを見ると一番安いお刺身定食でも五千円はする。だが、亜希にとってはまったく嬉しくなかった。つまりは、時間をかけてしっかりと怒られる、ということなのだ。

掘りごたつ形式の部屋で大きなテーブルを挟んで真正面に座った桑野の表情は、さっきまでの厳しさは嘘のようで、いつになく柔和だった。

亜希は警戒した。何かある、と直感した。

しかも、ここ焼き魚が美味しいんだよね、と微笑みまでも浮かべている。

絶対に何かある。もしかすると、さっきは言いすぎた、と謝るのか？　いやそんな器用な男じゃない。じゃあ、もしかして……異動のこと？

注文を聞いて仲居が立ち去った直後、待ちわびていたように桑野が言った。

「君ね」桑野は身を乗り出した。「期首に提出してもらった個人の年間計画表の中に、異動を希望するって記載があったよね？」

亜希は、飛び上がりたかった。ここに来るまでの心配は取り越し苦労だった。やはり人事のこと、それも、異動を希望していたということを真っ先に話題にするということは、まさか、ついに、念願が叶い、海外勤務のチャンスがあるエネルギー第1課へ行けるのだ！　目まぐるしく頭が回転した。服もアクセサリーも買って気分を新たにして——。いえ、パンプスもヒールの高いものにして！

「はい、書きました」

亜希は心躍らせる姿を決して見せなかった。

「一応、異動、決まったから」桑野がやけに軽く言った。しかも、一応という言葉に亜希は引っ掛かった。「もっと早く言おうと思ったんだけど、いろいろあったからね」

まさか……今日もまた運がないのか……。亜希は緊張した。

「ただ、希望していた海外は枠がまだ空かなくてね」

頭の中を何かが通り過ぎたような気がした。思考は止まり、何も考えることができなかった。

「営業推進部から、君のような人材が欲しいって引き合いがあってね。だから転出を部として承認したんだ」

亜希は声が出なかった。営業推進部……。亜希は受け止められなかった。まさか……海外担当のエネルギー第1課ではなく……営業……推進……。

「ということで、来年の一月から営業推進部に行ってくれないか」

亜希にとっては衝撃でしかなかった。営業推進部が、〝営業職の墓場〟であることを社内で知らない者はいないからだ。たとえ、〝新しいビジネスを開発する部門〟や〝社の将来を担う〟といった耳触りのいい言葉を並べ立てられようと、実態は変わりようがない。

「どうも誤解があるようだからこの際率直に言っておくが、営業推進部の中で、この度、新規ビジネスを企画、立案する部門が立ち上がる。この新しい部署は、全社的にも重要な、将来に繋がるビジネスモデル創出の期待を担っていて、君の才能が十分に発揮できるところだ。だから、ひとつ、がんばってくれよ」

結局は、桑野は、自分を持て余していたのだ、と分析できたのはずっと後になってからのことで、亜希は、ショックを味わうより前に頭が混乱していた。どんな言葉を並べ立てられようと、実態は変わりようがないのだ。

しかしそれだけは確かめずにはおれなかった。

「そこに行きましたら、海外勤務ということはもうなくなるんでしょうか？」

掠れた声にならなかったのはせめてもの亜希のプライドだった。

「まあ、少なくとも当分はないかもね」

桑野は笑顔のままだった。こういうところは妙に素直なのがまた腹立たしい。

人間、見下す相手にはどんなにも優しくなれるものだ、というどこかの雑誌のコラムで読んだ一行を亜希は漫然と思い出した。しかもこの会社で使われる〝素直〟とは〝愚直〟と同義語であり、つまり〝アグレッシブ〟でない者という翻訳がなされていることも思い出した。

「私も自信を持って推薦したんだ。君の能力を買ってね」

いつも部下の手柄を自分の手柄のように上へ報告している男。こんなときまで自分を売り込もうとするとは……。亜希は声も出なかった。

しかしもはや桑野のことなんてどうだっていい。重要なのは自分のことである。海外勤務が当分、いや一生、叶わなくなった、という絶望感とこれからどう向き合ってゆけばいいのか。

そのとき、転職、という言葉が脳裏にまた激しく乱舞し始めた。

「ところで、朝話した引き継ぎの件だけど、斉藤じゃなく、山本へ引き継いでくれ」

「山本さん？」

同じく同期入社の男だった。既婚者ですでに三人の子供がいるという、家庭的な良きパパである。しかし仕事はお世辞にもデキるとは――。少なくとも、自分とは比べようもないほどレベルが低く――。

しかし、なぜ今？　もしかして――。

「といいますと？」

亜希は自分の声が震えていないかさすがに心配だった。

「斉藤は来月、ロンドンに赴任することになったから」

衝撃は亜希の呼吸をしばらく止めた。顔の筋肉が硬直し、瞬きも止まった。よくも平気でそんなことが言えたものだ、と亜希はつくづく桑野の顔を見つめた。桑野のデリカシーを欠く言動は今に始まったことではないが、それにしても酷すぎる——。

亜希の中で、転職という言葉が現実味を帯びだした。

それから、午後の時間、どんな仕事をしていたのか、亜希にはほとんど記憶がなかった。

だから、自分が呼ばれていることにもしばらく気づかなかった。

「亜希さん」気がつくと隣に座る後輩の女性社員が、しきりに目配せしている。「〝パチパチ〟ですよ」

慌てて立ち上がると、隣の〝島〟にいる女性社員が、桑野の横に呼ばれ、部屋にいる全員がそちらへ顔を向け、かしこまって立っている。視線をさらに向けると、エネルギー第1課の女性社員を代表してか、大きな花束を持った石川沙央里の姿もドアの近くにあった。

「この度、誠に残念ながら——」

桑野がわざとらしい、贈る言葉を投げかけている間、彼女は本当によく立ち直ったものだと、亜希は二ヶ月ほど前のことを思い出していた。

亜希の四年後輩の園田早紀とは、同じ仕事で組んだことはなかったが、互いに入社以来エネルギー第2課でずっと働いてきた。彼女が配属された当初はあまり話をしたことはなかったが、前の課長がロンドンへ異動になったその送別会で初めて横に座ったとき、出身大学が同じだとわかってからというもの、何度か飲みに行くほど急に親しくなった。だが、彼女について、亜希が思い出したのはそういうことではなかった。

二ヶ月ほど前、残業を終えて更衣室に足を向けたとき、ドアの前で、沙央里が立ち止まっているのが見えた。声を掛けようとしたとき、急に振り返った沙央里は、片目を瞑って、唇に人差し指を立ててみせた。

そっと沙央里の横に近づいた亜希の耳に聞こえてきたのは、携帯電話で誰かと言い争う声だった。それも、どうやら別れ話がこじれているようで、女性が男を一方的に責め立てている。その怒声の主が早紀だとわかるまでそう時間はかからなかった。

入るに入れず、その場に沙央里とともに立ち尽くしていると、いきなりドアが開いて早紀が飛び出してきた。真正面から亜希にぶつかった早紀は目に涙を溜めていた。自分から理由を問い質そうとは思わなかった亜希に、「今晩、お時間、ありませんか」と話しかけたのは早紀の方だった。

その夜、新装開店したばかりのダイニングバーで彼女から聞かされた話に亜希と沙央里は思わず顔を見合わせた。ひとり暮らしでもなく、しかもカレシがちゃんといるにもかかわらず、取引先の既婚男性と不倫関係を続けていると吐き捨てた彼女の姿は、亜希たちが知っているそれとは余りにも違っていたからだ。

離婚すると言いながら妻との間に二人目の子供を作った男への罵詈雑言を聞きながら、初めは同情していた亜希は、そのうち早紀の側にこそ大きな問題があるような気がしてきた。

入社して数年の二十代、女性社員が取引先のオヤジたちから投げかけられるのは、〝君じゃなくちゃ〟という耳触りのいい言葉で、チヤホヤもされ可愛がられもする。それで何人かの女は、それらの言葉をまともに信じ込み、営業が上手いわけでは決してないのに、自分はデキると誤解してしまうのだ。そして自分でも気がつかないうちに、仕事のスキルを高めるよりも、〝女〟という部分に大きく頼るようになってゆく。男も狡いもので、そういった女を利用するのだが、女はさらに耳触りのいい言葉をますます求め、その先にいる、可愛がってくれるオヤジに精神的に依存してゆくのだ。

しかし、嘘つき動物である男の真の姿を知ったときには、すでに早紀は、にっちもさっちもゆかなくなっていた。しょせん、男社会だということに気づき、自分の存在場所が実はなかったのだ、とこれまで支えてきてくれたはずのプライドもボロボロに崩れていったのだろう。

　そうなったときに彼女は、男の決定的な裏切りに遭遇してしまったのだ。

　テーブルの向こうで、目を据えワインをがぶ飲みしては、マフラーから出る排ガスのようにタバコの煙を吐き出し、ついにはバッグを開け、不倫相手の住所を殴り書きしたメモを照明に翳してみせた。

「行ってやる。今から押しかけてやる」

　早紀はじっと虚空を見つめた。亜希は殺気だったものを感じ、必死に説得した。

　だが、沙央里は、〝もう放っておけば〟という風に亜希の上着を何度も引っぱったあと、自分の腕時計を気にし始めた。

　そして、相談に乗っていたはずがいつの間にか、自分の仕事の愚痴を口にしだした。

「私なんてさぁ〜、この間もさぁ〜」

　その挙げ句、自分の自慢話になった。

「まあこれだけ忙しいのは認められていることになるんだけれど、それでもこんなに忙しくては――」

　亜希はどちらにも溜息をつきたかった。

しかもそれからが大変だった。不倫相手の自宅へ押しかけなきゃ気が済まない、と言って早紀が駆けだしたので、沙央里とともに引き留めなければならなかったのだ。しかも、納得させて早紀の自宅がある方に行く電車の駅に向かったと思ったら、突然、向きを変えてタクシー乗り場へと走りだす。もちろん彼女は泥酔状態である。そしてまた二人がかりで押し止め――。そういったことが四回ほど続いたあと、ついに彼女は歩道にしゃがみ込み、膝を抱きかかえて激しく泣きじゃくり始めたのである――。


我に返ると、早紀が気恥ずかしそうに挨拶を始めていた。

あのときの彼女が、今、ここにいる女性と同じだとは到底思えなかった。

ふと沙央里へ視線を向けると、彼女もまた、亜希に向かって首を竦めてみせた。

男性社員の中から、「寿退社だってハッキリ言えばいいじゃん」という声が飛んだ。

嘘でしょ……。さすがに亜希は驚いて早紀を見つめた。それよりも驚いているのは憐れな桑野だったが――。

「本当？」「ショック！」

男性社員たちがざわざわし始めた。可愛いタイプを演じている彼女にはそれなりの男性ファンも多い。だが、あの夜の姿を男たちは誰も知らない――。

「実は、三ヶ月後に」

恥ずかしそうに身体を揺らした後、早紀は満面の笑みをみせた。

「相手は社内？」

何人かの男性社員が競って訊いた。

ゆっくり頷いた早紀の姿に、また男性社員たちから驚きの声が上がった。

亜希は声が出なかった。あんなことがあってからまだ二ヶ月なのである。しかも、不倫の男と二股（フタマタ）をかけて付き合っていたカレシは、合コンで知り合った銀行員だったはずじゃないの……。

だが、亜希は、眩（まぶ）しく彼女を見つめている自分に気づいていた。

ハッとして腕時計を見つめた。顧客のひとりに資料を持っていく約束をしていたことを思い出した。沈み込む思いは一旦（いったん）、心の底に押し込めた。

後輩たちの驚く視線がわかったが、亜希は自分に言いきかせた。仕事は絶対に裏切らない。必ずや、きっと。しかも、私には今、仕事が必要なの――。

プレゼンテーション用のパソコンやたくさんのパンフレットでぱんぱんに膨れあがった重いバッグを抱えながら地下鉄の出口へ上がったときには、辺りには夜のネオンが瞬いていた。

すでに八時を過ぎている。アポイントメントを取っていたはずなのに、顧客の帰りが大幅に遅れたのである。しかも帰るまで待ってくれと言われたものだから仕方がなかった。

通用口の受付にいる馴染みの警備員に会釈をしてエレベータに乗った亜希は、壁に左手を押しつけながら片方のパンプスを脱いだ。足の親指が痛くて仕方がなかった。あの日もこのパンプスがいけなかったことを知りながら、性懲りもなくまた履いてきた自分を罵った。

部屋にはまだ、ちらほらと残業の社員が残っていた。

自分のデスクの卓上電話に、電話されたし、という伝言メモが何枚も貼られているのが目に留まった。

亜希は、それを手に取ることはもちろん、目をやる気力さえ湧かなかった。

しばらく残務整理をしていたが、途中で椅子の背もたれに身体を預けて窓を見つめた後、更衣室へと足を向けた。ロッカーに背をもたせかけたまま、翔太の携帯電話にメールを送った。昨夜会ったばかりだが、本音ベースの愚痴を聞いてくれるのは彼しかいない。たとえ、最後には翔太の愚痴を聞かされるハメになったとしても、不満を本音でぶちまけられる翔太が今の自分には絶対に必要だった。

すぐに返信が戻ってくることを期待してはいなかった。しばらくすれば、いつものように、じゃあどこそこで、というメールを忙しい中でも送ってくれるはずだろうから。

ところがトイレに行って戻ると、珍しく翔太からのメールが届いていた。嬉しくなって急いでディスプレイを開いた。

だがそこには予想もしていなかった言葉があった。

――ごめん。地方の顧客のクレーム処理で今晩から出張。めどがついたらメールする――

亜希は立ち尽くした。今晩こそ、このまま帰りたくないのだ。

後輩を誘おうかと思った。いつも煩わしい愚痴に付き合ってくれる可愛い後輩が何人かはいる。でも、今日の愚痴を彼女たちに言うことはさすがにプライドが許さなかった。また同期入社の女の友人には尚更（なおさら）である。悪い女たちじゃないが、やはり、他人のアレは蜜（みつ）の味というがごとき雰囲気で接してくることが目に見えていたからだ。

携帯電話のバイブレーションで亜希は慌ててディスプレイへ目をやった。翔太だと思った。仕事がなくなってね、そんな言葉を期待した。

ところが、ディスプレイには、〈ママ〉という文字が表示されていた。

亜希は悪い予感がして鳥肌が立った。なにしろこんな日である。事故か何かあったのか？

「まだ仕事？」

予想に反して母の声は明るかった。

亜希は安心して溜息が出た。

「ちょっとね」疲れた声で応じた亜希は、「お母さんこそ元気なの？」といつもの挨拶がわりの言葉を続けた。

「今、病院なのよ」

その言葉を聞いて、なぜか、別れた父が事故に遭ったのではないか、と思った。離婚してからはや十九年は経つが、母が父のことをまだ思っていることは娘としてよくわかっていたからだ。しかし、と亜希は思い直した。父には、確か、年の離れた女がいたはずだから……。

「どうしたの⁉」

そう言ってからハッとして腕時計へ目をやった。午後九時過ぎ。外来がやっているような時間ではない。だったら――。

「しばらく入院することになってね。でも、あなたは忙しいんだから来なくていいわよ。大したことないから」

「入院って何よ！」

亜希の声は詰問調になった。

「二週間前ね、市がやってる検査でちょっと引っ掛かってね。それで検査入院だって。だから、別にどうってことないのよ」

母の咲江は、現在、ひとり暮らしだが、父からの毎月の慰謝料に加え、年金ももらっているし、自宅のローンもすでに完済しているので、生活に困ることはない。亜希の兄も母親の弟妹も健在で、車でなら三十分以内の近くに住んでいる。ただ、突然に倒れたりした場合に、誰も気づかないということが亜希には心配だった。毎朝カーテンを開けたら携帯電話にメールが届くことで無事を伝えてくれる機材があるからそれを購入してあげようかと提案したが、そんな余計な金は使わないでいい、と早口でまくし立てる始末だった。

「だからどんな病気なの！」

亜希は苛立ち始めた。

「難しいことをいろいろ先生おっしゃったけど、よくわからなくて」

「わからないって……」

亜希は、このまま母を追及しても埒があかないと思った。ただ、声の調子からは緊急ではなさそうである。

「なら、今、すぐに、どこか具合が悪いんじゃないのね？」

亜希は念を押した。

「元気よ、全然。もしどこか悪いんだったら、こんな電話、できないでしょ？　今だって、休憩室で他の患者さんとずっとお喋りしてたくらいなんだから。あっ、もう消灯時間みたいだから。亜希、いい？　本当に来なくていいからね。あなたはすぐ大騒ぎするんで、一応、伝えておこうと思っただけだから」

「そんなことで納得できるはずないでしょ！」

「ほら、やっぱり」

亜希は大きく息を吐き出した。

「じゃあ、これだけは約束して。明日、先生から、どんな病気の疑いがあるのか聞いて私に知らせること。わかった？」

母はのんきな声で、わかったから、と言って電話を切った。その約束は守られないだろうと亜希は確信して溜息をついた。

携帯電話を見つめながら、亜希は安心する気分にはなれなかった。

〝不運〟が続いているこんな日に、母が入院したことをどう受け止めればいいのか、ということで頭が一杯になった。

ただ、このままあれこれ想像しても意味がないことは事実だ。そんなことより、論理的なのは、明日、兄の武彦（たけひこ）に訊くことである。それではっきりするだろうと思った。

気怠（けだる）い気分で更衣室のロッカーを開けた亜希は、バッグから脂取り紙を取り出しながら、商社であるこの会社に入った頃の自分を思い出していた。

何より、海外のお客さんと、英語を駆使して仕事ができることに魅力を感じていたあの頃。つまりインターナショナルな仕事を渇望していた。

確かに、もうひとつ合格していたメーカーの方が福利厚生はいいし、住宅手当も充実、物も安く手に入る。

ただ翔太を見ていると、飲んだ席でも仕事の話をして、愚痴、批判、人事のことばかり喋る。そんなとき、逃げ道がないような気がしてならなかった。翔太以外の者もそうだ。たまに誘われたときでも、メーカーの人は、概して、その業界の話しかしないし、知らない。

でも商社は、同期もいろいろな業種にいるので、話していると常に刺激になった。海外の支店から帰ってくる人と会うときも刺激的な話ばかりだった。

だから今は国内向けのルーティーンの仕事だが、何年か先には、と夢を膨らませていた。

ところが、今日それがガラガラと崩れてゆく、その音を亜希ははっきりと聞いたのだ。

それでもなんとか気持ちを立て直すことができたのだが、それはしょせん、くだらないプライドに過ぎないことがわかって余計に気分が萎えた。

「亜希さん、まだお仕事ですか？」

振り向くと、ロッカーのドアに備え付けの鏡に向かって、後輩の女の子が完璧な化粧に余念がなかった。

ふとその子のロッカーを見ると、相変わらず何でもかんでも突っ込んでいる。それはまさに仕事での彼女の性格を表していた。

一方、後ろで髪を梳かす女の子は、それこそ化粧品を一点ずつきちんと箱に入れ、整理整頓は完璧だった。そんな子は机の上もきれいで、仕事にも洩れがない。しかし、概してそういう子は、こだわりすぎて、仕事が遅くなる傾向もあるのだが——。

「大変ですね、毎日」

後輩は他人事のようにそう言いながら、スカートもカラフルなミニに穿き替え、明るい声で挨拶を投げかけると跳ねるようにして更衣室を出て行った。


デスクに戻ってみると、すでに社を引き上げていたはずの桑野が強ばった表情で亜希のデスクの前に立っていた。

亜希の姿に気づいた桑野は険しい表情を向け、乱暴な仕草で自分のデスクの横に置かれたパイプ椅子に呼びつけた。

亜希が座ると、桑野は自分の椅子から身を乗り出して囁いた。

「今、経理から連絡があった」桑野は険しい表情で声を潜めた。「宮内さんの件なんだが、まずいことになった」

亜希は身が竦んだ。これ以上、まだ問題があるというのだろうか……。

「サプライヤー側と、バックコミッションの契約があったのにそれを引いてしまって、その価格を出していたこと、なぜ気づかなかった？」

亜希はなんのことかわからず、ただ顔を青ざめさせた。桑野の口にした内容と、いつにない慌てように、重大な問題が発生している空気を感じ取ったからだ。

「つまり、インボイス（I）・ライセンス（L）の金額がずっと間違ったものを出し、処理が間違っていたのが今になって発覚したんだ」

亜希はようやく桑野が何を言いたいのかわかった。そもそもの最初の契約での取り決めを見落としていたというのだ。その結果、数千万円の損失を会社が蒙（こうむ）るかもしれない、と桑野は顔を引きつらせた。

「しかし私は前任者からの引き継ぎどおりにしていただけです。しかもそもそも――」

「大変なことをしてくれたものだ。本件は、君からビジネスを取り上げ（テイクアップ）たにもかかわらず、まだこんなことが残っていたとは信じられんよ」

亜希は呆れるしかなかった。そもそも宮内という筋のいい顧客を開拓したのは、桑野の前の課長と、その下にいた自分も含めたチームの功績なのである。それが前の課長がロンドンへ転勤になるや否や、桑野が引き継いだ。しかし、実際の業務――現場も含めて――は私に担当させたのだ。ゆえに、桑野が言っているその契約は、ちょうど桑野が引き継いだばかりの頃のことで、彼が宮内と交わした契約である。自分はそれをさらに引き継いだだけなのだ。だから、もしその問題が事実だとすれば、その責任は桑野こそがとるべきであり――。

この上司はいったいどこまで卑怯な男なのか。かつての上司なら――。

亜希は、前の課長の下で働いていたときのことを泣きたい気分で思い出した。連日の残業……互いに励まし合って……激論を闘わせ……そして、行き詰まったときには、頭を柔らかくしようと唐突に居酒屋へ繰り出し……。

頭を振る桑野の姿に亜希は声を失った。そしてようやく気づいた。自分がすべての責任を負わされようとしていることに――。

「ですが、それは桑野さんがそもそも作ったスキームじゃないですか？」

「そんなことで君は逃げる気なのか？」桑野が反論を封じた。「今は違うんだ。法律が違う。だから、今の担当者、つまり君の明らかな責任だ。だから君はこれから、本件からの撤退並びに債権処理の手続きを――」

突然、桑野は口を噤み、呆然とした表情で顔を上げた。亜希がその視線の先へ顔を向けると、本部長と経理担当者が緊張した面持ちで連れだって近づいてくる。

「君か」

常務取締役を兼任する本部長の朝岡尚輝が亜希の前で仁王立ちした。

「今、桑野君から聞いたと思うが、本件、事故は私が直接、対応する」

そう言うが早いか、朝岡は、身を縮める桑野に矢継ぎ早の質問を浴びせかけた。

「なぜこうなったんだ！」「法務部に訊いたのか！」「弁護士にも訊け！」

桑野は責められ続けた。

だが、亜希は、その言葉をはっきりと聞いた。

「私は、彼女にきちんと引き継ぎをしていました」

亜希は息ができなくなった。よくもそんな嘘を平気で——。

朝岡と経理担当者の視線が同時に亜希に向けられた。

亜希はそれでも反論した。だが朝岡はもはや聞く耳を持ってはいない風だった。

亜希はこういったトラブルの場合、どんなことが起きるのか、去年、隣の島であったからよく知っていた。社内のいろいろな部門の人たちから取り囲まれ、四六時中、監視され、質問攻めにされ、チェックされる。問題が解決できるまで、がんじがらめにされるのだ。

「了解しました」

瀬山2等海佐は、馬場海将からの携帯電話にそれだけを答えた。

理由を尋ねることも、目的を訊くことも、またそれが国家にどのように寄与するのか、いかなる正義なのか、それらを確認することが一切許されないことを知っていた。

だから、妻には、「当分、訓練検閲で地方に行く」としか言えなかった。

自衛官としてそういったことは珍しくない、と妻はわかっていたが、それでも突然の予定に怪訝な表情で夫を見つめた。

それも仕方がない、と瀬山は思った。彼女もまたかつては海上自衛官だったが、知るべき人間ではなかった。

「長くなるの？」

漠然とした不安が妻にそう言わせた。

「たぶん」

瀬山はそれだけ言うと、下着を用意してくれるよう妻に頼んだ。

だがそれさえもカモフラージュであることは決して言えなかった。

「今度の保護者参観日、あの子、楽しみにしてたのに――」

妻のその言葉を、瀬山はすでに聞いていなかった。

明日から始めなければならないことで頭が一杯になっていた。

「じゃ、お先に」

男性社員の言葉が背中に投げかけられて振り返ったとき、亜希は、その言葉が憐れみを湛えているような気がした。

亜希は掠れた声で、お疲れさま、と言葉を返すのが精一杯だった。

度重なるトラブルはすでに会社じゅうに知れ渡っているのだ。しかし、ついさきほどまで法務部の担当者の前で主張し続けた〝事実〟は誰も知らない。桑野がすべての責任をついに最後まで私に押しつけたことを誰も知らない……。

泣きたい、とは思わなかった。トイレに入ったまま泣き続けることで男に媚を売る同期の女を知っていたからだ。だからといって力も湧いてこなかった。

大きな溜息が出たことに自分で驚き、亜希は思わず周りを見渡した。

そのとき、自分がこの部屋に残っている最後のひとりだと気づいた。

二時間以上の残業をすることを桑野は嫌っているが——役員たちが残業経費の削減を求めていることを気にしているだけなのだが——今日はまったく仕事がはかどらなかった。顧客とのトラブルと、桑野の言葉、そして同期入社の男が自分がやるべき仕事を奪ったこと、そのすべてが納得できず、そのことばかりが何をしても思い出されてしまったからだ。そして何より〝不運〟なことが連続したため、すっかりリズムが狂ってしまっていた。仕事での一連のことは、〝不運〟と切り捨ててしまえるわけではない、と理性ではわかっていたが、何か得体の知れない気味悪さが全身にまとわりついているような感触を拭えなかった。

だから、バッグに入れていた携帯電話のバイブレーション音にさえ、飛び上がるようにして驚いた。

取り出して見るまでは、かけてきた相手は翔太だと期待した。こっちのトラブルが早く終わったのでどう？　みたいな脳天気な言葉を聞くことになるに違いないと胸が弾んだ。情けないとわかってはいるが、頼るべきは、もはや彼しかいないのだ。

だが、聞こえてきた声に気分が落ち込んだ。

珍しいことに兄の武彦だった。

「武彦だけど」

いつものようにぶっきらぼうな声だった。

「ちょっと今、忙しいから。またかける」

今は誰とも話をしたくはなかった。

「お袋のこと、知ってるな？」

いつになく神妙な響きに亜希は母の顔を思い出した。

「さっき、お母さんから電話があったわ。来週なら帰れるから」

アテのないことを言った亜希は後悔した。約束を破るのは、中学校の教師をしている武彦が一番嫌うことで、聞いてはいられないほどの罵声を浴びせかけるのだ。

武彦は、母と同居はしていないものの、車でなら三十分ほどの、大阪の郊外に、二つ年上の妻と中学生の長男、小学校四年生の次男の四人で暮らしている。義理の姉である聡子と母の仲は世間でいわれるような嫁姑のトラブルがないばかりか、聡子が一ヶ月に何度か訪ねたり電話をしたりして母の話し相手をしてくれているほどである。

亜希にとっては、本来、自分がすべきことであり、感謝しなければならないのだが、電話でお礼を言おう言おうと思いながら時が過ぎ、あらためて手紙を書くタイミングを計っているうちに、いつの間にか機会を逸してしまうという愚かなことを繰り返していた。しかも、年々仕事が忙しくなって、とうとう、今年は正月も盆も帰れずじまい。だから、母のことはすべて義姉に任せっきりで、それがまた、礼を言うタイミングをなくす結果となってしまっていた。だから、義姉にしてみれば、義理を欠いた妹だと思っているはずだ。それが、兄の自分に対する、いつもの愛想のない態度に出ているのかもしれない、と考えることもあった。

「それはいいから。お前も忙しいだろうから」

亜希は驚いた。そんな風に察してくれるようなことなど今まで一度としてなかったからだ。

だから、亜希は心の中で黒い雲が小さく広がったような気がした。

訊かなければならないことを亜希は思い出した。

「で、お母さん、どんな病気なの？」

「え？　電話かかってきたんだろ？　聞いてないのか？」

「それが、検査入院だって言うだけではっきりしなくて――」

亜希は自分でそう言いながら、不気味な影が身体の奥底で立ち上がるのを今度ははっきりと感じた。

「――肝臓癌の疑いがあるらしい」

武彦は唐突に言った。

亜希は、「えっ!?」と小さな声をあげ、その場にへたり込みそうになった。

「だけど、はっきりするのは検査の結果が出てから、という話さ」

「……いつ結果が？」

「先生にさっき会ったら、数日後には出るらしい――」

「だったら――」

「そうさ。今、どうのこうのって話じゃないんだ」

亜希は、一年半以上も会っていない母の顔を思い出した。それは屈託のない笑顔だった。

「お母さん、痩せた？」

亜希の胸の奥から熱いものが突然、込み上げた。

「ああ、少し」

武彦の声は消え入りそうだ。

「本人は知ってるの？」

「いや」

掠れた武彦の声を聞いた途端、亜希はもはや我慢できなかった。トイレに戻って個室に飛び込んだ。武彦が何かを言いかけたが一方的に電話を切った。

ハンカチを顔にあてたが、涙が止まらなかった。脳裏に次々と蘇るのは、三十五歳で自分を産んでくれてから、しばらくは苦労と背中合わせだったという母の人生だった。亜希が十歳のときに父と離婚して以来、小学校の給食センターで働きながら、女手ひとつで兄と亜希を育ててくれたのである。兄は成績優秀だったため大学も国立大学で奨学金をもらえたが、亜希には、親戚（しんせき）から金を工面し、自分は質素な生活をしながら私立大学に行かせてくれた。

大学を出てようやく母の苦労に恩返しができると思っていたら、東京の会社の採用試験に合格した。母には言わず、ひとりで悩み続けた。兄が近くにいてくれることが救いだったが、母の苦労をずっと見続けてきた亜希は、離れてしまって面倒を見られないことに胸を締めつけられる思いだったのである。

だがその決断を促してくれたのは母だった。卒業も間近いある朝、大学の近くに借りていた1DKのマンションに届いた蜜柑(みかん)箱大の段ボール箱。冬物の衣類の上に、母親の手紙が入っていた。そこには、わたしの幸せは子供たちが健康で、また自分の進んだ世界でがんばっていること、それだけです。そのために私は誓いをしたんです、と書かれていた。

驚いて電話をしてみると、いつもの陽気な声が返ってきた。だから、なぜか、気恥ずかしく思えて、手紙のこと——しかも、〝誓い〟という言葉が引っ掛かったが訊けなかった。

あれから七年——。亜希が帰郷するのは盆と正月の年に二回。それも三日ほどで、あわただしく東京に戻ってしまう。そんな生活をずっと送ってきてしまった。いつかゆっくり話そうと思いながら……。

四年前、東京に住む遠縁にあたる者がいるからと東京に来たことがあった。そのとき、母は久しぶりにゆっくり話をしたいと言って、亜希の部屋に泊まりに来た。ところが、亜希は、大きな顧客開拓のプロジェクトで忙しく、帰宅したのは午前三時。ほとんど母と話せないまま、翌日も早朝に出勤してしまった。

その夜、自宅に帰ると、洗濯機に放り込んだままになっていた衣類が洗濯され、きちんと畳んでおいてくれただけでなく、汚いキッチンも隅々まで掃除してあった。

亜希は自分自身を呪った。なんと親不孝の子供じゃないの……。

だが、まだ決まったわけじゃない、と自分に言いきかせた。さっきの母の声もいつもと変わりなく力強かったし。

しかしそれは自分を助けるための慰めでしかないことを亜希は知っていた。母のためではないのだ。

トイレの洗面台で化粧を直した亜希は、明日帰ろう、と決心した。半休をとって新幹線に乗れば、どうにか面会時間には間に合う――。

腫れぼったくなった目をなんとか誤魔化そうとアイシャドーを入れていたとき、同じ総合職として同期に入社し、石油元売りを担当しているエネルギー第1課の沙央里が入ってくるのがわかった。

亜希は、泣き腫らした顔を見られたくなく、慌ててトイレを出ようとした。

「どうかした？」

沙央里が声をかけた。トラブルに対して彼女は天才的な嗅覚がある。

「別に」

亜希は、その言葉が適切でなかったことを後悔した。

「ねえ、ちょっと耳にしたんだけど……もしかして今度の異動のこと？」

彼女はいったいどこからそんな話を？　亜希自身でさえ、昼休みに聞いたばかりなのに。

どちらにしても、今はそのことを話題にしてもらいたくなかった。

だが、沙央里は察してくれた。

「今週あたり、食事行かない？」

亜希にとってその言葉こそが嬉しかった。

「じゃ、行こうか」

亜希は、その次に、ありがとう、と心の中で小さく言った。


すべての感情を切り離すことは、自分に授かった数少ない才能だと自信があった。後輩の女の子の中にはそれに驚いて、尊敬の眼差しを向ける者もいる。だが、彼女たちには言ってなかったが、正直に言えば、決して授かったものではない。両親が離婚前、毎日のように激しく言い争い、父は暴力を振るっていた。そこから毎晩、逃げ出したくなって、感情を切り離すことを自分で身につけたのだ。そうでもしないと悲しすぎて生きてゆけなかっただろう。

しかし、デスクに戻っても、やはり集中力に欠けた。

亜希は、今、身体の奥深くで葛藤（かっとう）している二つのことを見据えていた。ひとりになり殻に閉じこもってしまいたい退嬰的な気持ち、またそれとは逆に、誰かが近くにいないと後戻りできないまでに自分が崩れ落ちていってしまう感覚も確かにある――。徐々に後者の感覚が強くなっているということも。ただ、誰でもというわけではない、と亜希は思った。だから、やはり、頼るべきは翔太なのだ。

亜希はたまらずメールを送った。今回も予想外に返信はすぐに届いた。

――まだ、終わらない――

予想していたとはいえ、今の亜希にはこたえた。しかも次の週末のことを訊くと、大学時代の仲間とテニスの予定があるという。いつまでも自分の趣味を優先する態度が納得できなかった。しかも、昨夜は、プロポーズしようとしていたんじゃないの？　彼のこういうところが、自分が一歩踏み出せない原因だとも思った。

人気のなくなったオフィスで、亜希は、仕事に意識が乗らず、ふとプライベートのアドレスのメールを三日ぶりに開いた。特に期待はしていなかった。そもそもこの二年余り、高校や大学の友人がせっかくメールをくれても、忙しすぎて返信していないので、多くの友人は呆れて、送ってくれなくなっていた。同窓会の案内さえ途絶えている。

受信フォルダに、色の変わっている一通の未開封メールがあった。

名前を見ただけで、亜希は深い溜息をついた。

懐かしい名前だった。

かつての上司、津久井泰彦（つくいやすひこ）である。

三年前、ロンドン支店の副支店長（サブ）に栄転した津久井が、最近、帰国したことは噂で知っていた。でも、それが何、と思っていた。部門も違うし、そもそも今更……。

亜希の脳裏に、津久井の様々な表情が蘇った。新入社員研修が終わったとき、こういう人材が欲しい、と自分を名指しで引っぱってくれた男こそ津久井だった。それからも直属の上司であるとともに教育担当として、営業のノウハウを徹底的に教え込まれ、何度も叱られたが、同時に励ましてもくれた。

亜希は急に落ち着かなくなった。急いでメールの本文を開いた。

――元気？　実は日本に帰ってきている。今度、晩飯でもどう？――

懐かしい日々が次々と脳裏に蘇った。あの頃を思い出すと、自分がどれほど津久井を信頼していたか、また尊敬もしていたかをあらためて思い知らされた。理由は何かと聞かれても具体的には言えないが、ものごとのひとつひとつの言い方、やり方が、信頼できたのだ。

昨日のトラブル対応の相手だった宮内にしても、この案件をとってきた前の課長こそが津久井だった。当時、競合企業（コンペティター）がたくさんいて競争が激しい中、誠意と努力で勝ち取れると亜希たちチームに号令を出し、指揮をとっていたのが津久井だった。その手足となって顧客先に出入りしていた亜希にとって津久井が下す責任ある采配のひとつひとつが納得できた。その過程で、残業のあと、唐突な津久井のかけ声で何度か居酒屋に繰り出し、生意気な言い方だが互いに励まし合ったと思う。

いや、やっぱり励まされたのは自分だった……。

ある夜、顧客先で、〝女に何がわかる〟と露骨に嫌みを言われ、亜希は入社以来、初めて会社を辞めたい、と思うほど落ち込んでいた。そのとき、いつものチームが集まる居酒屋で──今では赤面することなのだが──津久井にぽつりとくだらない愚痴を言ったことがあった。

「責任はまず自分の実力にあると思います。でも……この案件に女性というのは向いていないのでしょうか？　今のビジネスが進んでないのは女性だからでしょうか？」

「正直言ってそうかもしれない」津久井は真顔で言った。「でも、君はそれをやり遂げてパイオニアにならないといけないよ」

亜希はその言葉で救われた。今でもそう思う。眩しいような気持ちで津久井の横顔を見つめていたような気がする。なにしろ当時、亜希はまだ二十五、六歳。周囲の誰もがその実力を認める男のもとで、荷物にならずに、ただついていこうという思いだけでがむしゃらに働いていたのだ。

そう、ただそれだけだった……。

意識し始めたのは、津久井がロンドンへの転勤のため成田空港を出発したその日のことだった。フライト時間を知っていた亜希は、オフィスの席から、ただ漠然と厚い雲がたれこめる空を眺めていた。そして、一週間前に行われた津久井の送別会での笑顔を思い出すと、図らずも胸が締めつけられたのだ。自分の中で起こったそんな変化に亜希は驚いた。まるでそう、童話に出てくる幼い女の子のように、自分が可愛い、と思えた。

だから、亜希はそれ以上、想うことはなかった。なにしろまだ若かったこと、また、津久井が遠くに離れていってしまったことがよかったのだと今では思う。

それから間もなくのことだった、大学時代の同級生が手配してくれたミニ合コンで、翔太と知り合ったのは。やはり相性がすべてで、その日のうちに心も身体も意気投合した。それは学生時代から守り続けてきた、男とは知り合ったその日のうちに関係は持たない、というこだわりを初めて、しかもあっさりと破ったことになったのだが、津久井への想いがそうさせたのではないと今でも確信がある。とにかく翔太とは、短い時間を共有しあっただけなのだが、思いがけず波長がぴったり合ったのだ。

しかし、今、三年ぶりのメールの文字を追いかけていると、目の前に津久井がいるような気がした。返信しようとキーボードに急いで手を置いたが、社交辞令的な言葉を一行書いたところで止まった。

津久井からのパソコンメールには、プライベートな携帯電話の番号とメールアドレスも付け加えられていた。

後から亜希が理解したのは、このときの自分の行動は発作的、もしくは衝動的ではなかったということである。携帯電話を握ったが、ふと浮かんだ遊び心を切り離せなくなった。五回、呼び出し音が鳴っても津久井が出なければ止めておこう――そう思った。それが、自分の運命だ、と賭(かけ)のような気分も。

ただ、まず、どんな言葉から始めればいいか思いつかなかった。もちろん、友人のようには話せない。さりとて、余りにも他人行儀では……。何より、なぜ、今、こんな夜に、突然、かけたのか、その言い訳が必要だった。

亜希は決心した。あれこれ考えるなら初めから止めておけばいいのだ。

ところが、たった一回の呼び出し音で津久井は出た。

亜希は咄嗟に反応できなかった。余りにも懐かしい声に――。

名前を口にする声が震えた。

「驚いたね」

津久井の声は、あの頃と同じで屈託なかった。

「突然、すみません。今、ご迷惑であれば――」

津久井はそれには応えず、

「久しぶりだね。元気にしてた?」

「相変わらずです」

違うんです、今の私は……という言葉は、もちろん呑み込んだ。

「津久井さんこそお元気そうで――」

「また課長に戻ったよ」津久井が笑った。「そうだ、せっかく電話、くれたんだ――。ちょっとこのまま待って」

津久井が周りにいる誰かに声をかけている。あの頃と同じ機敏な声に、忘れていた、あの胸が締めつけられる想いが蘇った。

「そっちも突然だったから許してくれるよね」津久井の明るい声が再び聞こえた。「晩飯は?　もしまだならこれからどう?」

「昔と同じように、唐突ですね」

「やっぱり予定あるの?」

「じゃあ、昔みたいに、唐突に行きますか?」

その言葉は、自分でも驚くほど自然に口から出た。

電話を切った亜希はしばらく津久井の声を余韻として引きずっていた。だが約束の時間までにそう余裕がないことに気づき、立ち上がったときだった。

気配がしてふと振り返った。誰もいないと思っていたのに、その男が立っていたことで思わず小さな悲鳴が口を突いて出た。

「ごめん、脅かすつもりはなかったんだ」

隣のエネルギー第3課に在籍している中村祐司(なかむらゆうじ)が目を彷徨(さまよ)わせていた。

「す、すみません。もう帰宅するところなので――」

亜希の声が上擦った。

亜希の脳裏に蘇ったのは、最近、ずっと中村から浴び続けている薄気味悪い視線だった。それは、昼休みや帰宅時に、通路の向こうから向けられる湿っぽい無言の視線だけではない。

一ヶ月前のある朝のことである。最寄りの田園都市線梶が谷駅から、地獄に向かうような満員電車に乗ったとき、エネルギー第2課、突然声をかけられたのである――。

「確か、エネルギー第2課、ですよね？」

亜希は目の前に立つ男が、いつもの、あの視線の持ち主であることにすぐ気づいたが、身動きできないほどの状態ゆえ、顔を逸(そ)らすことさえできず、真正面に向き合う状態を、渋谷駅までの二十分ほど続けさせられたのだ。

「梶が谷にお住まいだったんですね？」

「えっ!?」

亜希は、一番知られたくない男に知られてしまったことで動揺した。昔ならなんの躊躇いもなく社員名簿が全員に配られ、その中には、信じがたいことに、ひとり暮らしの女性社員の住所も載せていた。だが今では、個人情報保護法のお陰で――考えれば当然のことなのだが――社員名簿じたいの配布がなくなっていた。

「実は僕も、ひとつ先の駅、宮崎台でしてね」

急いでいたものだから、いつもとは違う車両に乗ってしまったことを亜希は後悔した。

「不思議ですね？　これまで会えなかったのは。あなたとはいつも同じ電車に乗っていたのになぁ」

亜希は全身に鳥肌が立つ思いがした。この男は、私が利用している通勤電車を知っている……。個人情報がやかましくなってから配られていない住所録をどこかで入手したのか、それとも……もしかして……尾けていたのか……。そういえば、と思い出すことがあった。それもほぼ一ヶ月前のことだ。

残業で帰宅が遅くなったとき、梶が谷駅に着いたら雨になっていた。コンビニエンスストアアでビニール傘を買うべきかどうか逡巡していたとき、背後から、どうぞ、という男の声が聞こえた。亜希は反応できなかった。振り向きもせず、恐怖に駆られて雨の中を突っ走った。それもこれも、その二週間前に変質者に遭遇したからで……。

そこまで考えたとき、亜希は息が止まる思いがした。あの、今でも、悪夢にうなされる、変質者……。まさか……。

中村の声を聞くだけでもゾッとした。身長は百六十センチほど。小太りで、典型的なメタボ体型である。車内で声をかけられてから人事にいる後輩を使って調べさせたところでは、歳は三十八。驚いたことに既婚だった。しかし、奥さんとは別居中で現在ひとり暮らし。ところが課内での評判は悪くない。しかし、亜希は本性を見抜いていた。勘違いの天才で思い込みが激しい。その証拠に、車内で会ってからというもの、会社支給のパソコンを使ってメールでしつこく食事に誘い始めた。しかも、メッセージの中に、亜希のことを運命の人だとか、結婚すべき人だとか、そういったことを窺（うかが）わせる内容を堂々と書いているのだ。

それだけではない。平日の夜や土曜日、日曜日に最寄りの駅まで来たと言って、会社支給の亜希の携帯に電話をしてくるまでに——。そのとき、亜希はなぜメールアドレスや携帯電話番号を知っているのか、その理由がわかった。それらはすべて会社支給のものである。つまり、恐らく、彼は、イントラネットの中にある個人名簿にアクセスしたのだ。そこにはデスクの内線、メールアドレスと会社支給の携帯電話番号が記されている。

ちょっと待って……。亜希は、脳裏に浮かんだことに身体が震え始めた。

後輩が調べた彼の住所は、ちょうど別居した頃に変更されている。ということは、ひとり暮らしを始めたときにわざわざ亜希の近くに引っ越してきたのだ——。

だから、どこのお店がいいか教えて欲しい、こういうものを買いたいので教えて欲しい……そんな電話をしつこく……。


中村が部屋から出て行ったのを確認してから、化粧を直すために亜希は駆け足でトイレへ立った。

部屋を出て、そっと通路を覗くと薄暗かった。他の部署の電気がすべて消され、このフロアには自分ひとりだということを初めて知った。

さすがに中村も帰ったのだろう。

トイレからデスクに戻った亜希は、パソコン上のスケジューラーで明日の予定を確認した。だがすぐに溜息をつくことになった。今回のトラブルでほとんどの予定をキャンセルするしかないのだ。

力なくパソコンの電源を切り、机の上をきれいにして、引き出しに鍵をかける。更衣室に行って、ヒールの低いパンプスからブーツに履き替え、コートを手に取った。

窓を叩きつける音に気づいた。

どれくらいの雨かしら。

窓に近づこうと思ったときだった。廊下から靴音が聞こえた。

誰もいないはずなのに……。

足音がちょうど、更衣室のドアの前で止まったような気がした。

ビルの通用口には警備員がいるので変な人は入れないはずである。

誰かが戻ってきたのかしら？

もしかして……中村のむくんだ顔が浮かんだ。

思い切って廊下へ出ることに決めた。この逃げ道のない空間にいる方が恐かったからだ。

更衣室のドアノブに手を伸ばしたとき、背後で内線電話がけたたましく鳴り響いた。亜希は飛び上がるほど驚いた。これが鳴ることなどほとんどないからだ。いや、ここに電話があることさえ忘れていた。

どうしようかと迷ったが、恐る恐る受話器を耳にあてた。

「…………」

息づかいだけが聞こえた。

「もしもし……」

恐る恐る声を出した。

「…………」

身を守るという無意識の感覚が受話器を叩きつけさせた。

中村の荒い息づかいに似ているような気がしたからだ。

じゃあ、今の靴音は？　携帯電話からかけた？

もう我慢できなかった。激しい怒りが込み上げていた。明日、絶対に言ってやる。あの男がどうなろうと関係ない。社内のセクシャル・ハラスメント委員会に告発してやる！

亜希は大急ぎでデスクに戻ると警備室の内線番号を押した。

警備員がやってきてくれるまで、亜希はしんとした部屋の中で、引き出しに入っていたハサミを無意識に握ったまま窓を背にし、五感を研ぎ澄ませていた。

しばらくして、二人の初老の警備員が懐中電灯を片手に駆けつけてくれたときにやっと肩の力が抜けた。

しかし隣の部屋まで捜してもらったが、中村の姿どころか誰もいなかった。

詫びと礼を言った亜希だったが、すぐに退社するからまだ待って欲しいと警備員に頼み、バッグに必要最低限の資料を放り込んだ。

最後に、もう一度雨の具合を見ようと窓へ足を向けた。ブラインドカーテンに顔を突っ込んで眼下へ視線を送った。水たまりはできているが波紋はない。何人かが歩いていたが傘は手にあった。

ビルの周りをぐるっと見渡した。もやがかかったような暗闇で街灯も霞んでいる。そのとき、視線が止まった。

ビルの正面から東へ延びる車道。一台のグレーの乗用車が停まっている。マフラーから白いものが……。亜希は奇妙に思った。そこは一方通行なのに車はそれに逆行する形で停まっているからだ。

まさか、と思ったが、もしかして、という思いが頭を占領した。

あの男、どこまでしつこいの！

亜希は警備員とともに一階に下り、通用口の先まで付き合ってもらった。

だが、外に出てみると、さっきの車はなかった。一方通行の道は、ひっそりとして通る車もなく、人通りもない。空気がどこか寒々として、不気味な静けさだった。

「いったいどうされたんです？」

警備員が心配そうな表情を投げかけるのも無理はない、と亜希は思った。さっきから自分がやっていることは、頭のおかしい人間のやることと同じだ。

亜希はもう一度、詫びを口にして頭を下げると、ちょうど目の前に流れ込んできた空車のタクシーに手を挙げた。地下鉄を利用する気にはとてもじゃないがなれなかった。

後部座席に乗った亜希は行き先を早口でドライバーに告げると、すぐにリアウインドウを振り向き、身を低くして覗き込んだ。

尾いてくる車はなかった。

大きく息を吐き出した亜希はようやく前を向いてシートに身体を預けると、額に噴き出していた汗をポケットティッシュで丁寧に拭い、コンパクトを取り出してミラーを見ながらファンデーションをパフで押さえた。

だから、もちろん、タクシードライバーがバックミラー越しに亜希を観察していることなど考えもしなかった。

〝第三の人物〟を発見したという緊急報告が、地取捜査班主任である安岡から特別捜査本部の固定電話に入ったのは、山村が外事2課の管理官とのアポイントメントをとりつけたことを栗原に伝えているときだった。

電話を受けた山村が目を見開いたまま、受話器を栗原に手渡した。

興奮気味の安岡の言葉に、栗原も緊張した。

安岡の報告は簡潔、かつ明瞭だった。現場周辺の監視カメラ映像の回収エリアを広げて捜査を行っていたところ、西麻布交差点に近い、ある自動車メーカーのショールームのガラスに最近、ペンキを使ったイタズラ書きが連続していることから設置された監視カメラが撮影していたデジタル映像に、それはあった。

それは昨日、安岡が見つけ出してきた映像の〝続き〟だった。駆けている被害者の女、それを追いかける中国大使館の関係者と思われる男――。その三分ほど後に、〝第三の人物〟――正確に言えば〝第二の女〟が同じ路地から出現したというのである。

「なぜ、昨日の映像で見落とした？」

栗原は当然の疑問を投げかけた。

「自分のミスです。男が画面に出現したことで、安心してしまいました」

「安心？　バカ野郎！　何年刑事やってんだよ！」栗原が怒鳴りつけた。「まあ、いい。先を続けろ」

「この女が、中国大使館の関係者と思われる男を目撃している可能性があります」

さらに安岡の報告は続き、映像には、女の顔貌まではわからないが、手に白いビニール袋を持っているのが映っているという。拡大した結果、コンビニエンスストアのロゴがなんとか確認できたと続けた。そして、周辺のコンビニエンスストアを検索したところ、その映像の三十分前、そこからほど近いコンビニエンスストアで、同じ人着の女性の顔が鮮明に映った光ディスクを発見したと緊迫した声で言い放った。しかも、女はそこで、ガムテープとシャンプーを購入しており、領収書を店員に書かせたということまで突き止めていた。

「領収書の宛先(あてさき)は?」

親子電話を握って会話を聞いていた山村が思わず割り込み、勢い込んで訊いた。

「当時の店員は今日は休みで、今、ウチの若い者に自宅へ急行させています」

「ところで、その路地の先には何があるんだ?」

栗原は、さっきからふと疑問に思っていたことを口にした。

「倒産した軽金属加工会社の工場と、空き家となっている古い木造建築物。そんなもんです」

「工場に人は?」

「壊す金を払う者がいないようで廃屋同然です」

じゃあなぜ、そこから三人も? 栗原は考え込んだ。

「とにかく、その〝第二の女〟とやらを潰しておく価値は十分にある」

山村が期待を込めた。

「上手くいけば人定も可能であり、さらに、女を追いかけていた男の顔を視認している可能性もあるかと」

「これで、課長が言っていた、もう一本とやらが揃うじゃないですか！」山村の眼が輝いた。

「しかもネタは完全な目撃参考人の供述――」

「いや、共犯であることも考えられる」

栗原が訂正した。

「確かに」

山村も同意した。

「今の話、誰が知ってる？」

栗原が訊いた。

安岡は質問の意図がわからないといった風だった。

「誰が？」

「お前の他に誰が知ってる？」

「――自分と、同じ組の所轄署員です」

「安岡、お前はさらに地取りを仕切って資料を集めろ。本件の女については別に特別班を急遽編成するのでそこへ引き継げ。いいな？」

「では、当該の女の件は秘匿扱いに？」

安岡が慎重に訊いた。

「バカヤロー！　訊くな！」

栗原が吐き捨てた。


三年ぶりだ、と津久井は何度も懐かしがった。余りにも繰り返すので、亜希の方が気恥ずかしくなった。だが、津久井のその反応は、期待していたものであったので、最近、ずっと感じていなかった居心地のよさを感じることとなった。

数寄屋橋のソニービル前で待ち合わせた亜希を、津久井が連れて行ってくれたのは、銀座の中央通りから少し路地を入った小さな割烹（かっぽう）だった。店内は狭く、カウンターと、二つのテーブル席しかなかったが、調理用具など余計な物は一切見えず、細かい気遣いが感じられた。

最初はたわいもない話ばかりだった。

切り出したのは亜希の方だった。

今、どんなことをされているんですか？　最近は、日本では、こんなことがあって。ご存じですか？

自分の今の仕事の悩みはいきなりはできなかったし、したくもなかった。

ただ、「あいつは元気なの？」と桑野のことを訊かれたとき、亜希は思わず黙ってしまった。

するとと津久井はしつこく訊いてきた。

「やっぱりな、急に黙ったからおかしいと思ったんだ」

しかしそれでも、亜希は適当に誤魔化した。この時間は、会社での時間と切り離したかったからだ。

盛り上がったのは、誰がどうなったとか、結婚したとか、あるいは飛ばされたとか、そんな人事の話だった。特に、桑野について、知らないことを幾つも聞かされて、笑いが止まらなかった。

しかしそれより、津久井が口にする熱い言葉が懐かしかった。オヤジの世代の真骨頂だ、と言ってしまえばそれまでなのだが、今の同世代にはない雰囲気が逆に新鮮でもあった。自分も熱くなることをずっと恥ずべきことだと信じていたし、クールであるべきだと思っていた。だが、懐かしさもあってか、津久井の話に引きずり込まれることとなった。

ただ、津久井が言った次の言葉には思わず口ごもった。

「変わったことはない？」

亜希は、津久井にすべてをぶちまけたい衝動に駆られるもうひとりの自分を見つめていた。だが、せっかくのこの楽しい時間をそんなことでぶち壊してしまうことの方が恐かった。それに、今、この瞬間が自分には必要だと確信した。今はとにかくすべてを忘れさせてくれる存在……それが何より重要なのだと。

「いえ、特には」

その声が震えていないことを願った。

ふと頭の隅で気になることがあった。

なぜ、津久井は自分を誘ったのだろうか。帰国して間もないから、付き合いなどで忙しいはずである。

下心という言葉で津久井を評価したくはなかった。

そもそもそんなことなどあり得ないのだから。

「実は、君とは早く会いたかったんだ」

亜希は動揺した。早く会いたかった⁉　それってどういう意味？

「と、おっしゃいますと？」

硬い言葉しか返せなかったことを亜希はすぐに後悔した。

「率直に言うが――」

津久井が顔を近づけた。仄かなフレグランスの香りが心地よかった。最近ではこういった香りは避けられている。だが、それは、つける者次第だとあらためて思った。

「実は、近く独立する予定なんだ」津久井は真顔だった。「早ければ再来月にも新しい会社をロンドンで正式に立ち上げる」

想像もしない言葉だった。津久井が辞める？　兼友商事を？　急に遠い存在に見えた。だがその次に津久井の口から出た言葉に比べると、まだ衝撃は少ない方だった。

「で、君に手伝って欲しいんだ」

「えっ――」亜希は素直に驚きの声をあげた。「手伝う、とおっしゃいますと？」

「ロンドン事務所の幹部スタッフとしてだ」

ロンドン……。正直言って耳触りのいい言葉だった。だが、すぐに呑み込める話ではなかった。

しかし、なぜ私を？　私のことをどう思って……。

津久井は、それを見透かしたように、「戸惑うのはわかる」穏やかな表情で頷いた。

「でも、真面目な話として受け止めて欲しい」

津久井は、続けて、報酬や住居などについての条件面を早くも説明した。亜希にとって十分すぎる内容だった。

複雑な思いで津久井を見つめた。安心したのか、それとも残念であったのか、嬉しい誘いか、困惑する言葉か、自分でもわからなかった。はっきりしていることは余りにも性急だということである。

「ちょ、ちょっと待ってください」

「考えた末のことなんだ」

津久井にこんな強引かつ一方的なところがあったのは亜希にとって驚きだった。

「その前にお訊きしたいことがあるんです」

津久井は、なんでも受け入れるよ、といった雰囲気で頷いた。

「なぜ私なんでしょうか？」

自分ももはや子供じゃないんだからと思った亜希は続けて、疑問を率直に口にした。英会話の実力はビジネスでの場やメールでやりとりができる程度であり、特別に優秀なわけではないこと。しかも、独り立ちして仕事を任されるようになってまだ一年しか経っていないこと。しかも、昨日、大失敗をし、今度は閑職に異動させられようとしていること――。まさか、そのことを知って……いや、まさか……。

「三年前のオレの送別会、覚えてる？」

もちろん、と言う代わりに小さく頷いた。

「君は夢を語っていただろ？　あのとき、感心して聞いていたんだ。最近の若い奴らは、そういったことをクールじゃないと毛嫌いする。しかし君は素直にそれをオレにぶつけた――」

亜希は、気恥ずかしくなった。あのときは、若さゆえに出た、まさに途方もない夢だったのだ。

だがその一方で感激もした。そんなことまで覚えていてくれたことに。

「もちろん、君の仕事への〝向き方〟がきちんとしていることこそ評価していた」

しかし、亜希の頭は急に冷静になった。とにかくこの二日間、ついてないことばかりなのだ。この話にも、何か落とし穴があるんじゃ――。

「だから、君の夢の実現のためにも協力したいんだ」

上手い口説き文句だ、と亜希はさすがに苦笑してみせた。

二軒目のバーに連れて行かれたとき、津久井はさらに眼を輝かせ、幾つかの書類を広げ、新たに興す会社について熱っぽく語り始めた。業務は、これまで長年培ったロンドンでの海運関係の人脈を活用し、海外の商船、コンテナ船やばら積み船といった大型の中古船舶を新興国の船主に売買したり、または外国政府にチャーターする仲介業（エージェント）、というものだった。最近では経済大国となった中国の船主が上得意らしい。津久井は昔、中国や東南アジアの油田開発の担当もしていたので、語学力が活かされているという。すでに、五隻の商船をチャーターする手筈は整い、契約も来週済ませる予定だという。

資本金は数十万ポンド。事務所はロンドンの中心部、商業の街として知られるコベントガーデンの一角にあるビルに置き、代表取締役には津久井が就任。三名の役員はロンドンの大手海運会社の役員に併任してもらう。

従業員は、営業担当と総務にローカルスタッフが八名。そして亜希には、津久井直属の社長室長兼調査部門の長として二人のイギリス人を使って欲しいと熱っぽく語った。

亜希は返事に窮した。心躍らされる話だが、やはり余りにも唐突なのだ。

「もちろんすぐに返事を、というわけじゃないんだ。ただ、それほど時間があるわけでもない。できれば、来週末までに返事をもらえないか？」

真剣な眼差しで津久井がそう語る間、書類を示す細くてきれいな指を亜希はじっと見つめていた。

そのとき頭に浮かんだことを、亜希は慌てて打ち消した。母の問題さえなければ――。

何をいったい――。亜希は自分を叱った。

だから、答えは決まっているはずだと思った。癌かもしれないと検査入院している母を放っていけるはずもなかった。

亜希は、母のことを正直に言った。

津久井はさすがに驚いてみせたが、今、結論を出してくれなくていいから、と笑顔を向けた。

タクシーに揺られながら、亜希は混乱の海の中で溺（おぼ）れそうだった。

自分が選ばれた、という高ぶった気持ちは少しの間だけで、現実の問題が脳裏に浮かぶとすっかり萎えてしまった。

真っ先に考えたのは、やはり母のことだった。

しかし、それだけではないことも事実だった。

津久井は、退職する手続きや引っ越しのことを口にした上で、二ヶ月後にはスタッフに入って欲しいと具体的なスケジュールまで話した。さらに、その前に、来週末を利用して、三日間ほどロンドンに行って準備を始めて欲しいとまで一方的に語り尽くした。航空券やホテルの手配は自分の方でするとまで言った。その性急さと一方的な言い回しに微かな不信感を抱いたのである。津久井が立ち上げる企業の概要や経営計画は細かく聞いたが、せっかくスキルアップし、顧客を任されるまでになった今の仕事を投げ捨てることにはやはり抵抗があった。

さらに、翔太との関係にしてもしかりである。彼の性格からして、それでも関係を続けることに同意するはずもなかった。いやそれだけではない。津久井のことを話したことはなかったが、かつての上司に引っぱられた、と話せば、関係を疑うのは目に見えている。そういうところは、決して表には出さないが翔太は、かなり嫉妬深いことを亜希は密かに気づいていた。なんにしても、津久井の申し出に応じることは、すなわち翔太との別れを決断することでもあった。

亜希は、頭を振って考えるのを止めた。どうせすぐには決断できないのだ。時間は、来週末まである。ゆっくり考えるべきだと思った。

「参ったね」

タクシードライバーが舌打ちした。

現実を取り戻した亜希は、いつの間にか、自宅のすぐ近くまで辿り着いていることに気づいた。津久井がタクシー代を渡してくれたのである。最初は断ったが、会社を出るときまでの薄気味悪さを思い出すと、正直言ってありがたかった。

亜希が身を乗り出すと、赤いランプが灯る道路工事の標識と、蛍光塗料で光るベストを着た何人かの作業員たちの姿が見えた。ヘルメットを目深に被った誘導員らしき男が電光パドルを振って、迂回するよう指示している。

「しょうがねえな」ドライバーは車をバックさせた。「他の道、ご存じですか？」

亜希は、自転車でたまに使う道を教えた。

ところが、その道をしばらく行くと、そこでも工事が行われていた。ガスの配管工事を行うという看板が見えた。ここでも警備員が両腕でバッテンを作り、通行止めであると伝えた。

溜息をついたドライバーが再び尋ねたが、亜希はそれ以外の回り道を知らなかった。

「ぐるっと、どこかを回っていただくと近くまで行くと思うんですが……」

だがドライバーはそれには応えず、時計を見つめ、

「お客さんのご自宅、まだ遠いんですか？」

いかにも面倒臭そうだった。

亜希が目を凝らすと、自宅マンションは五百メートルほど先に見えた。昼間ならいい。しかし、特に今日のような日は、歩く距離が少しでも短い方がよかった。

「そんなには――」

優柔不断にそう口にしたのがいけなかった。

「なら申し訳ないんだけど、こっちも早く都心に帰りたいしね。ここで、メーター切るから。ごめんね」

ドライバーはそう言うが早いか、メーターの支払いスイッチを押していた。

酔った勢いもあった。走れば大丈夫だ、と亜希は気が大きくなった。

猛スピードで去ってゆくタクシーのテールランプを恨めしく見つめながら、亜希は早くも腕や足に鳥肌が立つのがわかった。周囲を見渡すと人っ子ひとりいないのだ。この道は、住宅街でコンビニエンスストアもないし、駅からの道としては裏通りにあたるので普段から深夜ともなれば人通りは少ない。しかも街灯の数が少ないので、暗がりが幾つも存在するのだ。

背後で足音がした。男性用の革靴の音だ。そう思ったとき、亜希の顔は凍りついた。

急いで振り向いた。遠くからひとりの男が亜希が立つ方向へ歩いてくる。

踵(きびす)を返した亜希は自宅マンションに向かって小走りに急いだ。

ひとりの男の顔――それもイヤらしくにやついた――が浮かんだ。

もしかして、あの中村？

だが二度と振り向きたくはなかった。

そもそも、何があったというわけじゃないわ、と自分に言いきかせた。車のことだって、偶然が重なっただけ。

ただ、恐いのは中村の存在だけ。あの男は何をするかわからない、そんな漠然とした恐さがあった。

あと少しというところまで来るとたまらず走りだした。

マンションの角を曲がったところで立ち止まり、壁に身体を隠しながら顔だけを出して後ろを覗き込んだ。

誰もいなかった。

それでもオートロックを開けるときはいつものように周囲をチェックし、自動ドアが閉まるまで見届けてからエレベータに向かった。

部屋に入った亜希は、まだ緊張が解けなかった。

部屋の電気を点ける前に窓へ向かった。

カーテンの隙間から眼下へ視線を送った。

それでようやく安心したが、電気はしばらく経ってから点けた。いつか見たテレビドラマで、駅から帰宅する女を尾けていたストーカーが、マンションの灯りが点くことで部屋を突き止め、そこからさらに狂ったストーカー行為を始める……そんなシーンを見たことがあったからだ。

電気を消して寝る前にもう一度、窓へ近づいた。

一台の車がマンションの前を通り過ぎていく。それは、今、急に走りだしたような気がした。

考えすぎだわ、と亜希は自分を安心させた。

亜希が、目覚まし時計のスイッチを確認したとき、マンションに繋がる道路を封鎖していた工事車両が一斉に去っていった。


やっぱり出てきたのはこいつらか、と栗原は思った。

三十歳そこそこの警察官僚(キャリア)である外事2課管理官は、堂々と座り、その隣にいる五十歳過ぎの〝頬高(ほおだか)の男〟はさっきからずっと黙り込んでいた。

しかも設定された時間が、こんな深夜とは驚きだった。十文字は、ナメやがって、と今にも爆発しそうだった。だが栗原は冷静だった。どちらが主導権を握っているかを示すためのものではないか、と警戒した。

「で、我が方とどのような関係が？」

口を開いたのは、管理官ではなく名刺を出すどころか、名乗ることさえしない〝頬高の男〟だった。恐らくこの男が一生で笑った数は両手の指で数えるほどだろう、と栗原は想像した。しかも平板な表情で顔の筋肉を使わずに、唇だけを動かすという異様さである。左右の瞬きの間隔が違うことも妙に気になった。

栗原は、連れてきた十文字に頷いた。

必死で怒りを堪える十文字は、膝の上に置いていた写真を数枚、会議机の上に無造作に並べた。隠す必要はない、と栗原が判断したからだ。

しかし、それにしても、と栗原は案内された部屋を見渡した。彼らは外事2課の中どころか、フロアにさえ入れようとはせず、階下にある総務部が管理する会議室をわざわざ用意したのである。

画像が撮られたときの経緯を簡単に説明した十文字は、続けて、外務省の資料からコピーした、〈在日中国大使館・経済担当一等書記官〉として登録されている男のバストサイズ写真を横に並べた。

「さきほど説明しました、西麻布での女性殺害事件の重要参考人です」

説明したのは栗原だった。

「それがこの寧偉（ニンウェイ）だと？」

写真を手に取りながら、黙り込んでいた管理官が上目遣いに訊いた。

「さっきから言ってるじゃないか」

十文字はたまらずキレた。

「しかし、こちらの映像では顔貌が鮮明ではない――」

管理官の横に座る肩書きさえ口にしない〝頬高の男〟が監視カメラの方の写真を摘み上げ

た。

「その判断は我々が行う」十文字が苛立った。「ことは、殺人事件。よって、当該の寧偉についての、そちらでお持ちの資料を見せていただきたい」

「残念ながらご要望にはお応えできません」

管理官が即答した。

「ほう、殺人事件捜査に協力できないと？」

その言葉を待っていたかのように十文字が詰め寄った。

「外部に出せる類のものではない、ということです」

「外部？」十文字が吐き捨てた。「人ひとりが殺されたというのに、あなた方は、それを外部のことだとして無視する——そういうわけなんですね？」

「申し訳ないんですが、我々の仕事の性格上、あらゆる質問にお答えできないんです」

「答えられない理由も答えられない——」

管理官の言葉を〝頬高の男〟が引き継いだ。

「あんた、それでも警察官か？」

十文字が刺激してみせた。

「あんたと呼ばれる筋合いはないね」

　管理官は憮然として十文字を睨みつけた。

「まあ、まあ」〝頰高の男〟が割って入った。「栗原警部。なかなかあなたの部下も血の気が多い」

〝頰高の男〟は笑った。だが、それは頰の筋肉のひとつが微かに動いたに過ぎない。栗原は薄気味悪かった。

「では、ここに写る女が、大使館員とこうやって接触する理由について、どう考えるか、ご意見を聞かせてください」

「さあ、見当もつきません」

〝頰高の男〟は神妙な表情で答えた。

「同じじゃないか。重要犯罪捜査に何も協力できないというわけだ」

　十文字は我慢ならなかった。

「ですから、何も答えられない。そう申し上げたはずです」

〝頰高の男〟は顔で頭を下げた。

「でしたら、せめて、作業の班長と会わせてください」

〝頰高の男〟は相変わらず表情ひとつ変えなかったが、管理官の顔に初めて緊張の色が浮かんだことを栗原は見逃さなかった。

「作業の班長？」代わりに答えたのは〝頬高の男〟だった。「うちはすべてが作業ですから。ご存じのはずかと」

栗原は呆れてものが言えなかった。管理官はともかく、〝頬高の男〟こそ、とんだ食わせ者なのだ。顔色ひとつ変えずに堂々と嘘をつける――。沢木課長から事前にレクチャーを受けた、外事2課という総勢二百名余りの組織の面妖さを栗原は思い出した。

外事2課では、拉致事件を担当する事件担当作業班とは別に、さらにそのずっと奥深いところに隠された、もうひとつの「作業班」が存在する。そこにいる外事警察官たちは、特別な協力者獲得作業や特命、さらに秘匿すべき事件を担当しているようだ。しかしそこにいる者たちは決して表には出ない。つまり〝裏〟というやつだ。だから、こういった場合にも、絶対に顔を晒さないのだ。だが、この〝頬高の男〟にしても、今では〝表〟なのだが、恐らくかつては、公安、外事警察の真骨頂である〝作業〟という裏の世界でずっと生きてきたのだろう、と栗原は確信した。

ゆえに、ここでいかなる話をぶつけようとも、引っ掛けようとも、まったく無駄なことなのだ、と栗原は悟った。

ただ、収穫はあった。外事2課も、寧偉に関心を持っているということ。またそれを行っているのは、恐らく奥深いところに隠された「作業班」であるということである。

だから、それがどうしたんだ、と〝頰高の男〟と視線を合わせながら栗原は思った。そして目でその言葉を伝えた。たとえ、どんなところであろうと、オレたちの邪魔をしたら容赦はしない。絶対に――。

本部外事2課作業班の部屋に戻った〝頰高の男〟は、内線でその番号にかけた。同じ外事2課員でありながら、彼らがいる部屋に立ち入ることは許されていなかったからだ。外事2課のすべての課員の名前は秘匿されているし、北朝鮮や中国の〝スパイ狩り〟という任務も当然ながらさらに厳しい秘密指定がなされている。だが、〝頰高の男〟がかけた先は、秘密だらけの外事2課でも、さらに秘匿扱いされているというよりは、存在しないことにされている班だった。

自らの内線番号のみで応答した相手に〝頰高の男〟は本名を名乗り、「係長に伝言を頼む」と言って、短いメッセージを伝えた。

「確かに」

それだけを応答して受話器を置いた児玉和幸（こだまかずゆき）警部補は、会議机の先に座る男にメモを無言のまま手渡した。

二十二名の男たちが座る、分厚い遮光カーテンが引かれた部屋には、日本航空の客室乗務員シリーズのカレンダー以外は、余計なものは一切置かれていなかった。外見も、ごくありきたりの雑居ビルで、ある弁護士事務所が借りている会議室、と管理人も完全に信じ込んでいた。

メモに急いで目を通した作業班係長の秋本警部は、表情を変えることもなく「作業班」の男たちを見渡した。

「何も問題はない」秋本は軽く言った。「すべて織り込み済みのことだ」

「おっしゃっていることはわかりますがね」

寝癖のついた髪のままの若い外務官僚が顔を歪めた。

「ですが、外交には、最優先されるルールというものがあります。それがいかに不条理であったとしても、です」

「外交の常識は、世間の非常識、そういうわけですか?」

十文字は再び、刺激役を自ら買って出ていた。昨夜は遅くまで飲み続け、まだ数時間しか経っていないというのに潑剌（はつらつ）としていた。

だが、外務官僚は乗ってこなかった。

「確認（コンファーム）された法的資料がなければ、聴取要請などできるはずもありません」

「勘違いされては困ります」

栗原が言った。

「聴取に応じるように説得して欲しい、そう言っているわけじゃありません。ただ、要請して欲しい、それだけを申し上げているんです。こっちも、路上でいきなり聴取、という跳ねっ返りをなんとか抑えているわけですから」

「それは無謀な……」

さすがに外務官僚は慌てた。

「殺人事件の捜査を外務省が妨害——。その見出しを、今度の大臣は嫌がるでしょうね」

外務官僚は顔を真っ赤にした。


亜希は安心した。昨日の会話が妙に気になったので今朝一番でかけようと思いながら、ついつい忙しさにかまけてできなかったことをずっと後悔していたのだ。

「いちいちいいわよ」母は言葉どおり、迷惑そうに言った。「それに、この時間は、そろそろ昼休みだから出られたけど、病室では携帯電話、使えないのよ」

「それでどうなったのよ、先生から聞いた？」

「だから言ったでしょ。検査しなくちゃわからないって」

亜希は言葉に詰まった。熱いものが身体の奥深くから湧いてくる。涙が出そうだった。母が明るければ明るいほど辛かった。でもそれを見せることはできない――。

「だって毎日、先生来るんでしょ？」

「来るわ」

「だから――」

亜希は、言う気がなくなった。とにかく、元気な声を聞けただけでも安心だった。

今度はメールにするわ、と言って電話を切った亜希は、ビルの谷間にあるベンチに座ったまま、兄の武彦の番号を携帯電話のアドレス帳の中で捜した。そのとき、翔太から電話が入った。

「ずっと連絡できなかったけど悪かったな」

翔太の声は明るかった。だが、彼は何も知らないのだ。この一両日が、自分にとっていかに重要な時間だったかを。

「今日はどう？」

翔太が訊いた。

「ごめん、最近、残業続きで疲れてるから――」

「えっ⁉……ああ……そっか」

翔太は意外だという雰囲気だった。亜希自身もそんな言葉で答えるべきではなかったと思った。今まで、疲れたから、という理由で、デートを断ったことなど一度もなかったからだ。亜希自身もそんな言葉が出たことに驚いた。これまでなら、疲れているからこそ彼と会いたかったのだ――。

「じゃあ来週にでも」

翔太はそれだけ言うと一方的に電話を切った。まるで亜希の答えを聞くのを避けるように――。

兼友商事が入るビルから社員たちが溢れ出てくるのを見た亜希は腕時計へ目をやった。ちょうど昼休みの時間だった。

ベンチから立ち上がったとき、ふと妙な感触があった。

何の気なしに振り返った。巣から蟻が溢れ出してきたように近くの飲食店に群がってゆくサラリーマンやＯＬたち。だが、その妙な感覚は確かにあったように思えた。しかも、同じ感覚を最近、どこかで味わったような――。

会社に戻ると、打ち合わせ机の方から沙央里が手を挙げて亜希を呼んでいた。足を向けると、午前中に頼んでおいた、仕出し弁当屋「玉子屋(たまごや)」の弁当を沙央里が持ってきてくれていた。安くて美味しいと評判の弁当だった。他の打ち合わせ机にも、いつものルールどおり、〝階級別〟に女性の〝島〟が見事なまでに形成されていた。相変わらず、若い男性社員も自分で作ったように見える弁当を持って、同期の女の子の前に座って……。

そのとき翔太の顔が浮かんだ。何かが変化している、と思った。彼への気持ちのある欠片が落ちたように……。

弁当の蓋(ふた)を開けるなり、沙央里はいつになく饒舌だった。といっても話すことは、くだらないトピックス——朝、電車内で乗客どうしがケンカをしたことでいつもの通勤電車が一時停まり、会社に遅刻しそうになって大変だったとか——月刊誌「グラッツア」に特集されている安いエステ店についてなどたわいもない話ばかりだったが、弁当を食べ終えた直後、沙央里は唐突に真顔になって、亜希の顔を覗き込んだ。

「ねえ亜希、最近、残業多すぎない？」

「そうかな」

亜希は、仕事の話をしたくはなかった。

だがその態度が沙央里に火を付けたようで彼女は構わず続けた。

「無理な依頼を引き受けたり、後輩の仕事を引き受けたりしているんじゃない？」

「そうでもないよ」

「どうしてなの？　なぜ新人や使えない人の依頼なんか引き受けるの？　この際、敢えて言うけど、そういう人たちと付き合っても大した売り上げにはならないわよ」

苦笑した亜希は、水商売で働けば結構いけるだろう派手な作りの顔に、あんたはいいわよ、と言ってやりたかった。

「今晩、空いてない？　そう、じゃあ、ご飯、食べに行こ」

沙央里は一方的にそう言うと、食べ終えた弁当箱を白いビニール袋に放り込んで席を立っていった。

均整のとれた彼女の後ろ姿を見つめながら、沙央里とは、特に馬が合うという仲ではない、と亜希は思った。どちらかというと相性は良くない。正直そう思っていた。だが、同期入社ということからか、互いにそれぞれのことをよく知っていた。

父親は、ある家電メーカーの営業マンというごく一般家庭に育ちながらも、名門の慈愛女子学院大学英文学科に入学したのだから、沙央里自身は相当努力したのだろう。

ただ、慈愛女子学院在学中は、小学校や中学校からエスカレータ式に上がってきた名家の子女に対するコンプレックスを強く持っていたようなことを、かつて一緒に飲んだとき、酔っぱらった勢いで亜希にだけはぽつっと洩らしたことがあった。恐らく彼女は覚えていないだろうが。

ただ、兼友商事に就職後は、慈愛女子学院に通っていたということで、傍目にも、徐々に一目おかれる存在になっていった沙央里。彼女自身もそれを意識し、お嬢様的な上品なイメージをより定着させるため、服装や言葉をブラッシュアップするために確かに努力した。そんな努力の甲斐あって、顧客や社内におけるお嬢様というイメージが定着し、かつ営業成績がいいということで、取引先や上司から高い評価を得てきた。亜希にとっては、悔しいが、真似できないことだった。

ただ、そんな沙央里の内面とのギャップを亜希は思い知らされていた。

地方大学や二流大学の出身者に対しては、常に見下した態度をとる一方、国立大や早稲田、慶應卒といった者に対しては対等に話をしようとするのだ。在学中のコンプレックスの反動なのだろうか。だから、飲みに行って彼女の口からよく出てくる口癖は「あの人使えないの」であった。例えば、仕事を一緒にやっている担当者、取引先でうだつのあがらない要領が悪い男についていつもそんな風に言うのだ。ただ絶対にきつくは言わない。ごく普通にさらっと言うのだ。亜希は、そんな沙央里の姿が恐ろしかった。まだヒステリックにぶちまけられる方が、後になってなんだいい奴じゃない、ということがよくあるからだ。

沙央里のもうひとつの隠された内面は、上司を含めた男性との付き合い方は「自分に対して有益か否かで決まる」と亜希にだけはいつもそう言って憚(はばか)らないことだ。とはいっても決して計算高い、というわけではない。本能のようなものだから凄まじいのだ。何人もの男と自分のニーズに合わせて付き合う、とまで言い切っていた。独身東大卒の、容姿はいまひとつでも結婚用のカレシ。また、社内で不都合なことがあったときに泣きつく相手もキープ。それは、不倫相手だとまで口にしたことがあった。毎日、彼女が、同期入社の男に対する不平不満をピロートークで言っていたお陰で、ある男性社員が飛ばされた、という噂も聞いたことがあった。

しかしそれでも亜希は、沙央里を羨ましい、と思うことが多かった。何より仕事上の決断が早く迷いがないのである。そして、男たちといえば、若くて美しい彼女に対して真正面から逆らうことをしないのだ。

部屋を出て行く沙央里の後ろ姿を見送りながら、彼女こそ、今、三十歳を前にした女性の典型的なモデルなのかもしれない、とふと思った。

余計なコミュニケーションはとらない。ディベート好き。理屈で納得しないと動かない。同じだけ努力したのに男性だけが評価されることが納得できない。女が大きなビジネスに抜擢され、素晴らしいと認められるまでには、周りにいる男たち全員のOKがいるが、男はたったひとりのOKでいいことに大きな不満を持っている。女の方がレッテルを貼られる場合が多いということにも——。

そこまで並べ立てて、亜希はハッとした。自分はその領域にすら達していない……。自分が急に惨めになった。

午後からの仕事の前に、化粧直しのため更衣室に入ったとき、三人の後輩たちが黄色い声をあげながら、コンパクトを覗いていた。

化粧ポーチから脂取り紙を取り出した亜希に、

「最近、どうかされました？」

四年後輩の田所美夏が声をかけてきた。この子はいつも勘が鋭い。新人の部類に入るが仕事もソツがない方だった。

「どうかって？」

「なんか、お顔の色が悪いような……」

ただ、こうやって率直に言いすぎることだけは欠点なのだが。

亜希は、一瞬、躊躇ったが、中村のことを話したい、という衝動にかられた。沙央里から聞かされた話が刺激になったのかもしれない。名前や社員であることは伏せた上で。

「恐い！」

声をあげたのはホステスのようにきれいに睫をカールさせている——それでいつもお局さまに睨まれているのだが——美夏だった。

もうひとりの黒々とした長い髪のきれいな二宮沙耶は、「気をつけてくださいねぇ」と泣きだしそうな表情で見つめている。彼女にしても、常にものごとをネガティブに考える癖が欠点である。これこそ商社には不適格な人間なのだが。

ところが最後のひとり、髪の短いボーイッシュな雰囲気を醸し出している岡島真由は、深刻な表情で声を潜めた。

「先輩、実は、わたしの友人の知り合いで、ストーカーに殺されちゃった人がいるんですよ」

亜希は溜息をつきたかった。彼女の話はいつも曖昧である。友人の知り合いなんていい加減なものなのだ。しかも、実際に自分が被害に遭っていると言ったばかりだというのに、このデリカシーのなさには呆れるしかなかった。

だが、他の二人は顔を強ばらせている。

「今、お聞きしたお話、なんか、その事件と似てるんですよ」

真由は囁くように続けた。

亜希は受け流すだけで早くこの場を立ち去ろうと化粧直しを急いだ。

「で、何よ、前兆みたいなものがあるっていうの？」

顔を青ざめさせた沙耶が話の続きをせがんだ。

「車なんか、停まっていません？」真由が亜希の顔を覗き込んだ。「マンションの真ん前じゃなく、遠くの方に。しかも、よくよく考えてみれば、最近、朝や夜によく停まっているような、とか。それか、ふと振り返ると、決まって、すうっと後ろから通り過ぎるとか。で、窓際から見下ろすと、決まって動きだしてゆく——。実際、その殺人ストーカー、それだけじゃなくて、取引先なんかにも、何度も電話を入れてあれこれ訊きまくっていたらしいんです」

「止めてよ、帰れなくなっちゃう」

自分で催促しながら沙耶は身体を震わせた。

「でね、街を歩いているとき、妙な感覚、例えば、どこからか視線を感じるとか——」

「もういいわよ！」

身を震わせる仕草をして美夏が制止した。

「とにかく、先輩——」それでも真由は神妙な顔で続けた。「気をつけてください。殺されちゃう場合もありますから」

亜希は唖然とするしかなかった。よくもそんな言葉を――。

更衣室を出た亜希の足が突然、止まった。頭の中に衝撃が走った。女の子たちの、お先に失礼します、という言葉にもやっと小さな声を返すだけだった。

幾つかの記憶がどんどん蘇ってくる。

まず二日前である。翔太と別れてホテルから乗ったタクシーに続いて赤信号を強引に突破した車、マンションの入り口で背後から来て通り過ぎた車、寝る前に窓際から眼下へ視線をやったときにマンションの斜め前にいた車……。それだけじゃない。昨日の朝もそうだ。マンションの入り口を見通す位置に停まっていた車、そして夜……会社の前に停まっていた車、部屋の電気を消して窓から見たとき、マンションの前を通り過ぎていった車……。

今日だって……。ついさっきのことだ。昼休みの前。携帯電話で母や翔太と話した直後。あの感覚は……まさか……誰かの視線だったのか……。

真由が指摘したほとんどすべてのことに覚えがあるじゃない！

デスクに戻った亜希は、しばらくそのことで頭が一杯だった。だから、仕事が手につくはずもなかった。

もはや躊躇する理由はない、と思った。材料はいくらでもある。何かのときのために、と保存している中村からのメールはたくさんある。

　そう思うと、亜希は決断した。内線電話表で、セクシャル・ハラスメント委員会の番号を記憶した亜希は、携帯電話を握って廊下に出た。なかなか来ないエレベータに苛立っていたとき、エネルギー第3課の男たちが大声で話しながら亜希の傍らに立った。ふと視線を向けると、課長がその中にいた。中村の直属の上司である。確か三人目の子供が生まれた、とイントラネットで流れていた。自分が告発したら、この男にもなんらかの処分が下されるはずである。そう思うと複雑な気持ちになった。

「マジですか？」

　エネルギー第3課の若い社員が驚きの声をあげた。

「いや、参ったよ。今度のクレーム対応は半端じゃないね」

　課長が溜息をついた。

「それにしても、三日前からずっと、おひとりで大阪に行ったきりとは酷いですね」

「いや、中村も一緒だったから。あいつはよく働くから助かってるよ」

　漫然と耳にしていた亜希は神経を研ぎ澄ませた。

「昨日も、重要書類を忘れたんで、あいつにここへ取りに帰らせたんだが、翌朝の会議があったので、新幹線の最終に乗せてすぐにまた大阪に戻らせた。悪いことしたよ」

亜希は息ができなくなった。

「で、中村さんは今どこに？」

「大阪さ。金平を私の代わりにやったが、あの工場に朝から晩まで缶詰。あと一週間は帰れないだろうな。お前らも、中村の爪の垢でも、というやつだ」

亜希は、よろめいてトイレに向かった。中村は、ずっと、大阪にいた――。昨日、私に声をかけたのは、たまたまいただけで――それもわずかな時間！――すぐに大阪へ……。

中村ではない……彼ではなかったのだ！

じゃあ誰⁉

身に覚えがあるはずもなかった。それこそ不気味だった。いや恐怖だった。

トイレの中で亜希は翔太にメールをした。いや、返信を待ってられなかった。携帯電話にかけてみた。留守番電話！

ちょうど電話が入った。津久井からだった。

「声が変だけど、大丈夫？」

津久井の言葉が嬉しかった。こういう細かいことに彼は気づくのだ。翔太がこうであれば……。

津久井に無性に会いたくなった。

でも……。

津久井にどうしても会いたい。だが、必死で自分を抑えた。

これ以上、頻繁に会ったら、すべてを頼ることになりそうで恐かった。

なんといっても……彼は結婚している……その言葉が何度も頭の中で乱舞した。

翔太の顔が脳裏に浮かんだ。

彼は確かにいい奴なんだけど……。

じゃあ、やっぱり津久井に……。

どうして私はこんなに優柔不断なんだろう、と思うと亜希の気分は沈んだ。

だが、自分の中では答えがわかっているはずよ、ともうひとりの自分が囁いた。

被害者の身元が判明した、との重要情報を特別捜査本部に入れたのは現場捜査担当の森田知樹（ともき）で、情報の内容の重大性を敏感に判断した森田は、捜査会議の場での報告とはせず、捜査情報を一元管理するデスク主任の山村だけに耳打ちした。

山村はその判断が正しかったことで森田を誉（ほ）めた。だが状況を聞くにつれ、身元が判明する端緒となった、その奇妙な〝事案〟の方に誰もが強い関心を寄せることとなった。

森田は、警視庁本部鑑識課から報告を受けたものである旨を山村に説明した。被害者である女性の指掌紋が、四日前に起こった〝ある事案〟で採取されていたものと完全に一致したというのである。

山村から報告を受けた栗原は、概要を把握したが、その〝ある事案〟を取り扱った担当者から直接に詳細を聞きたいと山村に指示した。

適当な場所がなかったので、鈴鹿友也警部補という、新宿警察署の生活安全課少年係の係長を呼び出したのは港警察署三階の取調室だった。

部屋にはすでに、栗原とデスク主任の山村が待っており、取扱い報告書などの一件書類を抱えてきた鈴鹿は、緊張した面持ちで〝被疑者席〟に座った。

「ごくろうさん」

向かい合った栗原がまず労った。

「指紋が一致したことは間違いないんだな？」

「ええ、ここに」警視庁本部の鑑識課が作成した資料を広げた。「3号指紋として登録もされています」

資料を手に取った栗原の背後から山村が覗き込んだ。

「三田静蕾、三十一歳。国籍は……日本？」

山村が怪訝な表情で顔を上げた。

「そうです。埼玉県飯能市在住、農業、三田建造と一年前に婚姻。よって特別在留許可、通称〝配偶者査証〟を得たものであります。静蕾の本籍は上海。日本に来るまでは日中経済友好会の事務局で働いていたと申告しております」

鈴鹿は強ばった表情のまま書類を見ずに説明した。

「ダンナは五十九歳？　親子ほど違うじゃないか」

もう一度、山村が驚いた。

「例の、ヘイジャンパイではないかと……」

栗原が怪訝な表情で身を乗り出した。

「おそらく、配偶者ビザ目当ての、ビジネスに絡んだ偽装結婚ですな。ビザが切れた、いわゆる〝黒い〟パスポートも、それによって〝白い〟パスポートになる。これが〝黒が白となる〟です」

「なるほど。で、君が取り扱った本事案なんだが――。静蕾と同宿の男性が、新宿のホテルのバスルームで倒れ――」

「ラブホテルです」鈴鹿が訂正した。「それに、宿泊ではなく、いわゆる休憩中ということでした」

栗原は小さく頷いてから続けた。

「死亡は、搬送先の病院で確認。で、行政解剖の結果、監察医の所見は心筋梗塞(こうそく)による自然死だと——。つまり、いわゆる腹上死というやつか？」

「まあ、そういうことでした」

栗原が目を彷徨わせている鈴鹿をじっと見つめた。

「じゃあ、初めから詳しく聞かせてくれ」

唾(つば)を呑み込んで大きく頷いた鈴鹿は、滑舌もよく、自分が立ち会った四日前の、その奇妙な事案を語り始めた。


現場は住居表示では新宿区に入るのだが、歌舞伎町(かぶきちょう)の繁華街からは離れ、四谷寄りの、靖(や)国(す)通(くに)りに面した細い路地に一軒しかないラブホテルだった。人通りも少ない路地に面し、今時のブティックホテルと呼ばれるそれとは正反対の、パステル調の外装でもなく、華美なネオンもなく、いかにも密会用といった〝年代物〟である。築何十年も経っているような鉄筋コンクリート造りで、植木に埋もれた間口の狭い入り口は路地からも見えず、自動ドアをくぐり抜けると、きつい芳香剤の香りが鼻をつくところだった。

静蕾がホテルに男と入ったのは、午後七時過ぎ。その相手とは、静蕾とは親子ほど歳の離れた五十五歳の男だった。ただ、後にラブホテル側から提出を受けた監視カメラには、静蕾が男の腕に手を回した姿が映っていた。コトを行うべくそういったホテルに入ったカップルそのものに見えた。

フロントの電話が鳴ったのは、それから約三十分後のことだった。だが、静蕾は涙声で要領を得ず、部屋に行った従業員は、ガウン姿で泣きじゃくる女が指さすバスルームに全裸の状態で仰向けに横たわる男を発見した。

約七分後に救急隊員が駆けつけたときには、すでに男の心肺は停止していた。救急隊員は心臓マッサージなどの蘇生措置を続けながら近くの救命救急センターに搬送。直ちに蘇生手術が行われたが、午後九時十二分、執刀医により死亡が確認された。病院からの通報で、当時、新宿警察署の当直責任者だった鈴鹿が病院に到着したのは、同九時三十分のことである。

「心筋梗塞から心不全――。なるほど」鈴鹿が小さな手帳にペンを走らせる。「で、通報いただいたのは、外傷か何かがあったと？」

「外傷？」医師は不機嫌そうに続けた。「そもそも心肺停止になったのは別の場所だ」

「別の場所？」

「ラブホテルと聞いた」

鈴鹿は、連れてきた若い刑事課員の月岡克己巡査長と顔を見合わせた。

「詳細は、患者さんの同伴者から聞いてくれたまえ」

医師が顎をしゃくった方へ鈴鹿たちが目をやると、長椅子にうずくまるようにしている女が看護師から毛布をかけられるところだった。

鈴鹿たちの聴取に、女は泣きじゃくりながらたどたどしく、今にも消え入りそうな声で答えた。

女が本籍を口にしたとき、鈴鹿は何度も訊き返した。

「上海？　あのシャンハイ？　中国の？」

女は力強く頷いたあと、初めて泣き腫らした顔を上げ、今は、農業を営む五十九歳の日本人の夫と二人暮らしであるから、現在の国籍はあくまでも日本だと繰り返した。夫とは、一年半前に、彼がビジネスで北京を訪れたとき、企業関係者に紹介されて出会い、半年間の長距離恋愛の末結婚し、日本にやってきたのは一年前で……。

時間をかけて鈴鹿は几帳面に聞き出した。

鈴鹿は、父と娘ほどに二十八歳も歳の離れた夫の存在に驚いたが、それよりも、泣きすぎて瞼が腫れぼったくなっていなければ、目鼻立ちの整った相当な美人だとしばらく見惚れた。

月岡にこづかれて我に返った鈴鹿は、慌てて人定項目確認の手続きを再開した。

亡くなった男性、中日通商協会理事については、一年前の結婚や国籍変更の手続きをしたときからいろいろ相談に乗ってもらっている間に男女の関係になった、とあっさり吐露した。もちろん、日本人の夫は何も知らないはずなので、知らせないで欲しいと涙ながらに懇願した。

本題に入ったとき、女の声はより弱々しくなった。だから鈴鹿が復唱するしかなかった。

「つまり――。風呂場での男女の行為中に、男性が、突然、胸を押さえて苦しみだし、そのまま意識をなくしたと？」

慎重に確認する鈴鹿に、女は再び顔を上げ、私は、何もしてないよ！　と声をあげて訴え、鈴鹿にすがりついた。

困惑する鈴鹿の前に、突然、中年の女性が駆け寄った。小太りのその中年の女性は、静蕾にかけられていた毛布を剝ぎ取り、いきなり静蕾の頰を平手で殴りつけた。さらに彼女の肩を摑むと激しく揺さぶり、意味のわからない言葉で罵り始めた。

慌てて制止しようとした鈴鹿でさえ中年の女性に払い飛ばされた。背後から迫った月岡が中年女性を抱きかかえるようにして、どうにか静蕾から遠ざけた。

「乱暴は止めていただきたい」

その声に鈴鹿が振り向くと仕立てのいいスーツ姿の男が月岡の前に立っていた。

「乱暴したのはこの女性なんだ。それより――」

月岡がそう言いかけたとき、鈴鹿は、スーツ姿の男の背後に五人の男たちが彼を取り囲むように立っているのに気づいた。

「なんだ？　あなた方は？」

鈴鹿は問い質した。

スーツ姿の男は、名刺を差し出した。

「中華人民共和国大使館の者です」

鈴鹿は、天安門をデザインした中華人民共和国のマークにしばらく目が釘付けとなったあと、〈経済担当一等書記官　寧偉〉という文字に、驚愕の表情で顔を上げた。

「彼らも当方の外交官です」

一等書記官は、表情ひとつ変えずに〝外交官〟という言葉を強調し、身振りで背後に立つ男たちを紹介した。

「今、ここに運ばれた者も、我が同胞です。こちらはその奥様で――」

鈴鹿が目をやると、さきほどの中年女性は腰に手をやったまま、身を震わせている静蕾を睨み続け、時折、何かを喚いていた。

「ところで、なぜ、ここへ？」

鈴鹿は引っ掛かっていた疑問をぶつけた。自分たちでさえまだ身元を割り出していないからだ。

「所持品があった、と病院から通報をいただきました」一等書記官はこともなげに言った。

「ご存じなかったのですか？」

「いや、まあ……」

鈴鹿は、舌打ちしたい気持ちをなんとか堪えた。あの尊大な医師が伝えてくれなかったから、こんなところで恥をかかされるハメになるのだ。

「よって、ジュネーブ条約に基づき、こちらで引き取り、本国で治療をさせていただく」

一等書記官の雰囲気はずっと静かだったが、その言葉に、有無を言わさぬ強引さを鈴鹿は感じた。

「残念ながら、搬送された方は今しがた死亡が確認されました」

鈴鹿は神妙に言った。

一等書記官の顔に反応が出たのは一瞬だけで、すぐにまた平板な表情に戻った。五人の大使館員たちにも動揺はなかった。

鈴鹿はその姿に薄気味悪さを感じた。同胞が亡くなったというのに……。

ただ、亡くなった男の妻と紹介された中年女性は、館員のひとりから耳打ちされた直後、突然、両手を上げて泣き叫び、その場に崩れ落ちた。

「遺体なら尚更、すぐに引き取らせてもらう。それと、あの女性についても我々が保護します」

一等書記官はそれだけ言い残すと、ひとりの館員を連れて手術室の方へ足を向け、残る四人はなぜか静蕾に駆け寄った。鈴鹿にはそれが奇妙に思えた。まるで女性の方にこそ関心があるような——。だがそんなことを考えている余裕はなかった。

「ちょ、ちょっと待ってください」

鈴鹿は慌てて駆けだし、一等書記官の前に立ち塞がった。ジュネーブなんちゃらということはよくわからないが、人ひとりが死んだのである。しかも、死亡確認は医師がしたものの、〝現場〟はラブホテルであるから、少なくとも検視や解剖などを含む法的手続きを踏まなければならないことは明らかだった。

「国際法上、我々の主張が優先される」

一等書記官たちは足を止めようとしなかった。

「だから待ちなさいって！　この国にはこの国の法律があるんだから」

鈴鹿と中国大使館員は手術室の入り口付近で揉み合った。

「しかも、あの女性はもはや日本人だ。あんたたちに権限はないぞ」

互いに主張を繰り返すばかりで収まりそうになかった。その間にも、静蕾は男たちに両腕を取られて強引に連れ出されようとしている。男たちの罵声と、静蕾の悲鳴が深夜の病院に響き渡った。騒ぎを聞いて病院の警備員までもが駆けつけ、ますます収拾がつかなくなった。

ところが、急に一等書記官は言葉を止めた。館員たちを下がらせると、鈴鹿の肩越しに視線を通路の先へ送った。

鈴鹿がその視線を追って振り向くと、エレベータの前に二人の男が静かに立っていた。

一等書記官は鈴鹿を無視してその男たちのもとへ向かうとしばらく話し込んだ。十分ほどそうしてから、一等書記官はひとりの館員を呼びつけて、耳元に何かを囁き、驚いたことに足早に立ち去っていった。

戻ってきた館員は、鈴鹿に近づき、これからの手続きについて、と流暢（りゅうちょう）な日本語で幾つもの質問を矢継ぎ早に浴びせかけた。納得した風に頷いた館員は、男の妻ではなく、静蕾へと向かい、そこでまた乱暴に腕を取って立ち上がらせようとしている。

止めようと思った鈴鹿だったが、さっき一等書記官と話し込んでいた、エレベータの前から近づいてくる二人の男に目が釘付けとなった。そのうちのひとり、ベージュのトレンチコートを着ている男の顔を鈴鹿は見知っていた。同じ署でよく顔を合わせる……そう確か、警備課に在籍していたはずである。

鈴鹿に声をかけたのは、その男ではなく、もうひとりの、グレーのスーツに濃紺のネクタイをつけた地味な印象の男だった。鈴鹿の印象に残ったのは、目がひとえということくらいで、それ以外の特徴を探すのに苦労した。

「本官です。鈴木です」

〝地味な男〟はそれだけを口にし、警察手帳を見せるどころか、所属課や名前さえ言わなかった。

男は律儀に頭を下げたが、鈴鹿を無視するように静蕾へと歩み寄った。

「あんた、ちょっと」鈴鹿は慌てた。「所属はどこだ？」

「いいんです」振り返った〝地味な男〟は平板な表情で遮った。「面倒なことは我々が処理しますのでご安心ください」

「そんなこと言ったって……。そもそもあんた、本当に警察官か？　警察手帳は？　そもそも……」

鈴鹿はそこまで言って言葉を切った。こいつは、公安（ハム）だ——。直感的にそう思った。

だが〝地味な男〟はそれには答えず、

「署長に確認してください。ご了解済みです」

と押し殺した声で言い放った。

話し終えた鈴鹿は、「頭にきたのなんのって」と怒りを顔に表した。

「不審な点は？」

山村が身を乗り出した。

「不審な点ですか……。同伴者の女の供述は、翌日に我々が見分した結果や、従業員の供述とも一致していました。つまり、死体発見時、男は浴室のタイル貼りの洗い場で、下半身を剝き出したまま仰向けの全裸状態。一方、女は下着をつけずにピンク色のガウンだけを身につけて、髪も濡れ、パニック状態。死体には外傷はなく、また室内に争った形跡もなく——。特に不審に思う点は何も……」

「で、女はそれからどこに？　静蕾という女だ」

「もちろん、私が署に連れて行きました。当然ですから」

「それで？」

「それでってって……とにかくさらに詳細な聴取はしました。が、自然死であることがほぼはっきりしてましたので、甲号報告書（自然死と判断される場合に作成する報告書）にしています」

「その後は？」

「いやあ、留め置く理由もありませんでしたので……」

「帰した？」

山村が眉間に皺を刻んで訊いた。

「……はい」

鈴鹿は激しく目を彷徨わせた。

「公安部、まあ外事だろうが、奴らはどうした？」

「引き揚げましたが……」

「大使館の連中は？」

「えっ？　その後は何も……」

「それだけ？」

「ええ、それだけです」

なぜそんなことを訊かれるのか不可解だと言わんばかりに鈴鹿は二人の捜査1課員を見渡した。

「最後まで誰も名乗らなかったのか？」

山村が訊いた。

「訊きましたよ、もちろん。でも喋りませんよ、あいつら」

鈴鹿は吐き捨てた。

「それで行政解剖の結果だが――」

栗原は、新宿署刑事課長代理の名前で作成された解剖立ち会い報告書と、東京都監察医務院の監察医のサインのある解剖報告書とを見比べた。

「――冠状動脈の梗塞が明白に認められたほか、外傷もなく、他の臓器に特異所見もない。血液の迅速診断でも薬物などは検知せず――」

鈴鹿は諳(そら)んじてみせた。

「で、静蕾の調べはその後どうしたんだ？」

「調べ？　それは……翌日には……そういう報告も出ましたし――」

鈴鹿は初めて言葉を濁した。

「配慮があった？」

そう尋ねたのは栗原だった。

「配慮といいますか――。翌日、さっそく外務省や、中国大使館のお偉いさんが署長を訪問されましたし。小耳に挟んだところでは、自民党本部、日中議員連盟の先生方にも中国側は根回しをされたとか。まあ、ラブホテルで腹上死というのでは格好がつきませんでしょうからね」

「じゃあ報道は？」

「そこにあると思いますが、全国紙が一紙だけ、ご覧のとおりベタ記事扱いで」

栗原が見つけたのは、鈴鹿の言うとおり、中日通商協会理事がホテルで病死したというあっさりとした短い記事だった。現場がラブホテルであったことや、同伴の女性がいたことには触れられていない。だからなのか、栗原の記憶にもなかった。

「あの……1課で扱っている事件と、何か、関係が？」

鈴鹿は興味津々という目で栗原を見つめた。

栗原はそれには答えず、「ありがとう」と言って、鈴鹿の肩を二度ほど叩いただけで取調室を後にした。


「やっぱり、根っこは中国がらみですか――」

廊下を歩きながら山村が舌打ちした。

「とにかく、身元がわかって十文字の鑑取班が本格始動したことで、かなりの資料が得られるはずだ。まず三田建造なる、女の夫だ」

「私も今回は、濃鑑がある、そう思えて仕方がありません」

山村も同意した。

だが栗原は頭の中がまだ整理できず、深淵（しんえん）へ沈み込んでゆくような錯覚に襲われていた。

それを救ってくれたのは駆け込んできた松前だった。

松前は目配せで栗原と山村を廊下の隅へと連れて行った。

「くだんの〝第二の女〟、人定できました」

額が汗だらけの松前は肩で息をしていた。

「誰だ？」

栗原に代わって訊いたのは山村だった。

松前はノートを捲った。

「兼友商事という、中堅の総合商社の社員です」


　車が進むにつれ、十文字は不思議な感覚に襲われた。すでに辺りはとっぷりと暮れている。闇夜（やみよ）であるが、今、目の前に広がっているのは、東北の田舎町かという錯覚に陥りそうなほどの景色であった。高速道路を降りてから一時間と走っていないのにである。都会を突き抜けてきたように思えたのが突然、〝田舎町〟に変貌（へんぼう）したのだ。

　さらに車は闇へと突き進むがごとしで、時折、ぽつんと薄暗い街灯が過ぎてゆく。目の前には、折り重なり合うような幾つもの山のシルエットがぼうっと浮かんできた。さらにしばらく行って、徐行し始めたのは、広大な黒い海——目を凝らして初めて田んぼだとわかった——の真ん中で、次第に民家の灯火さえ探すのが難しいほどになった。

三田建造の家は、その山を越えた、さらに小高い丘の向こうにあった。

カーナビゲーションがなければ朝まで彷徨い続けただろうと十文字は思った。自動音声誘導でなんとか辿り着いたのは、山裾(やますそ)に広がる針葉樹林に埋もれるように建っている一軒の民家だった。どこからどこまでが敷地だかわからないような家の前には、三台の高級乗用車やトラクターが無造作に放置され、母屋以外に幾つかの納屋も見える。

車から出ると痛いほどの冷気が十文字の頰を強ばらせた。

得体の知れない獣の唸り声が山の方から聞こえる。それに呼応するように、鶏のけたたましい鳴き声が響き渡った。運転してきた所轄署員の三浦佑介巡査部長は、こんなところまでやってきたことを後悔するように、コートの衿を立ててひどく顔を歪めた。

居間付近からの明るい光が庭に洩れていた。玄関は灯りが落とされて暗かったが、十文字は躊躇せずにインターフォンを鳴らした。

しばらくして、すり硝子の引き戸の向こうが突然明るくなった。そして足音も感じないうちに人影が見えた。

ところが聞こえたのは十文字が予想もしない言葉だった。

「帰れ！　ぶっ殺すぞ！」

訛(なまり)のある男の怒声だった。

十文字が身分を名乗って、突然に訪問したことを詫びたにもかかわらず、男は何度も同じ言葉を投げつけた。

十文字が引っ掛かったのは、声の響きに恐怖感があったことである。しかもドアに映るシルエットの中で、十文字はそのことに初めて気づいた。男の手には猟銃らしきものが握られているのだ。確かにこの辺りは、夜に訪問する者などいないのだろう。警戒するのも理解できたが、それにしても余りにも大袈裟ではないか――。

独特の機械音が耳に聞こえた。十文字はその音を知っていた。猟銃かライフルに装弾する音だ――。

十文字は相手を興奮させないようできるだけ落ち着いた声で、警察手帳があるので見て欲しい、と語りかけた。

「本当に警察なのか！」

それもまた詰問調だったが、やはり声には震えがあった。

かなり時間が経ってから、人影が小さくなり、解錠される音がした。だがドアは少しだけ開き、「見せてくれ」という声だけが聞こえた。

十文字が警察手帳をドアの向こうへ翳すと、ガラガラと引き戸が開けられ、頭頂部が禿げ上がった男がにゅっと顔を出した。

「やはり家内に何かありましたか？」

猟銃を手にしたまま三田建造が開口一番言ったのはそんな言葉だった。


居間に通された十文字の目は真っ先に、長押に掛けられた何着ものワンピースに釘付けとなった。ひと言で表現するならば、どれも、あざやかで原色であることを優先した派手なものばかりである。調和を無視した色の重ね具合に、日本のものとは異質な印象を抱いた。

お茶を運んできた三田を観察して十文字がまず思ったのは、やはり、静奮の夫というには、想像以上にアンバランスだ、ということだった。頭の禿げ具合からして蛍光灯の下であらためて見ると相当なものだった。側頭部だけに伸びた長い髪を無理矢理、頭頂部に持っていっているものだから、とぐろを巻いた蛇のようにも思えた。しかも老人斑らしき焦げ茶色の染みが陽に焼けた顔に点在していることが年齢よりも老けて見せている。そして全体の雰囲気といえば、さっきの威勢のよさが嘘のように憔悴しきっている。しかも長押に掛けられている鮮やかな色目の妻の服――その傍らの男物の衣服がくすんだ色ばかりであることも、二人の年齢差を際立たせているようにも感じた。

「失礼しました」

畳の上に正座で向かい合った三田は俯き加減で頭を下げた。

「で、妻が何か？」十文字が話すよりも先に三田が訊いた。「妻の居場所をお訊きになりたければ横浜の友人宅へ。四日前から行っているはずです――」

十文字は困惑した。捜索願が出ていないことから考えれば当然のことなのだが、夫は妻の死を知らないのだ。ゆえにいきなり辛い役目を果たすこととなった。

ただ、それにしても四日前から友人宅とは……。

夫は、事実を知らされても特別な反応を示さなかった。無言のままタバコに火を点け、長押に掛かる妻の衣服へと視線を流した。

「今、妻はどこにいるんです？」

三田は弱々しい声で訊いた。

「山手線、大塚駅からほど近い、監察医務院という東京都の施設に安置されています」

十文字は続けて、いつでもご案内します、と付け加え、彼女が巻き込まれた事件について、刺激的な表現を避けながら静かに説明した。ただ、ラブホテルの一件は言う必要がないと判断した。

その間も三田は表情ひとつ変えず聞き入っていた。だが、医師の話によると、病院に運ばれたときにはすでにこと切れていて、蘇生術も役に立たなかったと話すと、突然、肩を震わせて嗚咽(おえつ)し始めた。

「こんな歪(いびつ)な夫婦でもね、愛情がなかったわけじゃないんです」三田は震える声で言った。「少なくとも私はね」

「夫婦にはそれぞれ様々な形があるんじゃないか、私はそう思います」

ほとんど帳場泊まりとはいえ五人の子持ちである十文字の、率直な気持ちから出た言葉だった。

「ところで――」十文字は背筋を伸ばした。「我々は、亡くなった奥さんのためにも、犯人を憎み、なんとしても捕まえたい、そう強い気持ちで捜査を進めています。ですので、今、辛いお気持ちでいらっしゃるでしょうが、ご協力、お願いできますね？」

三田は溢れる涙をくすんだ色の皺だらけの格子開襟シャツの袖で拭って頷いた。

「奥さんは、四日前に外出されてから一度も帰宅されていない？」

「ええ、まあ……」

三田はばつが悪そうに目を伏せた。

ということは、つまり殺される前々日ということか、と十文字は、妻の衣装の傍らの壁に掛けられた、どこかの山が撮影されたカレンダーで確認した。

「今、横浜の友人宅へ行っていたはずだ、とおっしゃいましたが、あのメモがそうだと？」

三田は大きく頷いた。

「その友人、とおっしゃる方のお名前と住所、教えてもらえますか？」

三田は、食卓の上から一枚の紙を持ってきて十文字の前に置いた。そこには、〈藤沢真知子〉という日本名に続き、横浜市の住所と携帯電話番号が書かれていた。十文字は、隣で大学ノートにペンを走らす三浦に紙を手渡した。

「奥さんと、この方とのご関係は？　つまりどういった繫がりが？」

「北京で働いていた頃にビジネスで知り合いになった、そんなことくらいしか知りません」

「ビジネス？　奥さんは北京でどんなお仕事を？」

「ある日中友好団体の事務局で秘書のような仕事を」

「団体名は？」

「確か……日中経済友好会というような名称だったかと……」

「ところで、この藤沢さんという方とお会いになったことは？」

「私がですか？　いいえ」

「お電話では？」

三田は頭を振った。

「では、この四日間、奥さんからご連絡がなかったことでどうされていたんです？　この携帯電話にかけられたんでしょ？」

「もちろん。でも繋がりませんでした」

「藤沢さんの自宅を訪ねられたことは？」

「生まれてこのかた、横浜なんて足を向けたこともありません――」

「四日間も音信なく、平気だったんですか？」

「実は――」三田は言いにくそうに続けた。「静蕾、いや妻は、度々そういうことがあったんです」

「度々？　家を空けられることが？」

「ええ」

「どれくらいの頻度で？」

「一ヶ月に一度か二度……」

「その度に何日も？」

「そうです」

「連絡もなく？」

三田は大きく息を吐き出した。

「変だと思われていることはわかります。でも、あなたがさっきおっしゃったように、私たちには私たちの、夫婦の形があったんです」

十文字は、三田が何かを語り始めようとしていることを察し、「どうぞ」と促した。

「――私が静蕾と知り合ったのは今から一年半前、中古の農耕用トラクターが安く買えるというJA主催の旅行の誘いがありましてね、それで何人かと連れだって中国、北京を訪れたときのことです。五輪を前にしていたことから、中国人の多くはビジネスチャンスに意欲旺盛であり、外国人ビジネスマンにおしなべて好意的で、滞在中、いろいろな人を紹介してくれました。中には政府の仕事をしていた女性も何人かいたんですが、私はその彼女たちに、『いつか手紙を書いてください』と言って、名刺の裏に自宅の住所を書いて渡していたんです。それで帰国後のことなんですが、出会った女性の中にいた、静蕾からだけ手紙が届いたんです。ところが、文面を読んで驚きました。いきなり『実はあなたと結婚したい』とあったからです。そのとき私は、ピンときました。ああ、これは、何か日本でしたいことがあるんだと。とにかく日本に来たいわけだ、とね。それにまあ、この歳ですからね、惚れられた、なんて思いませんよ、ただ、それほどまでにして日本に来たいという理由っていったいなんだろうと気にはなりましたが、彼女、このように、とびきりの美人ですしね。妻に先立たれたやもめ暮らしの男にとっては、ね。その後のことはどうかお察しください」

三田が手渡したのは、笑顔で頰を寄せ合っている三田と静蕾の写真だった。確かに三田が言うとおり、結婚当初だという写真の静蕾は大きな瞳が印象的な、どちらかというと男好きのする美人だった。

つまり――こういうことだと十文字は、静蕾の姿を思い描いてみた。なんらかのビジネスチャンスを得るために、実質上の〝偽装結婚〟までして日本に来て、様々な関係者と会ったに違いない。結局、その過程で中日通商協会の幹部とねんごろになった。そういったことへの嗅覚は中国女性は敏感だと聞いたことがある。三田には気の毒だが、その他、在日中国大使館の有力者などに対しても、出世欲と金銭欲のために身体を張っていたのだろう。いや、三田とて薄々感じていたに違いない。しかし、二度とこんな若くて美人を側に置くことはできないだろうとわかっていた三田は、すべてを問い質すことによって彼女を失うのが恐かったのだ。

どちらにしても、痴情のもつれが生まれる可能性は高い。そこが殺人事件の解決の糸口になるのではないか――。とすれば、この憐れな夫にも動機があることになる。

「皆さんにひと通りのことを聞いているのですが、三田さん、あなたは、一昨日の夜はどちらにいらっしゃいましたか？」

「まさか、私が疑われていると？」

「私はあなたに同情しているんですよ。だから、早く、捜査の方向を見極めたいんです」

納得していない風の表情を三田は見せたが、「ずっと家にいましたよ」と胸を張った。

「それを証明してくださる方はいらっしゃいませんかね？」

「なら、息子がいます。前のカミさんとの子でしてね。で、あの夜、珍しい酒が手に入った、と言って来ましたから」

それではアリバイにならない、と十文字は思った。配偶者や親兄弟が証言する身内アリバイと称されるものは、公判上はなんら考慮されないからだ。だが十文字は敢えて指摘しなかった。とにかくその息子から話を聞いてみるまでは何も判断できない。

息子の名前と連絡先を聞いた十文字は、すっかり忘れていたことを急に思い出した。

「ところで、我々が来たとき、どうしてあんなに警戒されていたんです？」

「それです、それ！」三田は表情を強ばらせた。「とんでもないことがありましてね！」

十文字は頷いて先を促した。

「今朝のことです。静蕾の中国の家族に頼まれた、という見知らぬ男たちがいきなりやってきて土足で上がり込み——。あいつら、ひどいことをしやがって！」

唾を飛ばしながら三田は吐き捨てた。

「それでですよ、静蕾の物だけじゃなく、家中ひっかき回しやがって！」

「それで？」

「で、さっきのこれで追い出してやったんです！」

三田建造は銃を構える真似をしてみせた。

「何を盗られたんです？」

「それが……調べてみたんですがね、不可思議なことに何も……」

「何も？」

三田は頷いた。

「ええ、荒らすだけ荒らして――」

「どんな男たちでした？　顔は覚えてますか？」

「……サングラスをかけていたんで」

「警察にはもちろん届けを？」

「一度はそう思ったんですが、調べてみると何も盗られていなかったし、畑での仕事もあったんで――」

十文字は、ちらっと三浦に視線を向けた。そして、このことも洩らさず書き留めておけ、と目配せで指示した。

特別捜査本部で待機していた栗原にもたらされたのは喜ばしい情報ではなかった。三田建造が与えていたという、静蕾使用の携帯電話の発信履歴が判明したが、その数が膨大だったのである。しかもその通話相手のほとんどが男性だった。何度も繰り返しかけている番号も無数にある。つまり、濃鑑のレベルをこれだけで測ることはできない状態だった。

ゆえに栗原と山村とでの協議の上、捜査車両で戻る途中の十文字に与えた捜査事項は、とにかく、この発信履歴に登場するひとりひとりに丹念にあたれ、というものだった。

沙央里が選んでくれた、混雑している店の客のほとんどがオヤジであることに亜希は驚いた。これまでは、熱心にグルメ情報を集め、小じゃれたダイニングバーやレストランばかりに行っていた彼女とは別人のようだった。しかも、加齢臭が漂ってきそうな、くたびれた男たちとの相席さえ厭わないのである。

出だしの会話は互いにいつものようにたわいもない話題ばかりだった。沙央里の話は、兄に三人目の子供ができてその祝いのために出費が嵩むとか、どうでもいいような愚痴で、亜希にしても、今日から始まるテレビドラマを録画予約しておくのを忘れた、などとくだらないことを口にした。ふと、最近感じている、あの不気味なことについて話してみようかと思ったが、笑い飛ばされるのがオチだとわかって胸の中にしまい込んだ。

テレビドラマの話には沙央里も珍しく乗ってきた。いつもは、あなたよくそんな時間があるわね、と鼻で笑うのにだ。しかも、若い俳優の話題ではなく、ベテラン俳優の名前ばかりを持ち出す。彼女には、こんな面もあったのかと驚いた。

しかし酒が入ると、当然のごとく会社の話になった。最初は、〝恒例〟の人事の話である。誰が寿退社だとか、誰が上司から叱られたとか、あの男はやっぱり使えないとか――。そして仕舞いには、彼女の得意な毒舌は亜希に向けられたのである。

「ねえ、お客様へきめ細やかなサービスをすることは、お客様の言うことならなんでも聞くということとじゃないと思うわ」

そうまくし立てた沙央里は、イケメン風の若い店員にウインクし、まだ少し残っている富乃宝山（とみのほうざん）のロックグラスを顔の前で振った。

「いい？　それじゃあ、時間がなくなって、絶対に大きなビジネスに結びつかない――」

沙央里が口にしたその先に、継続的な仕事なんてどこがおもしろいの？　という言葉が続くのだろうと亜希は想像した。

「まあね」

気怠くそう応じた亜希は、メニューを摑んだ。日本酒の菊水（きくすい）の辛口と言うはずだったのに、沙央里の芋焼酎を運んできたイケメン店員を見上げた瞬間、思わず白ワインのカラフェを頼んだ。

ただ、私にも反論はある、と亜希は思った。自分は、人間味溢れる人間関係で評価され、実績を上げている。お客さんへのきめ細かなサービスが評価されているのだという自負があった。だが沙央里にはそれがない。自分は、それで継続的な仕事がとれているのだ。だが沙央里は、使えない人と判断すれば相手にしないし、そういう相手は部下や後輩に任せ、自分はできる人、影響力のある人への集中的な営業を好む。つまり、沙央里は一発を狙っている。大きなビジネスにしか関心がないのだ。そのどちらがいいのか——亜希は正直言って最近わからなくなっていた。

「でも、私たちが以前売った商品については、責任を持たないといけないと思うわ。だから私はそれでいいと思う」

そう言ってみた亜希だったが、継続的な細かい仕事なんて切って、新しいビジネスチャンスを得たいという憧れがないわけではなかった。でも、沙央里のように、お客様との人間関係さえドライに割り切るような真似は、どうしてもできなかった。商品を売ったから、それ以外のことはもういいでしょうとはなれないのだ。

ロックグラスの焼酎を口にしながら沙央里は、首を竦めただけで何も言わなかった。

「後輩が、毎日、遅くまで仕事をしていたら、手伝ってあげよっかって一度ぐらいは思わない？」

亜希自身、それは愚かな質問だと思った。案の定、沙央里は言った。

「彼らだって使えないから遅いんでしょ？　だから、そんなのに気を取られないで、あなたはもっと効率的な仕事をするように考えたら？」

「まあね」

亜希はそう曖昧に答えながら、津久井の言葉を思い浮かべていた。

――ロンドンに来てくれないか。

その話をしたら沙央里はどう言うだろうか、と亜希は思った。

でもその思いはすぐに消えた。そもそも、彼女は、人のことなど本気で心配などしないのだ。その証拠に、相談しても、しばらくすると、自分の愚痴となり、それがいつの間にか自分の自慢話へと変わってゆくのだ。

「話は変わるんだけどさ、伝えるべきかどうか迷っていたことがあってね……」

安っぽい皿の上で薩摩（さつま）揚げを箸（はし）で切り分けながら沙央里が急に話題を変えた。

「なに？」

亜希は嫌な予感がした。

「私の取引先に、あなたのことをしつこく訊いてくる人がいるらしいの。見当つく？」

「……誰？」

そのとき、後輩の女の子が口にした言葉を思い出した。あの殺人ストーカーの話。亜希の身体の奥深くから、あの不気味な感触がひっそりと立ち上がってきた。

「名前とか、詳しくは聞いてないいな」

「誰だろう……」

亜希は急に気分が悪くなった。

「顔色が悪いようだけど大丈夫？　なら、いいけど……。で、今の話なんだけど、警察に届けた方がいいんじゃないの？」

「えっ？　ストーカーだって言いたいわけ？」

「心当たりあるの？」

「まさか、あるわけないいじゃん」

そう言ってから、頭の中では思いっきり否定した。警察などなんのあてにもならない。それどころか不愉快になるだけだ。

「そういえばさ……」沙央里が急に声を潜めた。「さっきから気になってたんだけど、あそこのカウンターにいるオヤジ……」

沙央里が少し腰を浮かした。

「あれ？　ついさっきまでいたんだけど……」

亜希も気になって、沙央里の視線を追いかけた。

「いないな……」

沙央里が辺りを見渡した。

「何よ」

亜希は苛立って訊いた。

「亜希をずっと見つめていたオヤジがいたのよ。イヤらしい目つきで」

「よしてよ」

亜希は、白ワインをぐっと飲み干した。

「気をつけた方がいいよ。特にオヤジは。頭の中はアノことばっかだから」

亜希は、目を見開いて沙央里をまじまじと見つめた。隣の初老の男性も瞬きを止めて沙央里を見つめていた。

亜希は、電車に揺られながら落ち着かず、額から汗が滲み出ていた。

さっきまで誰かに見られていたのかと思うと、神経が高ぶり、車内にいるすべての人間が不審者に思えた。

目の前に座るサラリーマンたち、吊革(つりかわ)にぶら下がるあの人も——。こんな気分になるのは初めてだった。

気にすればするほど、誰もが不審者に思える。

新聞を畳む動作はこれから私を追いかけようとする準備かも、車窓へ視線をやったままなのは警戒心を与えないためじゃないか、もしかしたら隣に座る男が……そうよ、荒い息が聞こえる……興奮してるのよ!

亜希は顔を反対側へ向けた。そのとき、ドア付近に立つ若者とちらっと目が合った。亜希は思わず声をあげそうになった。今にもパニックになりそうだった。

次の駅でドアが開いたとき、たまらず飛び出てそのまま改札口からタクシー乗り場まで人(ひと)混(ご)みを縫って一気に駆け抜けた。

マンションの前でタクシーから降りたっても、亜希はいつもよりも念入りに周りを点検した。

怪しい男も、車もいなかった。

神経がすり減っている……しかも疲れ切っている自分を亜希は見つめた。

一日だけでも休みをとり、母のもとへ帰ろう、と亜希は心底から思った。

突然、目の前の街灯がパチパチ点滅して、亜希は飛び上がった。

冷気が足元を吹き抜け、空き缶が亜希の傍らを勢いよく転がってゆく。

息を止めた亜希は、駅へ繋がる真っ直ぐな道、その先でぽっかり空いている闇の入り口を急いで振り向いた。

感じたのは、またしても、目ではなく耳だった。姿よりも足音に気づいた。

男が二人。歩いてくる。もう上りも下りも電車は終わっているはずなのに……。

マンションの入り口へ走った。後ろをじっと見つめたまま、バッグをまさぐって鍵を探した。だがなかなか手に触れない。慌ててバッグを一杯に広げ、やっと見つけた鍵を出そうとした、そのときだった。

背後から駆けてくる靴音が聞こえた。振り向く勇気はなかった。でも慌ててしまって手の中で鍵が遊んだ。やっとしっかり握って鍵穴に入れた瞬間——。

「失礼ですが——」

亜希は悲鳴をあげた——つもりだった。

「夜分、脅かして申し訳ない。警視庁の者です」

亜希は信用しなかった。警察ではないかもしれない。もしも本物だとしても、それはそれで尚更、信用なんてできっこなかった。あのときだって警察の人は……。

オートロックの自動ドアが開くと亜希は一気に駆けだした。エレベータは使わずに非常階段を駆け上がった。

四階に辿り着くと一目散に部屋の中へ飛び込んで二重の鍵を急いでかけた。

自分の身体を両手で抱き、亜希はその場にしゃがみ込んだ。いったい誰？　誰が私のことを追いかけてるの……。警察って言ったって本当かどうか……。

リビングに置いてある固定電話が鳴って、亜希は思わず悲鳴をあげた。

出る気はなかった。しかし呼び出し音はしつこかった。四度目で亜希はキレた。受話器と繋がるコードを抜いて放り投げた。

カーテンにそっと近づき、隙間から恐る恐る道路を見下ろした。

車が！　昨日までのものとは素人目にも車種は違うことがわかったが、マフラーから白いものが――つまり、エンジンをかけたまま、そこに停まっている……。

携帯電話を握った亜希はすぐに翔太を呼び出した。

呼び出し音はする。でも出ない……。

思いあまって、携帯電話に津久井の電話番号を打ち込んだ。しかし途中でその手が止まった。

ここでもし津久井を呼べば、理性的な思いがすべて崩れ落ちてしまうと確信したからだ。

チャイムが響き渡って亜希は思わず耳を両手で塞いだ。

そしてソファへ飛び込むと、体を両手で抱え息を殺した。

でも、ひとりでは押し潰されそうだった。

誰かが今の自分には必要なのだ――。


「捜査1課（やつら）にしては、いやに動きが早いじゃないか」報告書から目を離さずに秋本が唸った。

「だが想定内のことだ」

「ただ、彼らが障害になることも――」

児玉が顔を曇らせた。

「問題はない」秋本が訂正した。「彼らもまた、我々の視線内に入っている。すべて」

「確かに」

児玉が頷いた。

「で、彼女は？」

児玉はファイルから秘撮写真を取り出した。パラパラと他の書類がこぼれ落ちた。

児玉が部下とともに亜希について集めた情報――職場、業務、職歴、家族構成、学歴、交友関係、債務状況、銀行調査内容、保険加入事項などの他に過去の異性関係について調べ上げたことをまとめた書類だった。

「今日の化粧はいつもと比べてかなり濃いな」

秋本は秘撮写真を手に取った。マンションから出る亜希の横顔は鮮明だった。

再び報告書に戻った秋本は眼を輝かせて忙しく捲った。

「順調だ」秋本の表情がほころんだ。「単なるワッセナー・アレンジメント（通常兵器及び関連汎用品・技術の輸出管理に関する多国間取決め）違反以上の構成要件が固まりつつある」

あるページで秋本の手が止まった。

「急がなければならない。新たな対象とはいつ接触（マルセツ）の予定だ？」

「間もなく。しかし接触の時点で獲得に入るべきかと」

「検討した上でのことなんだな？」

秋本が確認した。

「チヨダの指導とも十分に連携を」

「よろしい。では、肝心の協力者（モニター）に対する進捗具合はどうだ？」

「問題ありません。情報も十分に」

「よし。次に、捜査1課は？」

「万事抜かりなく」

自信に溢れた児玉の表情に、秋本は満足そうに頷いた。

「ただ問題が一点」

児玉が顔を曇らせた。

「説明しろ」

「女の精神状態が悪化している模様です」

「予想されたことだ」

秋本は軽く受け流した。


休みをとろうと思っていた気持ちは、すっかり萎えてしまっていた。午後に入っているアポイントメントを延期してもらうことなどやはりできるはずもない、と思ったからだ。

ただ、ほとんど寝ていないので体調と気分も最悪だった。このままあの満員電車に押し込まれる気分にはなれなかった。しかも、また、誰彼となく恐怖を感じることからも逃げたかった。だから初めてタクシーを呼ぶことにした。入社して以来、こんな贅沢をしたことはなかった。でも、それで今の自分の精神状態がどんなに楽になるかと考えると我慢できなくなった。

渋滞を気にしていつもより早めに家を出た。タクシーはすでにマンションのエントランス近くで待っていて、亜希が姿を見せるとすうっと寄せてくれた。

それでも亜希は周囲を見渡した。駅へと足早に向かう男と女。どこにでもある出勤風景があった。それ以外は目に留まるものはない。それでも緊張しながら反対側へ視線を向けたが、二日前のような不審な車はない。ただ、オレンジ色のラインが入ったヘリコプターがちょうど亜希の目線の方角、南の空をゆっくりと飛行していた。自分もあれで出勤できればどんなにいいか、と思ってみたりした。

だから、男たちが駆け寄ったことに気づかなかった。

声をかけられたとき、亜希は反射的に後部座席に飛び込んだ。

「早く、出してください！」

ドライバーは躊躇った。

「ストーカーなんです！　だから早く！」

亜希の勢いに押されるようにドライバーはドアを閉め、サイドブレーキを解除した。

「待ちなさい！」

男が窓越しに怒鳴った。いかつい顔をした男だった。

「早く、出して！」

ドライバーがブレーキペダルに置いた足をアクセルペダルに移動させたとき、もうひとりの男がタクシーの前に両手を広げて立ち塞がった。

クリープ現象で少し車が動きだしたので、ドライバーは慌ててブレーキペダルに足を戻さなければならなかった。

ドライバーは窓を開け、「警察を呼ぶぞ！」と怒鳴り上げた。

車の後ろを回り込んできた男が、ドライバーに警察手帳を翳した。何が起こっているのか理解できないでいるドライバーを強引に運転席から降ろした男は、そのまま道の端まで連れて行き、何ごとかを話している。

亜希は呆然とした。

開け放たれた運転席側のドアから男が半身を入れた。

「少しはまともに話を聞いてもらえませんか？」

意外にも男は若く、しかも端整な顔立ちをしている。

「……本当に警察の方？」

男は警察手帳を開いてみせた。

——鳥谷颯太。SOTA・TORITANI。巡査部長。警視庁。

「わかってもらえましたか？」

「で、昨夜といい、いったいなんなんですか！」

「会社にもいらっしゃらなかったし、帰りが遅いようでしたからね」

じゃあ、あの深夜の電話もそうだったのか……不審車ももしかしたら……。それはそれで安心できることではあるが——。

「あなたにお訊きしたいことがあるんです」

「ですからなぜ私なんです？」

「今晩、お仕事が終わられてからお会いできませんか？」

ようやく落ち着き始めていた亜希は、社会に貢献することも重要だと、なぜか急に常識的な考えが頭に浮かんだ。しかし、自宅やコーヒーショップなどで会うのは勘弁して欲しかった。ましてや会社やその近くでも——。しかも、あのときの嫌な記憶がまたしても蘇った。

「わかりました」亜希はやっとタクシーを降りた。「でも、私の方からあなた方の職場へ伺わせてください」

自ら照明パネルに近づいて部屋の灯りを一部暗くした牧村は、映写スクリーンの横に立ってレーザーポインタを片手に説明を始めた。

「今回、探知しました、大規模な〝特異的な変化を抽出〟を開示いたします前に、まず、発端からご説明することが必要です」

牧村は、ダウンライトに浮かび上がる、水上艦船出身の統合幕僚長、落合信太郎（おちあいしんたろう）海将の姿を見据えた。

「三日前、ここチョンジンにあります、労働党直轄のＳＩＦ、つまり工作員潜入部隊基地、その一部施設で発生しました爆発事案であります」

レーザーポインタが北朝鮮マップの北部、東海岸のある一点を示した。

液晶プロジェクタで照射されたパワーポイント・ページが捲られた。

スクリーン画面の右上に、ゴールド、グリーンとブルーに彩られたマークと、右下に「ＳＥＣＲＥＴ　ＳＥＮＳＩＴＩＶＥ」なる赤い表記のもと、中央には、「ＮＯＲＴＨ　ＫＯＲＥＡ　ＳＩＦ」という表現が付けられていた。

「すでに情報本部からのブリーフィングを受けてらっしゃると存じますが、本件情報は、アメリカ太平洋軍統合情報部（ジックパック）により非公式にレリースされておらず、自衛艦隊（ＳＰ）出身以外での提示を禁止されたものでありますことを厳格にご留意ください」

落合が神妙に頷くのが見えた。

落合が言った。

「それでは――」

映写スクリーンに、パンクロマチックの朝鮮半島の衛星画像が映った。

「チョンジンのＳＩＦは、『第３２０海上連絡所』と呼ばれておりますが、一ヶ所にまとまってあるものではなく、チョンジンのエリアに幾つか点在しているＳＩＦの総称であります。北から、スナムドン、ナヤンドン。さらに南に、チョンジン・ボートヤード――」

画像が拡大された。

「爆発が起こったのは、このうち、このチョンジン・ボートヤードのＳＩＦでした」

衛星画像がさらにズームアップした。その直後、画像の中心部が突然白く染まった。

「爆発の規模は、ＲＤＸ爆薬に換算して、約五百キログラムという凄まじい威力でした。それがどれほどのものか、次の変化抽出(エクストラクション)画像をご覧ください」

さらに画面が替わり、二つの衛星画像が左右に並べて表示された。

「右が爆発前、左が爆発の直後。おわかりのとおり、左の画像では、チョンジン・ボートヤードは跡形もありません」

右にある大きな建築物がそこにはなく、黒い染みのようなものが、ほぼ放射状に大きく広がっている。

資料配布もメモを録ることも厳禁とされているため、落合海将は食い入るように見つめていた。

「人的被害があったとの情報はあるのか？」

大きく足を組んでいた、潜水艦隊司令官の馬場海将が訊いた。

「集結した搬送車の数や情報本部の通信傍受などから、少なくとも五十名の建設作業員が死亡したと思われます」

馬場は大きく頷いて先を促した。

「この爆発を探知した我々のすべての目は、当然ここに集中しました。ゆえに、その裏で、北朝鮮全土の、労働党直轄のＳＩＦで発生していた、大規模な特異的な変化をしばらく抽出できなかったのです」

牧村はパソコンを操作して、再び北朝鮮全土の衛星画像に戻った。

「労働党直轄のＳＩＦは、北朝鮮全土に計四ヶ所存在。東海岸のチョンジン、ウォンサン。また西海岸にはナンポとヘジュ――。これらにおいて、微妙ながら、しかし分析によれば過去にもまったく例がない、大規模な特異的な変化を抽出できたのは今日のことです。ちなみに北朝鮮のＳＩＦは、偵察総局にも存在しますが、能力、人員、規模のすべてにおいて、労働党直轄のものとは明らかに劣ることはご存じのとおりです」

衛星画像の一部が拡大され、数ヶ所に矢印とアルファベットが重なり合った。

「例えば、チョンジンの『第320海上連絡所』に属するこのＳＩＦ――。爆発のあったチョンジン・ボートヤードの北、約三キロに存在します」

再びページが捲られ映写スクリーン一杯に別の衛星画像が広がった。

「これは、スナムドンＳＩＦの衛星画像でございます。ここには、ＳＩＬＣ、つまり半潜水艇を収納し、秘匿輸送する、全長二十六メートルの工作母船、ＭＳＴ九隻が配備されていることが判明しています。これらＭＳＴは、普段、陸地に設置された、この屋根付きの施設に、衛星で探知できないよう隠匿（いんとく）されております。ですが、爆発の直前には、このとおり、四隻のＭＳＴが、この濃いブラックに表示された鉄道レールのような四本の電気駆動式運搬レールに載せられたまま係留されている姿を偵察衛星が完全に撮像していた。ちなみに、電気駆動式運搬レールとは、隠匿用施設から海洋へと直接、しかも衛星に見つからないように短時間のうちに、ＭＳＴを出撃させるためのシステムのことであります。残りの五隻のＭＳＴは、ここにあります三つの隠匿用施設に存在するとみられます。我々が注目したのは、ここに映っております、このＭＳＴであります」

牧村が握るレーザーポインタが映写スクリーンの一点に固定された。

「船尾に施工された観音扉が開いた状態となっていることが見えるかと存じます。つまり、船尾がトロール形式となっているわけでありまして、これがＭＳＴの特徴であります。この扉の中に、日本へ接近、潜入する秘密工作員を乗せる半潜水艇ＳＩＬＣまた改良型半潜水艇ＩＳＩＬＣ、さらに小型潜水艦ＳＳＭが、いずれも特別な画像処理によって確認できております。屋根付きの隠匿施設にしても、その中に特殊工作母船が存在していることを、ある兆候探知によって隻数まで常にカウントできております」

牧村がゲストに向き直った。

「よって、我々は、どのＳＩＦから、特殊工作母船ＭＳＴがいつ、何隻出動し、そこには何隻の半潜水艇ＳＩＬＣまた改良型半潜水艇ＩＳＩＬＣ、さらに小型潜水艦ＳＳＭが隠されているか、それらをリアルタイムに確認できているわけであります」

ページがさらに捲られた。

「ところが、我々は、まずこのスナムドンＳＩＦのＭＳＴについて、これまでにない特異的な変化を抽出したのです」

次の画面では、衛星画像で捉えた二隻のＭＳＴが上下に並んでいた。

「一見したところ、形状、大きさ、また背景の倉庫の状態などから、同じ場所の同じＭＳＴ

である、と思われるかと思います。実際、我々の専門家もそう判断しておりました。ところが」

二つの画像に縦に点線が幾つも入った。

「すべての形状について、精緻(せいち)に計測しましたところ、船体工学的に、二隻のＭＳＴは〝別物〟との答えが導かれました。例えば、二隻のＶ字型船首船底形状の正面線図を作成した結果、それが完全に重なり合わない」

船体が大きくズームアップされた。

「また、右舷(うげん)の第一機関室付近にあります、排気口と放水口の間隔が、見た目には二隻とも六十センチ程度であるように思われますが、精緻に比較照合した結果――」

赤と青の二種類の折れ線グラフが映った。しかしそれは、幾つかの部分で一致していなかった。

「しかも、レーダー衛星での信号処理による分析の結果、前日の、つまり上に映るＭＳＴの外郭が、ＳＭ５２０相当の良質な高張力鋼と思われる一方、下の映像に映るものは、金属ではないとの結果が打ち出されました」

「金属ではない？」

落合が驚いた風な表情を向けた。

「木製の可能性が高いと思われます」

「木製……で、二つの衛星画像の撮像間隔は？」

「夜間の約十二時間です」

「つまり――」

落合は結論を急がせた。

「光学偵察衛星が捉えられない夜陰に紛れ、別物、それも〝張りぼて〟と入れ替えた、そう結論を導かざるを得ません。しかも合成開口レーダー衛星の地球周回時間であるわずか三十分という短い間にです」

「そういったことが、チョンジンだけではないと？」

落合が自分の言葉を嚙み締めるように言った。

「おっしゃるとおりです。ジックパックからのリリースによればアメリカ海軍のX線偵察衛星がエクストラクションしたのは、北朝鮮全土のSIFのうち、四ヶ所です」

「では、四隻のMSTが？」

「いえ、MSTはチョンジンだけです。他では、小型潜水艦SSMが四隻、巧みに造った〝張りぼて〟と入れ替えられていることを突き止めました」

「その事実が意味するのは――」

落合は目を見開いて牧村を見つめた。

「少なくとも、ＭＳＴが一隻、小型潜水艦ＳＳＭが四隻、我々の目から消されたのです。しかも、もし半潜水艇も同時に消えたとすれば……カウント不可能です」

落合が怪訝な表情を向けた。

「なら北朝鮮の目的はなんだ？」

「不明です」

牧村の言葉に、落合が驚いた表情を向けた。

「なら、貴重な私の時間を割かせたのはなぜだ？」

牧村の視線が、馬場と重なり合った。馬場は静かに頷いた。

「ここで、我々が『ＶＥＧＡ２（ヴェガツー）』と呼称しております、巨大な工作母船支援艦の存在について、まず知っていただくことが重要であります」

牧村の押し殺した声に、落合は身を乗り出した。

正面には、全身百メートル近い船舶が映った。

「約十年前、北朝鮮南東部の軍港ナンポのＳＩＦにて大型貨物船が改造されて特殊工作用として配備されたことが米海軍により確認されたことが最初です。そして今回、デリックなどの機械装置を取り外し、より特殊な任務についている、との情報がございます」

落合は深く頷いて先を急かした。

「極めて憂慮すべき事態を日本で探知しました」


床から天井までを被う、壁一面に画かれた水墨画に、栗原は思わず見惚れていた。中国の芸術についてはとんと知識はなかったが、筆遣いの力強さ、そうかと思うと、険しい山々の間を流れる川で船を漕ぐ船頭の姿は柔らかいタッチで筆が入れられ、絵画には素人ながら感嘆の声を上げることとなった。

傍らでは、デスク主任の山村が何度も舌打ちしながら腕時計を気にしている。すでに三十分以上も待たされて苛立っているのだ。

「ふざけてますね」我慢できない風に山村は立ち上がった。「係長、とにかく、担当者が出てきたら――」

栗原は急いで人さし指を唇に立てた。どこで何を聞いているかわかったもんじゃないと思ったからだ。外事分野での仕事経験はないが、本能的にそんな臭いを嗅ぎ取っていた。

二人の通訳らしき女を伴って、在日中国大使館の幹部が姿を現したのは、それからさらに十分後のことだった。

握手に続いて、参事官という肩書きの名刺を出した、楊勇（ヤンヨン）なる男は、白髪一本ない豊かな黒髪をかき上げ、無表情のまま着席するように促した。身につけているスーツは蛍光灯の光にもキラキラ輝き、シルク製であることを窺わせた。メガネの奥で慎重そうに光る眼は、少々のことでは動じないような意志の強さを感じさせた。外務省の記録にあった生年月日からすると現在、四十四歳というわけだが、実物はそれよりずっと若く、またエネルギッシュに思えた。しかも経歴の中にあった、上海市工業公司（コンス）副局長という肩書きこそ重要だ、と教えてくれたのは外務省中国課の補佐だった。そのポストには、現在の中国国家指導者もかつて就任していたからである。

つまりエリート中のエリートというわけなのだ。だが外務省の補佐は、急に声を潜めて、経歴のある部分を指し示した。〈上海市外国語学院政治委員〉。この男が三十八歳の頃のことである。中国課の補佐によれば、その当時、外国語を教育する主な目的は、海外へ非合法に送り込むための工作員や、外国の公館の盗聴を行ったりする情報機関員の養成であり、そのために学院そのものが軍の管理下にあったという。しかもそんな組織の政治委員には、情報機関幹部としての隠された肩書きがある、と付け加えた。

細かな龍の彫刻が施された茜色（あかねいろ）の椅子の上に置かれている、金茶色の座布団に腰を下ろした栗原は、いきなり本題を切り出した。聞かされた経歴からすれば、修羅場における経験は豊富であろうから、下手な社交辞令は時間の無駄だと思ったのだ。

「すでにお伝えしているとおり、我々は、元中国籍の、三田静蕾さん、旧姓、チャンさんが殺害された事件を捜査しています」

参事官は神妙に頷き、「非常に、悲しい、ことです」と通訳を通じて静かに言った。

「実は、その捜査の過程で、静蕾さんが殺害された当時の状況をご存じではないか、と思われる重要参考人を特定するに至りました」

重要参考人の登録はまだされていないが、そうでないと話に乗ってこないと栗原は思っていた。

通訳が翻訳する間も、参事官は真剣な表情で真っ直ぐ栗原を見つめたままだった。

「それがこの方です」

栗原は、隣に座っている山村に頷いた。山村は膝の上に置いていた茶封筒から数枚の写真を取り出すと、天井が映るほどに輝く広いテーブルに身体を一杯に伸ばし、参事官の面前に並べ始めた。

さすがに参事官は顔を曇らせた。だが栗原は何も言葉をかけず、しばらく黙って参事官の表情を探った。並べられたのは、静蕾殺害直前に、監視カメラが撮影した、静蕾の乗ったタクシーにあとから追いかけてきて強引に乗り込む中国大使館員、寧偉（ニンウェイ）の姿と、その五分後に寧偉が乗り込もうとしている外交官ナンバーの車だった。

　これもまた、栗原が山村と打ち合わせていたことを再現したものだった。正攻法で、かつ、駆け引きをすることを栗原は避けた。本音でぶつかった方が相手も腹を割りやすいと思ったからだ。しかし、そもそも刑事事件の捜査にまどろっこしいことは必要ない、と思う気持ちの方が強かったが。

　参事官はしばらく写真を順番に眺めていた。

　栗原は、取調室で被疑者を観察するように参事官をじっと見つめた。

　だが表情はまったく変わらない。目は彷徨わず、瞬きの回数も同じで、鼻孔(びこう)も膨らませないし頬の筋肉に歪な動きはない。唇も舌で舐(な)めず、指の規則的な動きもなく、呼吸の乱れも感じ取れなかった。恐らくこの男はたとえ嘘発見器(ポリグラフ)にかけたとしても、脈拍を含めなんの変化も見せないだろう、というのが栗原の印象であった。

　ゆっくりと顔を上げた参事官は、栗原を一度見つめてから通訳の方を向いた。

「あなたがおっしゃりたいこと、理解、できませんね」

　通訳は、参事官の言葉を正確に伝えようとするように、ゆっくりと慎重に日本語にした。

「この男性は、こちらの一等書記官、寧偉さんですね？」

「そうです」

参事官はあっさり認めた。

「静蕾さんが殺害される直前、寧偉さんは彼女を追いかけてきて彼女の乗ったタクシーに乗り込んだ——。ゆえに容疑者として疑うのは当然ではありませんか？」

栗原は正面突破を試み続けた。

参事官はしばらく栗原を黙って見つめてから口を開いた。

「重要なこと、お話し、します」参事官は唐突に通訳させた。「実は、彼女のこと、我々、非常に困っていました」

それは栗原が予想もしていなかった反応だった。

すでにご存じだと思いますが、と言って参事官は、あの〝ラブホテル事案〟を自ら持ち出したのである。

——静蕾が日本に来たのは金儲けのためであった。だが、思惑とは違って上手くいかなかったことから、多くの在日同胞を頼り、その過程において不純な交際やトラブルが多々あったとの話を聞いている。しかしそれでも目的を達成できなかったことから、伝手を頼って在日中国大使館員に何度も接触を試みた。館員は同胞からの訴えであるから、最後までは無下にもできず、知り合いの中日通商協会理事を紹介した。ところが、その館員自身も精神的強化ができていなかった。それ以降、静蕾は〝女性〟という部分を取引材料にして様々な要求をし、館員はそれに対して、恥ずべきことであるが肉欲に溺れたものである。大使館としてはそれ以来、検討委員会を立ち上げて綱紀粛正に取り組んでいるところである……。

説明を終えた参事官は、「どうか我々の心痛をご理解いただきたい」という言葉を最後に通訳に翻訳させた。

余りにも完璧なストーリーだな、と栗原は思った。相当に時間をかけて〝作成〟されたものに違いない。

ただ、問題が解決できるかどうかは別だった。

「その気の毒な館員とは、寧偉さんですね？」

通訳から耳打ちされた参事官は表情ひとつ変えずに頷いた。

「このとき、静蕾さんのタクシーに乗り込んだのも同じ人物、それでよろしいですね？」

参事官はそれについては素早く反応した。

「目的は、不純な関係を終えるため。館員は彼女に別れを告げ、その後はすぐにそのタクシーから降りて立ち去っています」

「どちらへ？」

「大使館(ここ)へです」

「正確な時間はわかりますか？」

参事官は手にしていた書類に初めて目を落とした。

「ご要望なら警備係の記録をお見せします」

是非に、と応えた栗原は、「どなたか、寧偉さんを目撃したと証言してくださる方はいらっしゃいませんか？」と畳みかけた。

「私が責任を持ってお答えしています」

「いえ、そういうことではなく――」

栗原の名刺にちらっと視線を投げかけてから参事官は言った。

「栗原さん、我々は本来、治外法権を認められています。しかし、そのためのルールも遵守している。今回は、同胞の身に起こった悲劇であることもあり、こうやって全面的に、しかも異例な対応をさせていただいている、ご理解いただいていると信じていますが」

「しかし――」

「すべて私が責任を持ってお答えしましょう。寧偉だけでなく、我が方で、静蕾さんの死亡原因について語れる者は誰ひとりとして存在しません」

「では、寧偉さんからの聴取を要請します」

その言葉は、質問というよりは通告だ、と栗原は相手に意識させたつもりだった。

「話は私がします」

表情や声の調子は変わらなかったが底知れぬ不気味さを栗原は感じた。

「栗原さん」参事官は再び穏やかな表情を向けた。「もし、これ以上のことをご要望でいらっしゃるのなら、外交の出番となります」

そう言い放って立ち上がった参事官は、手を差し出し、栗原と固い握手をしながら初めて笑顔を見せた。

「ホテルで亡くなった同胞の件では、本当にご面倒をおかけしました。これもまた精神的強化に欠けていた者です。中国共産党中央のしかるべき者より、先日、山形さんにお礼を申し上げたところです」

栗原は平然と受け止めた。なんの感情も湧かなかった。参事官が口にした、次期警察庁長官との噂のある警察官僚など現場にはなんの関係もないのだから。


力なく朝の挨拶を投げかけた亜希は、自分の机の上に置かれた書類を見るなり溜息をついた。

またしてもパワー・ハラスメントとセクシャル・ハラスメントのアンケート用紙である。匿名の自己申告としているのだが、入社年と部署を書かないといけないので、すぐに特定できるなんの意味もない書類である。本音など書けるはずもなく、時間と紙の無駄遣い以外の何ものでもない、と亜希はずっと思っていた。

　しかも、あと少しで、コンプライアンスのフォローアップ面接もある。なんにしても世の中、どこもかしこも、コンプライアンスという言葉が流行であるから頭にくる。

　だが、そんなことよりも、と亜希は後悔した。

　いったいどんな理由で警察が私に話があるのか、それを訊いておけばよかった、と何度も悔やんだ。だから、可能性があることを目まぐるしく想像してみた。

　最近、車には乗っていないので、交通違反のことではないはずだ。

　誰かとぶつかって、知らないうちに、その人に怪我をさせたのだろうか？

　いや、そんなことはない、と頭の中ですぐに打ち消した。それなら、あんなまどろっこしい言い方を刑事はしないだろうし、もっと真正面から訊かれるだろう。

　ということは、つまり、自分のことではないのか？

　兼友商事が経済事犯で捜査されているのでは、とはなぜか考えなかった。

　恐らく、自分に繫がる誰かの個人的なことだろうと思った。

　もしかして、翔太が誰かとケンカでもしたのだろうか？　いや、そんなタフな性格じゃないし……。

それとも、上司の桑野が何かをやらかしたのか？

いや、兄の武彦のことか？

考えれば考えるほど不安が高まった。

ただ、すっきりしたことがあった。この数日、尾けられたり、車で張り込まれたり、妙な視線を感じたりしていたが、あの刑事たちだったのだ。警察というところがどんな方法で捜査をするのかは知らないが、周辺捜査、という言葉をドラマか小説でみたことがある。恐らくそういうことなのだ。

いや……それとも……何か別の捜査での協力を求められている？

もしそうだとすれば、話はまったく別だ、と思った。警察に協力することなどあり得ない。でも……社会人としての協力は義務であり……。

亜希は腕時計を見つめた。どちらにしても、あと数時間後、すべてがはっきりするのだから……。

タクシーから降り立ったとき、亜希は怒りが込み上げた。とてもじゃないが電車に乗れる気分ではなかったのでまたしてもタクシーを使ったが、あらためて考えてみると、これでこの四日間、数万円は費やしている。

警察署の建物を前にすると、やはり大きな抵抗感に襲われ、足が動かなくなった。

両手が急にかゆくなり、見ると、痒疹（ようしん）が幾つかできている。意識すると足までかゆさを感じ始めた。敷地内に入る手前で逡巡していると、長い木の棒を持った警察官らしき私服の男と視線が合った。怪訝な表情で見つめられた亜希は意を決するしかなかった。

亜希が庁舎に入るための階段を昇ったところで、視線を交わしたその警察官が強い口調で呼び止めた。

「どこへ行くの？」

亜希が、今朝、教えられた刑事の名前と内線番号を口にすると、警察官は亜希の頭のてっぺんから爪先まで不審げな表情で見つめたあと、「中の受付へ行って」とぶっきらぼうに言い放った。

広い空間に足を踏み入れた亜希は、今度は全身にかゆみが生じるのを感じた。だが、とても掻（か）きむしる雰囲気ではなかった。制服姿の警察官が整然とデスクに向かっているが、誰の表情も冷たく感じられたし、一番奥で窓を背にしてひとりだけこちらに向いて座っている初老の男は目付きも悪く、こっちを睨みつけている。亜希の脳裏に、またあのときの嫌な思い出が蘇って、胃が締めつけられる思いに襲われた。

「何か？」

女性警察官がカウンター式の机の向こうから声をかけてきた。再び同じ言葉を口にしなければならなかった亜希は、正直、うんざりした。しかも、とにかく椅子に座って待ってて、と子供扱いされたことも不快だった。

「今朝はどうも」

長椅子から飛び上がるようにして驚いた亜希が振り返ると、タクシーの前に立ち塞がった、あの端整な顔立ちの刑事が立っていた。確か、警察手帳には、〈鳥谷〉と書いてあったはずだ……。

「ちゃんと来ました」

この男にだけは妙な親近感を覚えたことが不思議だった。

鳥谷の案内で三階へ行き、最後にドアが開けられた先にあったのは、まさに亜希が怖れていた光景だった。

鉄格子がはめられた窓。スチール机が中央付近にぽつんと置かれ、ドアの傍らの壁には小さめの机が寄せられている。スチール机の上には、恐怖の中でイメージしていた電気スタンドやアルミ製の灰皿はない。右側の壁には大きな鏡がはめ込まれている。これがマジックミラーというものだろうか。誰かがあっちから見つめているのかと想像すると思わずゾッとした。

部屋の入り口で亜希は足が竦み、身動きできなくなった。

何度か名前を呼ばれてようやく窓際を背にして座った亜希は、身体が硬くなって動けないのに手が震え始めた。私は、これから、取調べを受けるんだ……。

「すみません、会議室が空いてなくて」

穏やかに投げかける鳥谷の言葉は聞こえていなかった。

勢いよくドアが開き、あの〝いかつい顔の男〟が姿を見せた。だがそれだけではなかった。続いて何人もの男が雪崩れ込むように入ってきて、最後に現れた女性警察官がドアを閉めた。

呆然としたまま亜希は、集まった刑事たちを唾を呑み込みながら見渡した。男性四人はいずれも鋭い目付きで亜希を囲むようにして見下ろし、小さな机の前に座った女性警察官は身体を半身にして睨みつけている——少なくとも亜希にはそう思えた。

想像もしなかった光景だった。鳥肌が立つような恐怖を感じた。圧倒されて息が止まった。後ろめたいことなど何もないのに、今すぐここから飛び出したかった。そうよ、警察に訊かれるようなことは何もないのに……。

スマートと表現するにはほど遠い仕草でパイプ椅子を引いて面前に腰を落とした、〝いかつい顔の男〟は、「捜査1課の松前警部補です」と押し殺した声で言った。

捜査1課!?　頭が事実を受け止められないままでいる亜希の前に名刺が置かれた。

〈警視庁捜査第1課　第3強行犯捜査　殺人犯捜査第4係〉

亜希の目は、その一点に釘付けとなった。

殺人犯捜査――。

唾を呑み込んで顔を上げた亜希は、厳しい眼差しで見つめる男たちの姿を見て、ついに平常心を失った。そんな世界は、亜希にとってはテレビや小説の世界でしかなかった。

「今日はわざわざご足労をいただいて恐縮です」

松前はいかつい顔に似つかわしくない言葉を使った。

だが亜希は身体が震え、声が出なかった。……だって……殺人なんて……私の生活とはなんの……。

「あくまでも参考として話を聞きたいだけなんだよ。だから、そんなに緊張しなくていいから。わかった？　じゃあ、幾つか質問するから」

馴(な)れ馴(な)れしい口調に亜希は嫌悪感が走った。

だが、松前はそんなことには気づかず勝手に地図を広げた。

「あなたは、三日前の午後九時少し前、ここ、港区西麻布三丁目付近の路地から、この六本木通り方面に向かって歩いていたよね？」

「ええ」

掠れた声が出た。いったいそれが……どんなことと関係があるの？

松前は、今度は大きな茶封筒から写真の塊をドッサリ出して机の上に置いた。そして、一枚ずつ亜希の前に並べた。瞬く間に机の上は写真で一杯となった。女性警察官用の机も足されたが、すぐに膨大な数の写真で埋め尽くされた。

「そのときに女と男を目撃したよね？」

「女と男？……ああ……」

亜希の記憶に残っていた。あの小さなショットバーの前でもめていた二人……。

「この中にいない？」

亜希がざっと数えただけでも百枚近い写真が目の前にあった。

「こんなに……」亜希は頭を振った。「選べません……」

そりゃあそうかもしれない、と松前はさすがに亜希に同情していた。しかし、最近の裁判所の傾向として、これだけやらないと逮捕許可状の発行に同意しないのだ。

「男と女に、この路地で会った、それは間違いありませんか？」

松前は再び地図の上に指を置いた。

頷いた亜希は、あの、朝から何をやってもついてない一日を思い出した。狭い路地だった。街灯がなく、夜空を照らす繁華街のネオンが仄かに注ぎ込んでいるだけで、足元さえ危うい道——。そしてふと足を踏み入れたショットバー。黒いコートに黒いブーツのシックな姿の女性が入ってきた。カウンターテーブルの一番奥に座った女性。確か、額が汗にまみれ、淡いグリーンのブラウスもところどころ汗で色が変わっていて……。ところが、彼女は自分と同じシェリー酒を注文し……そして——。

「ショットバー？　女と？」

松前は怪訝な表情で後ろに立つ男たちを振り返った。亜希を案内してくれた鳥谷という刑事が松前の耳元に何かを囁いた。

「今、おっしゃったショットバーは、この地図の中で、どこにあったの？」

亜希は言われるままに地図に目を落としたが、よくわからなかった。

「とにかく、六本木通りに出る、路地のどこかです」

亜希は苛立って答えた。

しばらく考え込んでいた松前は「ショットバーの名前は？」とぶっきらぼうに訊いた。

「……覚えていません」

亜希は正直に答えた。〈ＢＡＲ〉という赤い電飾しか記憶にないことも。

松前が目配せすると鳥谷が部屋から出て行った。

「で、それから？」

松前が質問を続けた。

亜希は記憶を探った。店を出て……走ってきた男と……。

「ぶつかったんです」

亜希は唐突に言った。

「ぶつかった？　誰と？」

吐き捨てるように言った松前から亜希は顔を逸らした。何様なの、この男は！

しかしそれでも気を取り直し、覚えている限りのことを説明した。でも、男の顔よりも、ぶつかったときの感触の方が記憶に強く残っていた。骨太か筋肉質で、とにかく、体躯(たいく)ががっしりしていた……。

「顔は見ていないだって？」松前がまた馬鹿にしたような口ぶりだった。「今、あなたの頭の中に浮かんだことをそのまま話せばどう？」

亜希は驚き、慌てた。自分の心の中を読まれたような気がした。刑事という職業はそういったことに長(た)けているのだろうか？

「この中にそのときの男はいる？」

亜希はあらためて並べ替えられた膨大な数の男の写真をもう一度見渡した。

「よく憶えていないんですが……」

自信があるわけではないが、どれも雰囲気が違っている——。

「この中には……いないかと……」

「よく見てください！」

松前は詰問口調になった。

「いったい何があったんです？」亜希はたまらず松前を睨みつけた。「その女性や男性がどうしたっていうんです！」

亜希の脳裏に突然、ある光景が想像された。

「もしかして……殺されたとか？……」

「なぜ、殺されたと？」

眼を輝かせた松前が詰め寄った。

亜希はその眼にゾッとした。まさか……私が疑われている？

「知りません、私は何も……」

そのとき、亜希は急に思い出したことがあった。グランドハイアット東京で待つ翔太に会うためにタクシーで急いでいるとき……何台ものパトカーとすれ違った。思い出したのはそれだけではなかった。テレビニュースに流れていた、西麻布で起こった殺人事件……。そうか、あのことなんだ……。

「何か思い出したね？」

松前の顔が近づいた。いかつい顔が余計に醜く思えた。

「ひとりの女性が殺されたんです」

松前は一枚の写真を亜希の目の前に置いた。亜希は初め、何を写したものかわからなかった。だがすぐに顔が青ざめていった。目を瞑った、明らかに死体の顔で、首の部分に変色した痕がある。つまり絞め殺された、ということなのだ。

亜希は怒りが込み上げた。なぜこんな残酷な写真を見せるの！

だが顔を上げたとき、松前の目を見てまたゾッとした。身を乗り出した松前は、瞬きひとつせず、私の反応を観察している！　じゃあなに？　私がまさか疑われてる？　冗談じゃない！

「この女性はどういう人なんです？」亜希は松前を睨みつけた。「私には訊く権利があると思いますが」

「知ってるんだろ？」

松前は、今度は生前のカラー写真を置き、冷たい視線を浴びせかけた。

「知ってる？　何をです？」

「この女を」松前は遺体写真を亜希の胸元に押し出した。「報道では三田静蕾（ジンレイ）としているが、中国での本名は、張雪華(チャンシュエホワ)――。もっともこれは我々しか知らないが」

亜希は写真を松前に押し返しながら、「知りません」とキッパリ否定した。

「ですからどうかご説明を」

亜希は引かなかった。これ以上、侮辱的な扱いをされるならここから出て行こうと決めていた。

しばらく背もたれに身体を預けていた松前は、「いいでしょう」と話し始めた。

亜希が聞かされたのは、この女性の名前は三田静蕾。一年前、埼玉県飯能市で農業を営む三田建造という日本人と結婚したが、それは偽装結婚の疑いが濃く、ほとんど自宅を留守にしていたという。年齢差が三十歳近いと聞いて亜希も想像できた。殺された日も、横浜の友人宅に行くと言って外出した翌々日で、突然、西麻布で死体となって発見されたのだという――。

「で、思い出した？」

「ですから、さっきから――。そんなことよりも、どうして、わたしを尾けたり、車で監視したりするようなマネをされたんです！」

「尾けた？　いつ？　どんな風に？」

「毎朝……毎晩……」

「毎朝、毎晩？」

松前は畳みかけた。

その瞬間、亜希は全身が凍りついた。まさか……。警察じゃなかった……。だったらいったい誰が……。ちょっと待って！　このことと関係があるの？　もし、あるとすれば、もしかして……その男というのが犯人で……それを私が見てしまったから……私が狙われているる？

「私たちに話してないことがあるようだね？」

松前の態度が急に変わった。

「誰かに尾けられているんです！」亜希の中には恐怖しかなかった。「助けてください！」

「だから、どういうこと？」

松前は、亜希が説明する間、そう驚いた風もせず黙って見つめていた。

「ところで、さっきの話ですが――」

「もういいです」亜希はキッパリと言った。「今日はもうよろしいでしょうか？　明日も早いので」

松前は背もたれに身体を預け、しばらく亜希を見つめてから口を開いた。

「なるほどね。じゃあ、今日はちゃんと送りますからご安心を。それと。しばらくパトカーに巡回させるから」

「巡回？　張り込んで守ってもらえないんですか？」

亜希は引けなかった。現実に脅威があり、切実なのだ。だから、商社マンにとって重要な──しかし自信があるわけでもないが──交渉術を使ってでも助けてもらいたいと思った。

「もし何かあれば、どんな時間でもいいから、ここにすぐ電話をしなさい」松前が携帯電話の番号を書いたメモを置いた。「万が一、繋がらないときは、110番を」

　やっぱり同じだ、と亜希は絶望した。どうせ警察は助けてくれないのだ。あのときもそうだった。巡回してあげると言うだけで犯人を捜してはくれなかった。他の女性も襲われる危険があるという亜希の必死の訴えも真剣に取り合ってはくれなかったのである。

　警察は何も役に立たない。それどころか冷たい存在なのだ。だが恨んだのは自分自身だった。さんざん知っていたはずじゃないの。亜希は、ここへ足を運んだことを心から後悔した。自分のことは自分で守らないといけないのだ。

「ではまたお訊きすることになると思いますので」

　亜希は断る理由が浮かばなかった。

姿を見せた鳥谷がメモを差し入れたことを山村は軽く労った。鳥谷がすぐに出て行くと、再びマジックミラーに視線を戻した。

「やはり、こんな素人にはね」立ち上がる亜希を見つめながら山村が言った。「あの写真の数から選べったって無理な話です」

「いや、本当にいないかもしれない」

「いない？　じゃあ寧偉ではないと？」

山村は驚いて栗原を振り向いた。写真の中には、寧偉の顔写真もちゃんと交ぜられていたのだ。

「それより引っ掛かるのは、ショットバーなどと、明らかな嘘をなぜついたか、だ」

「まだ隠してることがいろいろありますよ、この女」山村が自信を持って言った。「特命捜査班を新たに立ち上げて調べるべきですね」

「確かに何かあるな」

栗原が考え込んだ。

「明日、もう一度、引っぱりますか？」

「いや、材料がまだ少ない」

栗原の言葉に山村は渋々頷いた。

「で、安岡はなんと言ってる？」取調室が空っぽになっても栗原は地図を見つめたままだった。「あの路地に何があると？」

山村は手渡されたばかりのメモを開いた。

「やっぱり」山村は溜息をついた。「飲食店どころか、人が住んでいそうな民家すら一軒もありませんね」

「やっぱり気になる。なぜだ？　あの女――。調べればすぐわかるものを」

「係長、率直なところ――」山村は一瞬、躊躇したが続けた。「あの女、精神疾患の気があるんじゃないかと」

栗原は顎をしゃくって先を促した。

「だってですね、尾けられているとか、訳のわからないことを」

「いや、そうとも思えない」栗原は一蹴した。「実は、思い当たることがある」

山村は驚いて栗原を見つめた。

「実はさっき、外事2課がオレを呼びつけやがった。まあ、理事官の顔を立ててこっちから行ってやったんだが、なんて抜かしやがったかわかるか？」

「相当、ふざけたことを？」

「それがまた、大使館に行かれたそうですがどうでしたか、ってさ」

「係長はどう？」

「どう？　決まってるだろ。怒鳴りつけてやったまでよ。テメエらふざけんじゃねえと。こっちが訊いたことにはなんにも答えねえのに、それがなんだと。二度とこの件では協力しねえからなってな」

山村はその姿が簡単に想像できた。この男が本気で怒ったときの凄まじさを身をもって知っていたからだ。外事2課の奴らは虎(とら)の尾を踏んでしまったことを知らないのだ。

「ただ、気づいたことがあった。野郎ども、亜希を視てるぞ」

「視(み)てる？」

栗原は冷静な指揮官に戻った。

「視察下に置いている。間違いない」

「まさか……」

山村は素直に驚いた。

「特別捜査本部(ここ)に、外事2課(ソトニ)の協力者(モニター)がいる。そいつの動きで確証を得た。担当じゃねえのに、その野郎、いや知らないはずなのに、キャビネットの、あの女の資料を探ってやがった」

「なんですって！　誰です⁉」

「お前は知らなくていい。オレが知っているだけでいい」

「しかし、まさか殺人犯捜査第4係（ウチ）じゃないでしょうね⁉」

「違う」

栗原はそう答えただけで口を噤んだ。

「――しかし、なぜ外事2課が彼女を？」

山村は話題を変えた。

「今回の事件（ヤマ）と関係があると見るのが自然だ」

「つまり、コロシの重要参考人を目撃したかもしれない亜希、そのことに関心があると？」

「わからん。亜希に諜報（ちょうほう）容疑があるのかもしれない。ただ、同じコロシ関係でも目的は違うだろう。どちらにしても、外事2課（やつら）は、こっちにとっては邪魔、ということだ」

「ではどのように？」

「どのように？　山村（ヤマ）さんらしくもねえな。こっちはコロシの捜査をやってんだぜ。それ以上に優先すべきことなどあるか？　ねえよな。だから安岡のところで対応させろ」

「わかりました。ではさっそく」

「ただ真正面からじゃダメだ。野郎たちの中にも職人がいる」

「となると――」

「裏をかけ」

「しかし、課長ルートで調べてもらいましたが、相当やっかいな野郎たちのようです」

「やっかい?」

栗原は怪訝な表情で山村を見つめた。

「外事2課の担当、名前を摑みました。しかし、その名前が課員分掌表に載っていない――」

「裏とかなんとか――くだらん! で、なんていうんだ? 親玉の名前は」

「秋本です」

「名は? 歳は? 階級は?」

「すいません。それしかわかりません」

「わからない? バカ野郎!」

怒鳴り声が響き渡った。

「どんな野郎かだけでもわからねえのか?」

「相当な食わせものだと聞いています」

「食わせもの?」栗原は鼻で笑った。「それもくだらん。しかし、そんなことよりもだ。あの女だ」

「では徹底的に――」

「もちろん、徹底的にだ」

　力強くそう言った栗原だったが、それでもまだ取調室から目を離さなかった。


　二人の男が〝弁護士事務所の会議室〟に集まったのは、午前三時過ぎで、まず秋本が軽い挨拶をしただけで〝定位置〟に座り、上着を脱ぐなり「さっそくお願いしたい」と緊張気味に口にした。一方、福岡県警から警察庁警備局外事課へ出向している山崎航平（やまざきこうへい）は淡々とした表情で現れ、特に声をかけることもなく、極秘指定のついた、英文資料を秋本の前に置いた。秋本は二枚目にある仮訳を捲った。

　そこには、ニューヨークの北朝鮮国連代表部の警備官が突然、姿を消したタイミングと、モスクワ発の便で成田に降り立った日本人のひとりが、五日前、偽造旅券を行使して密入国したとする事実が交差する経緯が詳しく記されていた。

「空港の監視カメラは？」

　秋本が資料から顔を上げた。

「千葉（県警）にあたらせている」

「では、H作業（ホテル・旅館宿泊者調査）を我々にやれと？」

「それについてはチヨダ一元管理のもと、今、各県で作業班が動いてる」

秋本はそのことに気づくと身を乗り出した。

「氏名不詳の者が密入国したのはいつだと？」

山崎は瞬きを止め声を押し殺した。

「五日前——」

「つまり……」

「そうだ。静蕾が殺される、ちょうど二日前」

秋本は息を止めて山崎を見つめた。

「しかも」山崎はより一層声を潜めた。「出て行った形跡がない——」

「少なくとも日本にまだいると？」

「目的があるから日本にいると判断すべきかもしれない」

問題は我々の進めていることと関係があるのか。また障害になるのかどうかということだ。

今のところ、そう判断する情報はない。

では関係ないと。いや断定はできないと思った。

「障害といえば——」山崎は記憶の引き出しを探すような表情をした。「捜査1課の係長が、外事（こっち）2課の課長室に怒鳴り込んだ。まっ、キャリア同士の権力闘争なのだから、それ自体はどうでもいい。見過ごせないのは、捜査1課が、あの女に目をつけて——」

「それならなんの問題もない」秋本が遮った。「捜査1課の動きは、秘匿追尾や配置、また捜査本部内の協力者（モニター）によって、すべて視えているので」

「しかし、彼女に関心が寄せられている、そのこと自体が気に食わない。変更すべきではないか？」

「捜査1課（マチカタ）から、こちらの動きは絶対に視えない」

「しかし、キャップはブルドーザーといわれる男で——」

「名前は？」

「栗原、警部。捜査1課の生え抜きだ」

「こいつか——」

秋本は、秘撮された栗原のスナップ写真を摘み上げた。

「なんにしても——」秋本は写真をファイルの中にそっと戻した。「段取りどおりに進めるまでだ」

もちろん、それは秋本にとって、嘘偽りのない、自信に満ちた言葉、のはずだった。

しかし気に入らないことがひとつだけあった。

「捜査1課よりも――」秋本は、数時間前に報告を受けたことを思い出した。「実は、亜希の周りで、もうひとり――いやひとりじゃないかもしれないが、とにかく、別の動きがある」

「別の動き？」

「亜希を別の誰かが視ている――」

「人定は？」

秋本は苦々しく頭を振った。

「そちらの技能をもってしても視線内に入らないと？」山崎は驚いた顔を向けた。「ならプロだ」

「わからない。だが感じる。確かに」

「まさか。それが、というんじゃないだろうな？」

「そうは言ってない」と秋本は吐き捨てた。「ただ、判断する材料が余りにもなさすぎるだけだ」

亜希が思い知ったことは、自分の生活が、日常から非日常になった、ということだった。

しかも劇的に。

会社を出るときからそれは始まった。なるべく地下鉄の駅へと向かう人々に紛れるようにして急いだが、周りにいる人でさえ、すべてが尾けてくる人に見えた。何度か視線が合う度に息が詰まった。こちらが意識しているからそうなのか、それとも……頭の中はその繰り返しだった。

また、前からゆっくりと走ってくる乗用車にしても、じっと観察しているように思え、身体が固まった。そんな姿に不審な視線を浴びせかける、そんな自分の姿にもまた震え上がり――神経がすり減っている……。

駅のホームに降り立ったとき、亜希は自分に苛立った。今日こそは早く帰りたかったのだが、またしても、後輩の仕事を引き受けてしまい、結局はこの時間になってしまった。沙央里の言葉が蘇ったのも悔しかった。

滑り込んできた電車は満員だった。終電近くになればこういうこともあるが珍しいと思った。亜希はできるだけ女性たちに紛れて、田園都市線に乗り入れている地下鉄に乗り込んだ。

だからと言って不安が消えるわけではなかったが、とにかく周りは女性たちばかり。少しだけ気が休まった。でも、降りてからが問題である。今日もやっぱり、ひとつ前の駅からタクシーに乗ろうと思った。

初めは、誰かの息がかかったのかと思った。首筋がむずがゆくなった。確か……後ろに立っているのは……中年の女性で……いや……さっき駅に着いて大勢の客が降りて、また新しい客が乗ってきた……ということは女性じゃないかもしれない……。

さすがに亜希は苦笑した。どこまでおかしなことを考えるの。もういい加減に——。

またしても首筋に息がかかった。今度は、単なる息とは思わなかった。なぜならそれは声だったからだ。

「誰にも言うな。ならば危害は加えない」

幻聴だ、と亜希は思った。だが同じ囁き声が繰り返された。

「明日朝もう一度来る」

亜希は振り返ろうとしたが、できなかった。混みすぎて身体の向きを変えられない。だから、今の声は、自分に対してじゃないと思いたかった。

乗客の隙間から車窓が見えたとき亜希は気づいた。見慣れている駅を通過してゆく。そんな……。ここまで来ればほとんど混まないはずなのに。終電でさえこんなに……。

額から汗が滴り落ちた。でも両手も動かない。

亜希は思い出した。次の駅だ。自分が降りるのは……。

その間は一時間にも思えた。

やっとドアが開いたとき、亜希は前の乗客を押しのけるようにしてホームへ飛び出た。マナーを意識するどころではなかった。そしてすぐに振り返った。溢れる乗客の中に捜した。でもいったい誰を？　不審者なんてわかるはずもないのだ。しかもさっきの声の主が男なのか女なのかさえ、ショックのせいなのか思い出せなかった。

ただ、言葉だけは頭に鮮明に刻みつけられていた。

〈危害は加えない〉

足が震えて動けなかった。なんとか気を取り直しても、よろよろとベンチに腰掛けるのが精一杯だった。

亜希は急いで携帯電話を取り出し、翔太を呼び出した。でも、今度もまた留守番電話で——。アイツは本当に肝心なときにいない！　レスポンスの悪い奴は最低よ！

大きな音に気づいて顔を上げると雨が降っていた。それも土砂降りの。

傘は持ってきていない。でもどうせタクシーなんだから。

亜希はゆっくりと立ち上がった。ホームを見渡したが誰もいない。雨音が不気味なほどの静けさをより引き立てているように感じた。ふと線路の先へ目をやると、下り電車のライトが見えた。

あれが到着したらタクシー乗り場が混んじゃう——。

しかも、また大勢の人たちがここに溢れることを想像すると急に吐き気を催した。その恐怖から逃れようとする思いが足を動かした。無人のエスカレータを駆け下り、静まりかえった改札口を通り過ぎた。駅員の姿もない。

タクシー乗り場には覚悟していたよりも待ち客は少なかった。十名ほどである。ここら辺りはほとんどが近くに住む人たちなので回転がいいのだ。亜希の想像どおり、十分ほどで亜希の番がきた。

一台のタクシーがロータリーをぐるっと回って、目の前に滑り込んでくる。

この辺りではよく見かける会社である。それだけでも亜希にとっては安心できることだった。だから会社を出るときに、自分の生活が非日常になったと神経質に思った自分を笑った。何が非日常よ。今、ここに日常があるんだから。

ドアが開いて亜希は大きく息を吐き出しながら乗り込んだ。行き先を告げると、温かい声が返ってきた。それが亜希には嬉しかった。これもまた〝日常〟なのだから。

自宅のマンションが激しく動くワイパー越しに見えた。

バッグをまさぐって財布を捜そうと——タクシーが急停止した。お陰で亜希は前の座席に頭をぶつけた。

乱暴な！　顔を歪めてドライバーへ視線を向けたとき、亜希の身体が固まった。鼻がくっつかんばかりのところに、男の顔があった。

「危害は加えない」

唇が動いた。それだけはわかった。目深に被った草色の帽子のために鼻から上は見えなかった。ただ男の声だ。さっきの電車内で囁かれた声と一緒かどうかははっきりしなかった。男の腕が亜希の首を掴んだ。恐怖と混乱の中で亜希は、男の顔面目がけてバッグを振り回した。男の顔が吹っ飛んだ。

「降ろして！」

亜希は声を張り上げた。自分でもよくそんな声が出たと思う。でも、この男が、あの女性を殺した犯人だったら、と思うと身体が動いたのだ。

ハンドルの下で顔を押さえながら呻き声をあげる男を無視して、亜希はもう一度叫んだ。

自動ドアが開いた。

亜希はタクシーを飛び出た。

玄関のオートロックのドアの鍵をバッグから取り出すのももどかしく、やっと中へ入ったとき、激しい靴音が背後で聞こえた。振り向かなくてもいいのに亜希はそうした。

タクシードライバーが猛禽（もうきん）類が叫ぶような声をあげ、恐ろしい勢いで駆けてくる。顔から頰に血の筋が幾つも流れ——。早く閉まって！　亜希は祈った。

ドアが閉まった直後、男の身体が走ってきた勢いのままぶつかった。撥ね飛ばされて転がった男はさらに怒声をあげた。

そこからどうやって部屋に戻ったか亜希には記憶がなかった。

ハッとして我に返ったとき、あらゆる電灯が点けられ、テレビから大音量が響いていた。亜希は携帯電話を握ったままリビングにへたり込んだ。

亜希は、部屋の中を見渡した。

何かがいつもと違っている気がしたのだ。

部屋の中はいつもどおり整然としている。亜希自身、きれい好きだからだ。新聞や雑誌もきちんとラックにあるし、手紙類も引き出しの中に整頓されている。だが……。亜希は立ち上がった。

窓際に置いたソファだ。カーテンと密着している。それは明らかに不自然だった。帰宅してから空気を入れ換えるべく窓を開けるために亜希はいつもすぐにカーテンを開く。しかし、疲れているものだから、これまで二度ほど、カーテンをレールに吊すリングライナーを引きちぎったことがあった。カーテンの裾がソファと絡み合っていたことが原因だった。それ以来、ソファをカーテンから少しだけ離しておくことにしていたはずなのだ。

もうひとつ亜希の目がいったのは、フローリングの床がきれいだ、ということだ。今朝、家を出て行くときに一番心残りだったのは、床をモップで掃除しなかったことだった。髪の毛がたくさん落ちていることがわかっていたが、時間がなかったのだ。亜希はそれが一番嫌だった。疲れて帰宅したとき、そんな光景を目にすると気分がいつも悪くなるからだ。なのに、今、目の前のフローリングの床は埃ひとつないほどきれいなのだ。

まるで誰かが掃除でもしたような——。

亜希は全身に鳥肌が立つのがわかった。体の震えも止まらない……。恐々と部屋の中を見渡した。いろいろなものが不自然に見えた。スリッパ、テレビのリモコン、クッション……そこに置いたはずはない……位置が微妙にずれている……。

亜希は、携帯電話に登録していた松前の番号を呼び出した。通話ボタンの上に親指を置いた。

しかしその指はそれ以上動かなかった。あのときの嫌な思いが蘇ったからだけではなかった。もし、私を尾け回しているのが、殺人事件の犯人だとすれば、すべては警告なのだ。警察に協力などするなと——。

親指は動き始めた。だがその相手は翔太だった。呼び出し音が鳴らずいきなり留守番電話に切り替わった。もう、アイツなんて二度とアテにしない！

なら、どうすべきか、亜希にはわかっていた。無理矢理、押し込めていたはずの津久井の顔が浮かんだ。だがすぐに頭を振った。この時間ならきっと家に戻っているはずだ。常識がない女と思われたくはない。

チャイムがけたたましく鳴った。

亜希は驚いて飛び跳ねた。

恐る恐るカメラ付きドアフォンのディスプレイを覗いた。

メガネをかけた男が映った。さっきのタクシードライバーでないことはわかった。

「どなたです？」

掠れた声で亜希は訊いた。

「捜査1課の者です」

松前や鳥谷ではない。港警察署で会った誰とも異なる顔だった。

「どのようなご用件ですか？」

「昨日、お訊きできなかったことがありましてね。夜分、大変申し訳ないんですが、すぐに済みますので、玄関先で結構ですからお話をお伺いできませんか？」

昨日のことを知っているのならやはり捜査1課の人なのだろう。ただ、こんな時間に来るなんて——。

「ほんの少し、二、三分でいいんです。ただ、あなたの身にかかわる非常に重要なことでして」

二、三分？　そう言われれば断れるはずもなかった。しかも自分の身の安全にかかわるなら尚更――。

「ちょっとお待ちください」

そう言って亜希がロック解除のボタンを押そうとしたとき、携帯電話が鳴った。警視庁のあの、松前とか言っていた刑事だった。

「夜分申し訳ないんだけど、明日、もう一度お話を――」

えっ？　今、ドアフォンに……。

「ドアフォン？　捜査1課と？　それは我々じゃない！」

「でも、確かに……」

じゃあ、今、一階にいるのは誰……？

「いいですか、ドアは絶対に開けないで！　部屋からも出ないこと。いいね！」

亜希は、携帯電話を放り出し、納戸から万年筆型の催涙スプレーを取り出すと、玄関ドアの前に立って身構えた。鍵はかけているので絶対に開けられないことは確かだが、闘う気分になっていた。

亜希の全身を絶望的な恐怖が襲った。恐かった。気が違いそうになるほど恐かった。松前の電話は一方的に切れたが、本当に来てくれるのだろうか……。いや、来ないかもしれない。だって警察なんてしょせん……。

それにしても、翔太はなぜ電話をかけてきてくれないの！

やっぱり津久井に電話を——。

リビングに携帯電話を取りに行ったとき、再びチャイムが鳴った。

忍び足でドアフォンのディスプレイに近づいて覗いた。

誰も映っていない……。

表示パネルの窓を見て亜希は凍りついた。

〈玄関〉

そう表示されている。

玄関ドアへ急いで目がいった。

——どうやってオートロックを入ったの!?

しかし、そのことを考えている余裕はなかった。

ドアノブがゆっくり回っている。

あっ、二つの鍵のかけ方が中途半端に！　あれじゃあ開いてしまう！

亜希の足が反射的に動いた。必死で玄関ドアへ。ドアノブが半分回った。そしてドアが開き——亜希は身体ごとドアにぶつかって必死で鍵に手をやった。二つの鍵を急いで回す——。

ガンガンガン！

誰かが反対側から無理矢理、開けようとしている！

唾を呑み込んで覗き穴へ目をやった。さっき見たばかりの……タクシー運転手？

大丈夫か？

男の声だった。

覗き穴の向こうで男が顔を上げた。

ああ……亜希は上擦った声を引きずった。そしてその場に力なくしゃがみ込んだ。

「私だ、津久井だ」

亜希は涙が出そうだった。

「さっきそこでぶつかった男がいたが、そいつに何かされたのか！」

亜希の目から涙が零れ落ちた。

「どうしたっていうんだ……」

ドアを開けたとき、亜希は感情の生き物となった自分に抗うことができなかった。現れた男の前で、亜希は全身を震わせたまま立ち尽くした。

頭のてっぺんから爪先まで見渡した津久井は、亜希の目に涙が溢れていることに気づき、驚いた表情を向けた。

「いったい何があった？」

津久井が両肩に手をやった。

「津久井さんこそ、なぜ？」

すぐに、今、目の前の胸にすがりたい、と亜希は思った。

「携帯に出ないから」

津久井は今気づいた風に慌てて肩から手を引いた。

「えっ？」

亜希は握ったままだった携帯電話を見つめた。だったらわかったはずだ。でも身体が震えてディスプレイを見るのに苦労した。

やはり着信履歴に津久井の番号はなかった。それより母からのメールが届いていた。長文だった。今、こんな状態で見る勇気はなかった。

津久井を立たせたままであったことに気づいた亜希は慌てて中へ引き入れた。津久井がソファに座るまでの間にも携帯電話をチェックしてみたがやはり着信履歴に津久井の番号はない。

津久井が亜希の携帯電話番号を諳んじてみせた。原因がわかった。津久井が最後のひと桁を間違えて、自分の携帯電話のアドレス帳に登録していたのだ。

津久井の笑顔に釣られて亜希も微笑んだ。だが身体の震えはまだ収まらない。

「私――」

亜希は津久井の足元にへたり込んだ。

「言いたくなければ――」

「いえ、そうじゃないんです」

でも……頼りはもうあなただけ、という言葉が頭の中に浮かんだ。

しかも亜希は思い出した。津久井が上司であった頃、何を言われたら亜希が一番喜ぶかを彼は知っていた。メンタルなサポートをしてくれたことも。

「はっきりしないことばかりが……」

口から出たのは自分でも思ってもみない言葉だった。

確かに、振り返ってみれば……。

でも違う、と亜希は思い直した。身体の震えが激しくなった。

ソファから降りた津久井がそっと亜希の手を取った。

だが津久井は何も言わなかった。それが彼の優しさだ、と亜希は思った。

「三日前のことなんです――」

あとは堰を切ったように亜希は語りだした。自分の身の回りで起きたこと、考えすぎだと思うことまですべて。また、捜査1課の刑事たちと会って、そこで何を言われ、何が起こったのか。そして、つい今しがた起きたことまで語り尽くしたときには、すでに午前二時を過ぎていた。

しばらくの沈黙の後、津久井が口を開いた。

「亜希――」

「言わないで」

亜希は慌てて言った。心の中でも必死に叫んだ。それ以上、何も言わないで！　オレが守ってやるなんて、そんなそらぞらしいことなど。敢えて聞きたくもなかった。それに、彼に逃げ腰になられるのも嫌だった。

亜希の手が力強く引っぱられた。そのまま津久井の胸に吸い込まれる。

亜希の身体は抵抗しなかった。心も抗う力を失っていた。これが運命だという言葉が頭の隅から微かに聞こえた。そして、津久井の鼓動に、身体の奥で女性としての確かな反応を覚えた。

「でも、もうこんな時間――」

　ハッとして離れようとした亜希の身体がさらに力強く抱きしめられた。

「男のつくウソのナンバーワンじゃないけど……」津久井の温かい息を肩で感じた。「実は今、妻とは離婚調停中で、別居してるんだ」

　亜希は驚いて顔を上げた。

「負担に思われても嫌だったから」

「そんな……負担だなんて――」

　見上げた津久井の瞳に映る、か弱い自分の姿を亜希は見つけた。

　津久井の顔が近づくのに合わせ、亜希は静かに目を閉じた。

　そのとき、絨毯の上に転がっている携帯電話がけたたましく鳴り響いた。

「携帯電話が――」

　津久井が言った。

　目を開けた亜希は微笑みを投げかけた。

「このままで」

　津久井は穏やかな表情で見つめている。亜希は確信した。今、この男を、理性とは違うもうひとつのものが必要としていることを。

ハンドルを握る鳥谷が何度目かの舌打ちをした。

大きく息を吐き出した松前は、特別捜査本部に戻るようにとだけ伝えた。

「お言葉ですが、男がいようがいまいが呼び出すべきかと」

エンジンをかけた鳥谷が松前を怪訝な表情で見つめた。

「後は、遠張班がやってくれるはずだ」

松前の言葉に、鳥谷は苛立った。このマンションから二百メートルほど離れた地点に、アパートなどを借り受けて設けた幾つかの拠点から、今頃、こっちの動きを見て先輩たちは笑っているのだ。

「よし、例の資料を、遠張班に渡すから駅の向こうへ行け。自転車屋があるはずだからその前だ」

そう命じた松前は、大きな封筒を膝の上に置いた。鳥谷はその中に何が入っているのか知っていた。亜希の自宅周辺の防犯カメラのビデオテープを集めたところ、彼女の訴えが事実であることがわかった。その証拠だった。幾つかの場面に、亜希の後を尾ける男が撮影されていた。だから今朝になって、地取捜査班から人を調達し、遠張班が急遽、編成されたのである。

「やはり気になります。外事2課はなぜ、亜希に興味を持っているのでしょうか？」

鳥谷がハンドルを切りながら訊いた。

「その答えは、あの嘘つき女、亜希が知ってるはずだ」松前は言い切った。「ショットバーなどとありもしない、ふざけたことを吐かしやがって」

「では明日にでも呼ぶべきですね」

松前は大きく頷いた。

「後で係長に話す」

「それにしても、この間までウサギのように恐がっていたのに、男を連れ込むなんて。しかも、ひと回り以上も違いますよ」

鳥谷は頭を振った。

だが松前はそれには応えず、

「呼ぶんじゃない。連れて行くんだ」

「連れて行く？」

「ショットバーがあったという場所に、あの女を連れて行って、すべてを吐かせてやる」

車内無線機が小さな呼び出し音を鳴らした。マイクを握った、栗原班で最も無口な男と呼ばれる遠張班の高田涼太巡査部長が、緊張して応答した。

「なんですって？」

高田は携帯電話でかけ直すからと言ってマイクをフックに引っかけ、そっと車外に出た。

「もう一度、ご説明を」

携帯電話に向かってそう言った高田は、マンションを一周したところで車を停めさせた。

高田はほとんど口を挟まず聞き入ってから、

「で、今、そいつはどこに？」

さらに幾つかの短い質問を続けた高田を、興味津々といった表情でペアを組んでいる所轄署員は待ち続けた。

しばらく腕組みをしていた高田が、まだ誰にも言ったらダメだぞ、と厳命してから説明を始めたのは、〝腹上死事案〟を調べていた特命捜査班が、新たな事実を把握したというものだった。

くだんのラブホテルの従業員から聴取を続けていたときのことである。フロント係の従業員が室内の調度品などを盗んでいたことが判明。しかもその従業員は、あの〝腹上死事案〟以降、ずっと休んでおり、事情聴取にも非協力的であった。そこで、不審に思った特命捜査班はオーナーの協力のもと、被害届を出させ、従業員の自宅の家宅捜索に踏み切った。すると部屋の中から、ホテル室内での男女の営みを盗撮した映像を記録しているＣＤ‐Ｒを多数発見した――それが高田が山村から聞かされた概要だった。

「で、オレたちが、そいつを扱え、と」

高田が言った。

「私たちが？　しかし……ここが……」

所轄署員は慌てた。

「一旦引けと。理由はわからないが……」

窃盗容疑で逮捕された小島隆行が留置されているのは、隣接の新宿警察署だった。

取調室で相対していた刑事課員を廊下に呼び出した高田は、コトの詳細を説明させた。

逮捕してからの供述などにより、小島は、単なる盗撮マニアではなく、商売にしていたことが判明した。これまでにも、わいせつ図画公然陳列容疑での逮捕歴があり、アダルトビデオ販売業者に売っては荒稼ぎをしていたのである。

高田たちが関心を寄せたのは、〝腹上死事案〟があったその日も盗撮していた、との小島の供述だった。ただそのときに盗撮した映像のマザーディスクはすでに、都内のアダルトビデオ販売業者に売っていたことから、わいせつ図画販売目的所持容疑で再び令状をとって別に借りていたマンションの家宅捜索を敢行。未編集のマザーディスクを確保することに成功した。

　そこまで報告を終えてから高田は、

「ここから先は現物を見ていただく方が早いかと」

と言って、胸ポケットに入れていた一枚のCD‐Rを掲げた。

　無理して借り受けたコピー室隣の小部屋に栗原たちを案内した。

　パソコンのディスプレイに流れ始めた映像は、亡くなった、中日通商協会理事と静蕾（ジンレイ）が入室するシーンから始まっていた。

　二人はラブチェア風のソファに座ることもなく、また抱き合うことも、仲がいいそぶりを見せることもなく、いきなり画面左の奥へと消えた。

「風呂場へ直行というわけです。残念ながら、盗撮カメラのアングル外なので、脱衣所も映っていません。レンズはベッドに向けて固定されていたと」

　高田が説明を加えた。栗原はなんの反応もせず画面を食い入るように見つめている。

　シャワーらしき音が聞こえた。だが、人の声は――あえぎ声も――聞こえない。しかも、

　それから長い間、二人はずっと戻ってこない。画面の右下にあるカウントが十五分を経過し

た頃に、静蕾だけが画面の右から登場した。

「服を着ている！」

思わず叫んだのは所轄署員だった。

ところが静蕾は、ベッドの前でいきなり服を脱ぎだした。スレンダーな裸体になった静蕾は、再び風呂場の方へ向かった。シャワーの音が聞こえ、それが止んだ五分後。姿を見せた彼女は、髪が濡れており、全身の滴を丁寧にバスタオルで拭い始めた。風呂場から持ってきた、丈の短いピンク色のガウン姿の静蕾はベッドサイドに歩み寄り、固定電話の受話器を持ち上げた。それまでの間、驚くほどに極めて冷静だ、と栗原は思った。

チャイムが鳴った。そこで静蕾の態度が一変した。ドアに駆け寄って勢いよく開ける。現れた従業員に、泣きながらヒステリックに喚きだした。そして従業員の腕を摑んで風呂場の方へと慌てて連れて行った――。

映像はそこまでだった。

高田は、栗原の反応を待った。

「明らかなことは二点だ」栗原は考える風に腕組みをした。「静蕾は、男とシャワーを浴びたこと、また、急死であることを偽装した――」

「つまり行為じたいが偽装だった――」高田が付け加えた。「静蕾が殺した――」

高田が栗原の顔を見た。

だが栗原はそれには応えずに呟いた。

「いったい、この女、何者なんだ？」


ベッドの中で亜希はまだ起き上がれなかった。久しぶりに熟睡した気がした。深い安心感ともいうべき心地よい気怠さがあった。

後悔はなかった。昨夜と同じ、運命だ、という思いは今でも変わらない。翔太に対しての情はあるにはあったが、それもまた運命なのよ、という言葉がすぐに脳裏に浮かんだ。

亜希はシーツに鼻を擦りつけた。

着替えに戻ると言って一時間前に出て行った津久井の残り香があった。なぜか懐かしさを感じた。昔、どこかで感じたように思えたのが不思議だった。

亜希はベッドサイドの目覚まし時計を手探りで引き寄せた。午前七時。そろそろ起きる時間である。だがしばらくこうして女の奥深くで彼を感じていたかった。

しかし次第に寂しさを感じ始めた。ついさっき別れたばかりだというのにすぐにでも逢いたくなったのだ。それは、津久井が言った言葉にも原因がある。明日の午後の便で、準備のためにロンドンへ三日間、行くというのだ。亜希にはそれが絶望的に長い時間に思えた。

でもそれさえ乗り越えれば——。

亜希は決断し、津久井に伝えた。ロンドンに行くと。

そう言えたのは、やっと母のメールを見る勇気が出て、内容を知ったからだった。詳しいことは今日の昼にでも訊いてみることにしていたが、精密検査の結果、癌じゃなかったという。それもまた、今、気分が落ち着いている理由のひとつだった。本当によかった！　亜希の目から涙が零れ、枕に落ちた。


亜希は駅まで急ぎ足で向かわなければならなかった。タクシーを呼ぼうとはもう思わなかった。身体の奥から力が湧いてくる気がしたからだ。しかも津久井が言ってくれたことも大きかった。

これまで亜希が遭遇した様々な出来事について、真剣に耳を傾け、また合間で理屈だてて整理してくれた。亜希が話し終えた後、津久井が指摘したのは、そんな目に遭わなければならない理由が何か必ずあるはずだ、という点だった。

もちろんそれは亜希がずっと考えていることだった。だが、捜査1課の刑事たちから示唆されたことでわかってきたような気がしていた。だから、殺人事件のことを亜希は伝えた。

考えたくもないが、もしかすると、あのとき、ショットバーの前でぶつかった男が犯人で、亜希に顔を見られたものと思い込み、それで脅しているのかもしれないと――。

ただ津久井は、それ以外にもあるはずだ、と意外なことを口にした。それは亜希にとって思いもしなかったことだった。

津久井は優しく語りかけた。それとは別の何か、思い出していないことがないか？

亜希はもう何度も思い返していることを、もう一度努力して思い出そうとした。津久井ならば細かいことからでも何かの答えを見つけてくれるかもしれない、と信じたからだ。

しかしやはり無理だった。どうしても思いつかない。

津久井はそれでも熱っぽく語りかけた。もし、何か忘れていることを思い出したなら、それで君の身の安全が保たれるかもしれない――そう言い続けた。だから、亜希は記憶の引き出しを再び次々と開けては覗いた。でも、最後にはへたり込んで溜息を吐き出した。

津久井は穏やかな顔で、いずれまた一緒に考えよう、という言葉を投げかけてくれた。

ただ、昨夜のタクシードライバーについてだけは、許せない、と一緒に怒り、タクシー会社に抗議する、と約束してくれた。さらに津久井は、念のために、警視庁の幹部に知り合いがいるので、きちんと対応してくれる人を身辺警護として寄越してもらう、とまで言ってくれたのだ。捜査1課の松前という警部補の顔がちらっと浮かんだが、自分にはまったく非がないことなのだからと思うと、すぐにその顔は頭から消え去った。

腕時計を見た。まだ乗るべき電車に余裕があった。ふと周囲を見渡した。すでにそれは癖のようになっていたが、気分は昨日までと全然違っている。たとえ不審な車や人に気づいてももはや動揺なんてしない。実際、そんな雰囲気はまったくなかった。

空を仰いだ。いつものオレンジ色のラインが入ったヘリコプターが一機、ゆっくりと東から西へ飛行していた。自分が歩く速度と同じように感じるほどののんびりした飛行だった。

早めにホームへ着いたことから、亜希は、日経新聞を手にした。その先にヘリコプターが見えた。不思議なことに停まっているように思えた。

満員電車に放り込まれた亜希は、これだけはいつものように憂鬱な気分にさせる、とせっかくの気分が萎えた。やっと手にした吊革にぶら下がりながら車窓を眺めた。

あら？　あのヘリコプター……停まっているようにも——。ということは……この電車と同じ速度で……。

何をバカな。考えすぎよ。

車窓から目を離し、母のことを考えた。

今週末を利用して母のところへ行こう。数年、日本を離れると言えば寂しがるだろうが、元気でいる限り、一年に一度は帰れるはずだから。

それに母は応援してくれるはずだ。そういうところが母らしいんだから。

残る問題はひとつだった。

翔太にどう言うべきか。それを考えると憂鬱だった。最近の男らしく、彼はプライドだけは人一倍高い。しかも、隠してはいるが、嫉妬心が強いのだ。


午前中のほとんどを新人社員への書類作成の指導に費やした亜希は、昼休みまでの三十分間、密かな〝仕事〟にあてることにした。健康保険証と厚生年金手帳をそれぞれ袋に入れ、それに伴う脱退手続き書面、雇用保険被保険者証受け取りのための書類、住民税異動届、給料天引きから普通徴収への変更届、そして財形貯蓄脱退手続き書類を急いで書き終えた。最後に、会社のマニュアルを見ながら退職届を綴った。総務課にいる後輩に、同期入社のある男が転職を考えてでね、と嘘をついたが、一応、口止めはしておいた。それだけで騒ぎになるのを避けたかったからだ。

すべての準備が整ったとき、亜希は高揚感に浸った。上司の桑野は驚くだろうが知ったことじゃない。今日は午後一杯、デスクにいることをパソコンのスケジューラーで確認している。だが早い方がいい。午後一番に桑野に声をかけることに決めた。

桑野がするであろう表情をあれこれ想像すると愉快だった。彼が狼狽するのは、目に見えていた。ただ、それは私が退職することに対してじゃない。

入社八年目の社員を失うことで、自分の管理能力が否定されてしまうことを桑野は怖れるはずなのだ。

だからそういった意味で引き留めるかもしれないが、どんな言葉で対抗するか、亜希はすでに決めていた。そもそも引き継ぎなどのため、三週間は時間をとっているから文句を言われることはないのだから。ただ、そのうちのほとんどは有給休暇を取り、ロンドン行きの準備や母のもとへ行くことで費やすだろうけど。


昼食を共にした沙央里のたわいもない話を聞いている間、亜希は、すべてを言ってしまおうかと悩んだが、彼女はあれこれ説教じみたことを言うに決まっている。だったら、手続きを終えてから告げた方が楽だった。

更衣室に行って翔太に別れを告げるためのメールを送ろうとしたその直前、彼から先に電話が入った。いつものように、まず、いかに仕事で忙しいか、という言葉を並べてから、付け足しのようにこう言った。「で、今晩、メシ、どう？」

亜希は初めて気づいた。

いつもいつも、彼の都合に合わせていた自分の姿に。どんなに忙しくても、それをひと言も言わず、必ず時間を割いてきたのだとも。

亜希は、会いたいとは思わなかった。それは、決心が鈍るからというわけではない。彼を裏切ったという思いからでもなかったし、津久井への想いからでもなかった。

今までの自分は自分のために生きてこなかった、とわかったのだ。

亜希が、夕食の誘いをキッパリ断ると翔太は大袈裟に驚いた。

翔太のその反応で、亜希は決めた。本当は、メールだけで別れを告げようと思っていたが、今しかない、と思った。

「今、少し話をしていてもいい？」

翔太は、ちょうど飯食ったところだったんで本屋にでも顔を出そうかと思っていただけだから、と屈託なく言った。

亜希は図らずも胸が締めつけられた。こういった彼の人の好さが好きだったのだ。昔は——。

亜希は、躊躇いがちに語り始めた。もちろん、一連の恐怖を覚えたことは口にせずに。妙に情が移ってしまいそうだったからだ。近く退職して、自分の求める道を進むことを、ゆっくりと説明した。もちろん、津久井のもとで仕事をすることは隠さなかった。そうすることがせめてもの翔太への誠意だと思ったからだ。

　翔太はひと言も口を挟まずに黙って聞いていた。亜希が話し終えてからも沈黙が続いた。亜希は、遠距離恋愛なんて現実的でないので別れましょう、とはっきりと言った。彼のためにもそれが一番いいと思ったからだ。勝手であることはわかっている。でも、運命はすでに走りだしたのだ。

　亜希は、彼の口から出るであろう言葉を想像した。

　――まっ、残念だけどな。

　そんな風なことをどうせ言うんだろう。

「結婚しよう」

　翔太が口にしたその言葉に、亜希は自分の耳を疑った。

「ロンドンに行く前に結婚しよう」翔太が慌てて続ける。「来週でもいい。式なんかいつだって挙げられるんだから」

「結婚って……そんな突然に……」

　亜希は言葉が出なかった。まったく想像していなかったので慌てた。

　ただ蘇った光景があった。四日前の、ホテルでの夕食。あのとき、翔太がその言葉を投げかけていたらどうなっていただろう……。

　翔太の言葉は矢継ぎ早だった。

「仕事はしてくれていいから。だから待つよ。三年。ただその後は――」

翔太が何を言いたいのかは想像できた。三年後には辞めて、つまり日本に帰ったら専業主婦になってくれということなのだ。亜希は思い出した。三年ほどしたら翔太は国内のどこかに転勤になる――かつてそう言っていた。

亜希はそれには反発があった。だったらなんのためにロンドンまで行って仕事をするの？　せっかく積み重ねたスキルを、日本に戻って紙くずのように捨てろ、というわけ？

ただ、結婚という言葉に動揺している自分に亜希は気づいていた。

ロンドンに行ったらいつ結婚できるかわからない。いやずっとしないかもしれない。なら子供だって諦めないといけない。津久井の顔が浮かんだ。彼との関係は続くかもしれないが結婚へと繋がるかどうかはわからない。しかも、離婚寸前というがいつになるのかは不透明である。そう思うと、次々と決意が弛(ゆる)んでくる。やっぱり、いくら元気な母とはいえ、また兄がいるとしても、長い間、遠く離れてしまうことになるのは……。

「とにかく会って話そう。だから今晩――」

呆然と翔太の声を聞きながら、亜希は言葉が見つからなかった。

翔太が強引に指定した待ち合わせの時間が迫ってもまだ亜希は断るメールを送れずにいた。

いつもの自分の優柔不断ぶりに苛立った。結局、今日は、桑野にも言えなかったし、書類も出せなかったことも腹立たしかった。

だが、運命の蓋はまたしても絶好のタイミングで開いた。

津久井からメールが入ったのである。そこには、昨日までの一連のことを気にかける言葉の次に、短いが、亜希が求めていた言葉があった。

――自分のために今、何が必要か、考えて欲しい。

まるで、こうやって悩んでいることを知っているかのようなメッセージだった。津久井には、翔太のことは言わなかった。でも勘の鋭い人だ。薄々感じているのだろう。

亜希は決めた。迷っていた自分が急に滑稽(こっけい)に思えた。

更衣室に行って、翔太にメールを送った。声は聞きたくなかった。やはりどうしても彼に対する情と、楽しかった思い出が心に刻まれているからだ。

翔太からは、何本ものメールが届いた。いずれも長文だった。これからの人生設計がどうのこうのという、ほとんど同じ内容だった。そして最後に書かれていたのも、とにかく、少しでも時間をとってくれ、という言葉だった。

亜希は、最後のメールを送信した。あなたに会うと決心が揺らぐから、と。それは事実だった。翔太を嫌いになったわけではないのだから――。

それからは、拍子抜けしたように翔太からは返信も電話もなかった。あれだけ洪水のようにメールを寄越したのに。なんらかのリアクションがあっていいはずだ。もちろん、それらは期待もしていなかったし、できればない方がいいとは思っていた。しかし、何もないと逆に不安になった。もしかして思い詰めて、妙な行動に出るんじゃないだろうかと。自殺を考えるような男じゃないことはわかっていたが、約束の時間を過ぎても反応がないことで不安は募った。

恐らく、仕事が忙しいのだろう。考えてみれば、そういったことはこれまでにも何度か……しかし、今日は翔太が決めた時間だし、約束の時間にはうるさいはずだから……。

亜希はさすがに心配になった。ここまで連絡もなく、彼が残業を続けているとは思えなかった。

彼の会社に電話をしようかと思ったがすぐに考え直した。それじゃあなんの意味もない。

携帯電話を仕舞って更衣室を出ようとした亜希は、囁き声が聞こえたので足を止めた。声からして、いわゆる〝お局さま〟的な存在であるエネルギー第3課の先輩社員と、その下にいる何人かの若い女性社員だ。〝お局さま〟――つまり浦野貴江はまだ四十五歳だが、年齢よりもずっと老けて見える。四年前にバツイチとなってから若い男性社員を何人か喰ってるともっぱらの噂だが、亜希はつい先日、津久井から真相を聞かされたばかりだった。彼女の本当のカレは、役員のひとりであり、それを隠すために彼女が自らわざとそういった噂を流してきたのだと。そういったことにかけては彼女は天才的だ、と津久井が妙に感心したので思わず笑ってしまったのだ。

亜希の顔が強ばったのは、津久井、という言葉を貴江が口にしたときだった。

「だからあなたたちは人を見る目がないのよ」

聞き慣れた貴江のハスキーな声が聞こえた。

「でも信じられません。津久井さんのことは結構、憧れていたのに……」

若い女性社員の声だった。

「憧れてた？　本当にダメね、あなたは」貴江が吐き捨てるように言った。「まあ、よくて懲戒解雇、下手すれば横領で捕まるわよ」

「横領ですか⁉」

「そうよ、だから、問題だって言ってるんじゃない。そうなったら、会社のイメージも悪くなる。お父さん、お母さんだって心配するわよ。なのに独立だなんて平気で嘘をついてる彼が私は許せないのよ」

「でも本当に会社を興されるとか――」

「ネコババしたお金でね！」

最後の貴江の声は廊下にさえ響き渡った。

亜希は、信じられなかったし、信じたくもなかった。いや絶対にあり得るはずがない、と否定した。津久井を信じている自分を見つけるのに苦労しなかった。〝お局さま〟は誰かがふりまいた偽りの噂を信じ込んでいるだけなのだ。

だが、亜希がゾッとしたのは、〝お局さま〟が信じ込んでいるということは、さっきのような話を他でもしているだろうということだ。つまり、たとえ嘘であったとしても、社内中に広がるのはもはや時間の問題なのだ。

だが亜希は悩んだ。津久井に伝えるべきかどうか。もちろん津久井への信頼はどうあっても揺るぎはしない。ただ、内容が余りにも酷すぎる。ロンドンへの出発を前にして余計なことで煩わせたくもなかった。

亜希は、自分の心が、彼のために……という想いで一杯であることに驚いた。明らかに自分の中で何かが変わったのだ。

貴江のその言葉が聞こえたのは、足音を消して立ち去ろうとしたときだった。

「それに、津久井さん、亜希さんとのこともあるし――」

「あのエネルギー第2課の？」

「それはいいの。さあ、さっさとお化粧、終えなさい」

亜希はショックで息ができなかった。まさか、自分たちのことがすでに洩れている？　そんなことはあり得ない！

デスクに戻った亜希は、冷静になるのよ、と自分に言いきかせた。いくら情報通の〝お局さま〟とてわかるはずがないのだ。恐らく、昔のことを言ったのだ。仕事の帰りによくお酒を飲みに出掛けたこと、それを蒸し返されているだけだ。

亜希は理性的に考えた。〝お局さま〟が言っていたことを津久井に伝えるかどうか――結論はわかっていた。やはり話すべきなのだ。これからビジネスパートナーになる以上、様々なリスクも共有することになるからだ。

そう思ったとき、亜希は、翔太のことについてもあらためて結論が出た気がした。自分はもはや未来を向いている。ロンドンへ向かっているのだ。

だから今、自分がやるべきことを亜希は理解した。

携帯電話のアドレス帳で見つけるよりも先に、津久井の方から電話がかかってきた。

「ロンドンに出発する前に、細かいことで相談があるんだ。今晩、時間、とれない？」

「いつも本当に唐突ね」

亜希は初めて甘えたくなった。

「なんだダメか？」

「わかってるでしょ？」

　津久井の笑い声が聞こえた。

　書類を急いで整理してバッグに詰め始めたとき、警備室から電話が入った。

「さきほど、あなたを訪ねてこられた方がいらっしゃったんですが、人相が悪い方でしてね。もしあれでしたら、警察に電話をされた方がよろしいかと。この間のこともありますので」

　亜希は思い出した。不気味な靴音や影のせいで恐くなり、ここまで上がってきてもらうなど迷惑をかけた、あのときの警備員なのだ。

「わかりました。でも大丈夫ですから」

　電話を切った亜希は心当たりがあった。だから窓際に立っても平気で見下ろせた。

　やはり――。捜査1課の、見覚えがある男たちだった。ひとりは松前という刑事。もうひとりは……確か……鳥谷という同僚の刑事……。隠れることもなく通用口の脇に立っている。

　亜希は決めていた。二度とあの人たちと会うことはない。もうかかわりたくなかった。

　できればこのままロンドンへ行ってしまいたい――亜希は心からそう思った。

スクリューが発生させる周波数、振幅、また位相という三種類の特性で、この潜水艦が、完全に、約一キロ先を走る船を捕捉していることに艦長の芹沢2等海佐は満足した。

しかし、追尾対象はどう見ても貨物船にしか思えない、と艦長は思った。しかも、とにかくスクリューの雑音がバカでかい。コンピュータ解析による自動追跡に頼らなくても、ソナーマンの耳で水中音響の違いをオーディオで簡単に確認できるはずである。しかし、イージーミッションという思いは捨てていた。特殊な任務を帯びた「VEGA」なる作戦船舶には最大の慎重さが必要だと自分に言い聞かせていた。

「シエラ223、変針しました」

発令所の中で当直士官で航海科長の奥井3等海佐が言った。

頷いた芹沢は、潜水艦を潜望鏡深度に上げるように命じた。

「──前後水平」

しばらくして奥井が報告した。

「アップスコープ！」

そう指示して芹沢は潜望鏡に近づいた。

「変針方位は？」

自動追跡システムに表示された数値を当直士官が素早く読み上げた。

「速度も変化がない」

潜望鏡に目をあてた芹沢が呟いた。

潜望鏡のハンドルをパチンと閉じると、海図台に足を向けた。

「ＳＢＦ（潜水艦隊指令部）からの情報どおりの行き先だ」

芹沢の傍らで、航海科員が、船が変針したことを二つの定規を駆使して海図に描き込んだ。

「深度、１００。ゆっくりでいい」

芹沢の命令を、何人もの部下たちが力強く復唱した。


警備員に協力してもらって、固く閉ざされた正面玄関の脇にある小さなドアからビルを出た亜希は、予約を入れていたタクシーへ急いだ。その間も何度か後ろを振り向いたが、捜査１課の男たちの姿はなかった。不審な車や人物もいない。

いくら素人でも、これだけ神経を研ぎ澄ませばわかるはずだ、と思った。

でも、その感覚はこれまでにも何度かあった。しかし、今、思い返せば、それでも尾けられていたのだ。いや、ずっとずっと尾けられていたのかもしれない。

そんなことってあり得るの？

しかし、これまでは、それほど気をつけていなかった。

だから、今の自分の感性なら、安心していいはずだ。

後部座席に乗り込んだ亜希は、翔太との待ち合わせ場所である、六本木交差点へ急いで欲しい、と告げた。

走りだしてからも翔太にメールを送った。

やはり反応はない。

十分ほどして、六本木交差点近くにあるコーヒーショップに着いた亜希は、二階まで上がって翔太の姿を捜した。待ち合わせ時間からはすでに一時間近く経っている。だが翔太なら必ず待っているはずだ。

ロンドンへ行くと決断したとき、実は、翔太とはもはや連絡を遮断しようと亜希は考えていた。たとえ、どんなにメールや電話が来ても無視しようと。

ただ、こうなってくると、まさかとは思うが、自殺でもするんじゃないだろうか、ということが頭から離れなくなった。そんな男じゃない、と思ってはいたが、やはり連絡がつかないことが気になった。

コーヒーショップから出た亜希は、マリンブルーの手袋を擦り合わせながら辺りを見渡した。

もう諦めよう。亜希はそう思った。あの切り替えの早い翔太のことだ。私と付き合うなんて、バカバカしいと思ったのかもしれない。

亜希は、六本木の眩いネオンに目を向けた。この街とも長らくさようなら、ということね、と少し感傷に浸った。それは翔太との思い出の場所でもあったが、もう胸を締めつけられることはなかった。心の底に強引に押し込める必要もなかった。過去は過去としてショーウインドウに並べられたのだ。

亜希は、ロンドンの街を想像してみた。ちょうど到着する頃はクリスマスの直前である。津久井は、もしよかったら、クリスマスディナーを一緒にしようと言っていた。どんな店だろうかとイメージを膨らませた。

だがせっかくの高揚した気分は、その光景によって一挙に落ち込んだ。

亜希は瞬きを止めた。外苑東通りを挟んだ反対側に、バイクに跨ったままの男がいる。全身黒ずくめでフルフェイスのヘルメットを被っているので男性とは断定できないが、絶対にそうだ、と思った。

これまでの幾つかのシーンが亜希の脳裏に蘇ることはなかった。

そう思うよりも先に、事態が転回したからだ。

目の前にライトバンがすうっと滑り込んだかと思うと、四つのドアが一斉に開き、男たちが姿を現した。もちろん忘れるはずもない。捜査1課の刑事たちだった。

後ずさりした亜希は、何人かの通行人とぶつかり、その度に罵声や舌打ちを投げつけられた。踵を返して外苑東通りを北へ、乃木坂（のぎざか）方向へと走りだそうとした、その視線の先に肩を怒らせるようにして近づいてくる捜査1課の男たちがいた。咄嗟に六本木交差点を振り返ったとき、車から降り立つ何人もの男たちが見えた。その中に見知った顔があった。松前と鳥谷……警視庁の刑事たち……。女性もひとりその中にいたが男たちに隠れるようにひっそりと立っている。

その中から突き進んできた見知らぬ男が、放心する亜希の腕を摑んだ。悲鳴をあげそうになった亜希の目の前に警察手帳が掲げられた。

「松前たちの上司、栗原です。静蕾さんの事件の捜査本部を率いている――」

そう言っただけで栗原は、そのままコーヒーショップのテラス席へと強引に亜希を連れて行った。冷え込む寒さにもかかわらず、ひとりの外国人がタバコを吸っていたが、店の周りに展開する刑事たちの異様な雰囲気に驚いて店の中へと入っていった。

「いいですか、あなたは非常に危険な状態なんです」

席に着くなり栗原が言った。

「だから、我々に今、ここで身辺保護願を申請しなさい」

まるで不良娘に説教する父親のようだ、と亜希は不快だった。しかも腕を摑むなんて許せない……訴えてやる！

だが亜希は、刑事たちの姿を見て言葉を失った。六人もの男がこちらに背を向けて周囲へ忙しく視線を送っている。

亜希はもう一度、栗原を振り返った。でも、もしこの人の言うことが本当だったら……。

「私に、いったいどんな危険があるっていうんです？　殺されるとか……」

自分でそう言ったとき亜希の手の震えが始まった。

「その答えは、あなたが、静蕾さんと会ったと主張するショットバーにある」

「ショットバーに？」

でも、主張っていったい……。

「だから、我々を今からそこへ連れて行って欲しい」

「でも――」

亜希は腕時計を見た。今晩は、津久井から、西麻布に美味いイタリアンの店があるからと言って誘われているのだ。

「いいね。行くんだ。我々と」

眼力ともいうべき無言の威圧の前で、亜希は頷くしかなかった。栗原に言って、津久井に少し遅れるとメールを送った。彼からの返信はすぐに来た。大丈夫、待ってるから、と。優しい顔が浮かんだ。

亜希は連れられるまま呆然として歩き続けた。

まさか……そんな……。

「ここにあったんです。本当に――」

よろよろとした危うい足取りで今にも倒れそうだった。

亜希は忙しく周囲を見渡した。訳がわからず身体をくるくる回転させながら、頭もまた混乱していた。

だが実は、そうするまでもなかった。

かつては町工場だったのが潰されずに残っているといった風のトタン張りの壁が続く狭い路地。

街灯がなくとも、この狭い路地に何も存在しないことを教えてくれるには、夜空を照らす繁華街のネオンだけで十分だった。

「ここに……確かに……」記憶の欠片を拾い集めるような気分で亜希は、トタン張りの壁に歩み寄った。「どうして……ショットバーがないの……」

「どんな店だと？」

腕組みをして睨みつける刑事たち以上に、松前の表情は恐ろしかった。

だから亜希は必死に思い出した。〈BAR〉とだけあった電飾。確かに、ちらっと違和感を持ったことは事実である。狭くて暗い路地にショットバーを開いて客が来るのかと。しかし確かにあった。ここに。短いカウンターだけの小さな店。一枚板のカウンターは手入れがよく行き届き、天井が映るほどに輝いていた。壁や天井も、濃い目のブラウンに統一され——。そして、カウンターの中には、背の低い、五十がらみの白髪に白い顎鬚のマスターがいて——。

亜希は髪をくしゃくしゃに掻きむしりながら思いつくままに口にし、また付け加えた。

「で、そう、飲んだんです！」

「どうぞ、先を」

栗原は冷たく言い放った。

「シェリー酒を！　ここで。いえ、ここにあった店で。そうですよ、潰れたんです。きっと。そもそもこんなところで営業したって流行りませんから。どこかの金持ちが酔狂で始めたんでしょう。でもさっぱり客は来ない。で、大火傷しないうちに撤退した——」

亜希が饒舌に語る間、栗原はひと言も発しなかった。

「そういうことってあるでしょ？　それがたまたま、つい先日だった。偶然の一致じゃない。極めて論理的なことなんです」

喋り終わっても刑事たちはなんの反応も示さなかった。

「四日前、ここには何もなかった」栗原が近づいた。「それだけじゃない。少なくともここ五年、ここには何もないんです」

「でも——」

「いいですか、お店ひとつ出すためには、いろいろな届け出が必要なんです。それがない店なんてあり得ない。しかも、暗くて狭い路地といっても、ここは西麻布という人気エリア。区役所や保健所の目につかないはずはない——」

「そもそもね」年配の刑事が近づいた。「この建物と土地を所有している方がね、店舗として誰かに貸したり、売ったりしたことはない、そうはっきり言ってるんだ。事実、土地登記簿謄本などでも裏付けられている」

「あなたはいったい何を隠している？」

栗原が詰め寄った。

「ですから私はさっきから、見たままのことを——」

「いい加減なことを言うんじゃない！」年配の刑事がいきなり怒鳴りつけた。「虚偽告訴という罪に問うこともできるんだぞ！」

　栗原が目配せして年配の刑事を下がらせた。

「恐らくね、あんたは、嘘をつくことで、どれだけの災いに見舞われようとしているか、それに気づいていないんだ。私たちはね、あんたの味方なんだから」

　亜希は目を彷徨わせた。いったい、この人たち、何を言ってるの……。

「脅迫されてるんだね？」

　脅迫……その言葉があることを思い出させた。満員電車の中で聞いた言葉、タクシードライバーが言った言葉……。でもそれを今ここで言う気にはなれなかった。どうせ言ったって信じてはくれない。それどころか、また怒鳴られて――。

「あんた、犯人を知ってるね？」

　そのとき初めて亜希は理解した。自分は疑われているのだ。犯人とグルだと――。もしかして……逮捕されるの？　冤罪という言葉が咄嗟に脳裏に浮かんだ。

　コートのポケットの中で携帯電話のバイブレーションを感じて亜希は慌てて取り出した。

　通話ボタンを押したが刑事たちは止めなかった。

「石川だけど――」沙央里の声が聞こえた。「今、話、できる？」

「ちょっと今は――」

本当は、助けて、と亜希は叫びたかった。

「さっきうちの課の若い子がね、あなたが、男たちに強引に車に乗せられるところを見たっていうから心配して電話したのよ。どうなの？　大丈夫？」

「ええ」

「まさか話ができない？」

「ええ」

「えっ！　まさか……今……」大きく息を吐き出す音が聞こえた。「あのね、私が今から訊くことが、もし合っていたら、はい、とだけ言って。違っていたら、そう、と。やっぱり連れて行かれたのね？」

「はい」

「……なんてこと……ちょっと待ってね、このまま切らないで」

しばらくの沈黙の後、「いい、よく聞いて」と沙央里が続けた。

「監禁されてるの？」

「そう」

「わかった。じゃあ、若い子が見たのが六本木だって言うから……例えば、グランドハイアット東京、そこから近い？」

「はい」

「私も今ね、たまたま近くで飲んでるの。大丈夫よ、酔ってないから。くだらない合コンの員数合わせよ。で、なんとかそこまで、男たちに理由をつけて来られる？」

「わかりません……」

「とにかくがんばってみて。あそこは確か……そうそう、ロビーのフロントデスクに向かって左側の奥にトイレがある。そこへ来て、いい？」

「はい」

「もうひとつ、スカーフ持っている？」

亜希は同じ言葉を繰り返した。

「いいわ。だったらそれで髪を巻いてきて。必ずよ。じゃ、最後に、じゃあまた明日と言って電話を切って」

言われるままにそうしたあと、亜希は携帯電話をコートのポケットに戻した。

それにしても……。余りの段取りのよさに亜希は感心した。こういうところが、やっぱり彼女は自分と違っていたのか、とこんな状況でもふと思った。

亜希は、お腹を押さえ、トイレに行かせて欲しいと栗原に訴え、路地の向こうに見えるグランドハイアット東京を指さした。亜希は、そのとき、幸運に恵まれていることに気づいた。

さっきまでいた女性警察官はすでにここにはいなかったからだ。

溜息をついた栗原は、不機嫌そうに頷き、松前をはじめとする男の部下たちだけを引き連れて歩き始めた。


トイレに駆け込んだ亜希を、革ジャンパーを羽織り、ジーンズの上からヒールの高い茶色のブーツを履いた沙央里が待ち構えていた。こんな格好もするんだ、と驚いたが、すぐにそれどころじゃないと思い直した。

事情を話そうとする亜希に、沙央里は唇に人差し指を立て、後ろの個室に一緒に入るよう手振りで促した。

急いで服を脱ぐように囁くと、沙央里は自らも同じ行為を始めた。そして自分が脱いだものを亜希に渡し、代わりに亜希の衣服を身につけ始めた。最後に亜希が被ってきたスカーフを頭に巻くと、「これでも昔は短距離でインターハイに出たのよ」と笑った。

「私が先に出る。いいわね。あなたは十分後に。で、タクシーを裏口に待たせてるから。私の名前で」

沙央里は手にした携帯電話を振った。

「でも私、約束が――」

その言葉を聞かずに、沙央里は出て行った。

亜希は、彼女の行動力に舌を巻くしかなかった。それにしても、彼女が自分のためにここまでやってくれることに素直に感謝した。そして誤解していた部分があったと反省した。

沙央里が出て行ってしばらくしてから、幾つもの激しい靴音と怒声が聞こえた。靴音は徐々に遠くなってゆく。

時間を計ってトイレから出た亜希は、そっと辺りを窺った。ヒールの高いブーツを履いたことがなかったので、不安なだけでなく、コツコツという音が響く度に額に汗が滲んだ。ロビー脇にあるカフェラウンジに待ち合わせた津久井がいるはずだ。亜希は直接ロビーには向かわずに別の通路からロビーに行くことにした。転ばないようにつま先に力を入れて進んだ。できるだけ目立つことはしたくなかった。

エレベータホールが見えた。ロビーまであと少し――。

「ダメだ！」

亜希の身体が固まった。

「そのままで」

振り向かずとも栗原という刑事の声だとすぐにわかった。

止まるものか。亜希は足早に進んだ。走りにくかった。でもロビーだけを必死に目指した。

背後で足音がした。しかも激しい足音が。

亜希は駆けだした。何度かつんのめりそうになったがなんとか堪え、ロビーからやっとカフェラウンジに足を踏み入れた。

だが、テーブルを見渡した亜希は愕然とした。

津久井の姿がまだない。しかもすべてのテーブルが客で埋まっていた。

腕時計を見た亜希は舌打ちした。最近、わざと時計を進ませていたことを思い出したのだ。

亜希は振り返った。栗原たちがロビーへとゆっくり入ってきた。必死に撒いたはずなのに――。

亜希の想像どおり、栗原の視線がゆっくりと動き、そしてこちらの方に――。

そのときだ。テーブルに座っていた学生風の女たちや、厚い化粧をした着物姿の女と色の黒い中年のオヤジ、そしてさらに――とにかく大勢の客の何人かが一斉に立ち上がり、亜希の前を行き交い始めた。その人たちの隙間から、自分に向けられた栗原の視線に亜希は気づいた。しかし、ちょうど亜希がその客たちの陰になったのが幸いした。栗原の視線はそのまま通り過ぎた。

しかもさらに別の客たちもまた同時に立ち上がって――。

信じがたいほどの力で亜希の身体は引きずられた。そのままカフェラウンジを出ると、亜希が振り向く余裕もなく通路を歩かされ、ドラッグストア脇の出口から連れ出された。目の前に黒い車が滑り込み、停止するよりも前に開かれた後部座席のドアから車内へと亜希は押し込まれた。

耳をつんざくようなタイヤの摩擦音を残し、黒い車はあっという間にホテルの敷地から一般道へと駆けていった。

今、自分が置かれた状況が、安心という状況とはほど遠いことを亜希はもちろん理解していた。

今、自分を取り囲む見知らぬ人たち――二名の男とひとりの女――に激しい恐怖を感じていた。

「安心してください。我々は、警視庁の者です」隣に座る男が穏やかな雰囲気で言った。「ただ、さっきのような無骨な輩（やから）とは違う」

続いて〝田中〟と名乗った男が、工事現場の人たちが着るような薄いブルーの繋ぎのポケットから名刺を取り出して見せた。ピーポくんのマスコットイラストこそなかったが、明朝体の文字で、〈公安部外事第2課〉という部署名が見えた。

亜希には遠い世界のように思えた。公安部という響きにはイメージするものがあった。しかしそれは、〝恐怖〟だった。思想的に問題がある人たちを捕まえる仕事――それが亜希の唯一の知識だった。〈外事第2課〉という文字からイメージされるものはまったくなかった。

だが頭の中は混乱していた。彼らもまた栗原の部下たちなのか？　それとも仲間か？　なら、さっき、栗原から救ってくれたのは……。いやきっと栗原たちと関係しているのだ！　もしかしたら手の込んだ演技かも……。

「栗原さんにお伝えください。もう構っていただきたくないと。私は本当に何も知らないんです！　ですから！」

「どうか落ち着いてください」

〝田中〟が穏やかな口調で言った。

「我々は、栗原という男がいる職場とは、ちょっと違うもんでしてね」

職場が違う？　意味が理解できなかった。何がなんだかサッパリわからなかった。しょせん同じ警視庁ではないか。

「本当に警視庁の方ですか？　なら身分証明書を見せてください」

「我々にも警察手帳はあります。ですが、普段、持ち歩かない性格の仕事をしていましてね」

亜希はますます意味がわからなかった。とにかく、なんにしても、これ以上、こんなことに巻き込まれるのはもう勘弁して欲しかった。警察と仲良くなることには限度がある。いつも警察官にまとわりつかれている女、なんてイメージがいいはずもない。

「とにかく、警察の方に、もうご協力することはありません。降ろしてください！」

　亜希はドアロックに手をやった。だがびくともしない。

「さきほど、捜査1課の連中は、あなたが危険に晒されている、そう言いませんでしたか？」

〝田中〟の言葉に亜希は目を見開いたまま振り返った。

「それは嘘ではない。でも、彼らも知らないことがあるんです。あなたに迫っているのは、捜査1課が考えるよりも危険な人間なんです」

　亜希は叫びたかった。嘘だ！　単に恐がらせようとしているだけだ！　でも、なぜ、と亜希は自問自答した。なぜ私を恐がらせて――。

「お訊きしたいことがあります」

　それだけの言葉で亜希に納得できるはずもなかった。

〝田中〟は相変わらず穏やかな表情で頷いた。

「この五日間、私を尾けたり、張り込んでいたのはあなた方だったんですね？」

〝田中〟はそれには答えず、亜希の傍らに座る女性警察官に頷いた。

　女性警察官が助手席から振り向き、大きなブリーフケースから取り出して亜希の目の前に差し出したのは、何枚もの写真だった。

そこに写っている人物を見るなり、亜希は小さく声をあげた。どのカットにも、あの〝ストーカー中村〟が写っている――。

「こいつが、一ヶ月以上も前からあなたを尾け回していることを私たちは知っています」

亜希が思わず身震いしたのは、中村のしつこさに対してではなかった。〝一ヶ月以上〟ということを知っているのは、自分もまた、目の前の男たちから少なくとも一ヶ月以上、監視されていたということである。

いったいこの人たちの目的って……。

「でももう安心です。中村は、昨日、大阪府警に逮捕され、現在、留置場です」

「えっ⁉」

亜希は思わず声をあげた。

「大阪府の迷惑防止条例違反、簡単に言えば痴漢行為の現行犯です」

そうか、だから、中村は大阪に行ったままだと――。

だが、亜希の脳裏に浮かんだのは恐ろしい想像だった。もしかして、この人たちは、私を監視するために、中村が邪魔になって……。想像はどんどん逞しくなっていく――。

亜希はそこで思考を止めた。考えたくもなかった。そもそも中村がどうなろうと自分とはなんの関係もない。

亜希の動揺には気づかぬ風に〝田中〟は、さらに何枚もの写真を並べたてた。

亜希はしばらく口を開けたまま息ができなかった。

そこには、普段の自分が写っていた。もちろん撮られた記憶のないものばかりだった
自宅近くの道路で空を見上げているような姿。線路に溢れんばかりのサラリーマンたちで一杯のホームで、眉間に皺を寄せている様子。警備員に付き添われながら夜の通用口から足早に出る光景。プレゼンテーション用のパソコンやたくさんのパンフレットでぱんぱんに膨れあがった重いバッグを抱えながら地下鉄の出口へ上がったときの自分。つい先日沙央里と行ったばかりの居酒屋で白ワインを一気に飲み干すシーン。電車の中で吊革にぶら下がりながら神経質そうに周囲へ視線を送る数カット――。

どれもこの五日の間に着た服であり、記憶のある画像だった。

亜希はショックよりも素直に驚いた。このいずれの場面でも――特に三日前からは神経質に周りをチェックしていたはずである。絶対に不審物や尾けてくる者は誰もいない、と自信があった。だが、ここには、その三日前から今朝までのものがある。

しかも、納得できない写真もあった。つい今しがた、捜査1課の刑事と一緒に、ショットバーがあったあの狭い路地から出て、幹線道路沿いをホテルに向かって歩いている写真であ

る。疑問なのは、真正面からの映像が複数あることだ。そこを歩くことはそのときに初めて決めたのである。しかも、四日前にショットバーのある路地へ繋がる道を歩いている写真まである。これも予定した行動ではなかった。タクシーの運転手が道に迷い……そのうえ、コンビニの店員が近道を教えてくれ……。翔太が一時間遅れるとメールしてきたので、ぶらぶら歩いているうちに少し間違えたからこそその路地へ辿り着いたのだ。

つまり、どちらのケースも事前に張り込む余裕はなかったはずだ。だから、真正面から撮影など——つまり歩く方向をあらかじめ予想して——できるはずもないのだ。

微かなわだかまりを持った亜希に、〝田中〟がその次に見せたのは亜希の写真ではなかった。捜査1課の刑事たちが、夜の情景の中で車に乗っている姿を写したものが無数にあった。

「確かに彼らもあなたを守ってはいた。しかし、こうやって簡単に写されること自体、警護とはいえないことがおわかりになると思います」

だが最後に置かれた写真に亜希は衝撃を受けた。

マンションに入る一人の男が写っていた。横顔だが、津久井のそれを見誤るはずもなかった。

「ご理解をいただきたいのは、あなたを脅かすために見せたわけではない、ということです。あなたを真剣に守ってきたのは我々であることを知って欲しいがためです」

「やっぱり、殺人事件と関係があるんですね！」

亜希は疑問を率直にぶつけた。なら捜査1課の刑事たちと変わらないじゃない！

「間接的に、という意味ではそうです」

「どういう意味です？　私も子供じゃない。ちゃんと説明してください」

「確かに」〝田中〟は神妙な表情で頷いた。「あなたがおっしゃることは筋が通っている」

優越感をくすぐられるような言葉に亜希は一瞬心地よい感触を抱いたが、すぐに、警戒を解くべきじゃない、と自分に言いきかせた。

「では――」〝田中〟は大きく息を吸った。「お話しします。ですが、決まりがありまして、ストレートには申し上げられません。ゆえに、想像を逞しくして、ご理解ください」

力強く頷いた亜希は、自分の高鳴る鼓動を聞いた。

「ひとりの女、それが主人公です。彼女は、Aという国で生まれ育ちましたが、Bという国の男と結婚したことでB国に住むことになった。しかし彼女と男の年齢差は、約三十歳。つまり彼女が結婚したのには別の目的があったのです。彼女の目的はその美貌と肉体を惜しみなく利用して、B国で有力者に会って関係をつけ、ゆくゆくはA国に戻って大きなビジネスをすることだったのです」

亜希にとって初めて聞く話ではなかった。すでに捜査1課の刑事に聞かされていたからだ。

「ですので、捜査1課は、女の交友関係を洗っていますが、余りにも人数が多いことから焦っている。だから事件となんの関係もないあなたを疑うようなことまでやり始めたわけです」

亜希は、緊張が少しだけ弛んだ。〝事件となんの関係もない〟と言ってくれたからだ。だからなのか、自分を守ってくれていた、という言葉が少しは素直に聞ける気がした。

ただ、それこそ亜希が最も警戒していることだった。

「まだお答えをいただいていませんね？　なぜ私をそれほどまでに守ってくださるのか、ということです」

「あなたに協力して欲しいことがあるんです」

そういうことか、と亜希は思った。訳のわからないことを言われるより、たとえ荒唐無稽でもはっきりと言われる方がまだ安心できた。いや安心などということでは決してないが……。

「殺人事件のことじゃありません」

亜希は、〝田中〟を見据えた。

「じゃあ……いったい……」

「あなたは近々、ロンドンへ行かれますね」

驚くことじゃない、と亜希は必死に動揺を抑えた。

「そのロンドンにおいて、我々の同僚と会っていただきたいんです」

〝田中〟は、隣に座る男に目配せした。

丁寧な口調で〝門倉〟と男は名乗った。

「彼は今、ロンドンにある日本総領事館で、領事として勤務しています。領事とは、パスポート更新や外国人に対する査証の発行業務などをしますが、たまには、警察官らしい仕事をしなければならないことがあります。そんなときに、この門倉と会っていただきたい、それがお願いです。簡単なことでしょ？」

〝田中〟は初めて笑顔を見せた。

「もちろん、これはビジネスです。ゆえに報酬もお支払いします。ただ、その仕事とは、公にはしたくない事柄なので、お会いする手順というのを覚えていただかなくてはなりません。しかしそれもまた難しいことではありません」

「公にしたくはないって……」

「ちょっと誤解を与える表現ですね。すみません。率直に言えば、日本の安全のため、つまり日本の国益のために協力して欲しい、そういうことです」

日本の安全？　それが意味することを知らないほど亜希は素人ではなかった。仕事柄、石油を取り扱っていることから国際情勢には明るいと自負している。国際情勢とは、国益のぶつかり合いであり、つまり、安全保障が経済と表裏一体であることを知らないはずもなかった。

だが亜希が驚いたのは次の〝田中〟の言葉だった。

「国際情勢に通じていらっしゃるあなたでしたら、ご理解いただけるものと思ってます」

「もちろん理解できます。でも基本的なことを説明されていません」

〝田中〟は眉毛を上げてみせた。

「日本の安全、意味はわかります。しかし、なぜ私なんです？　そして私はなぜ協力しなければならないんです？　私が日本の安全のために？　いいですか、私は単なるビジネスマンです。そんな大袈裟なことを言われても、はっきり言って迷惑です。ゆえに、協力なんてできません」

それこそ現実的な答えだと亜希は思った。

だが〝田中〟の口から出たのは意外な言葉だった。

「簡単なことです。あなたにとってこそ重要だからです」

「私にとって？」

「正確に言えば、あなたの新しいパートナーである、津久井さんの安全にかかわることだからです」

　津久井の名前を出されたことに亜希は開き直れた。すでに写真を見せられている。しかし、動揺したのは、彼の安全にかかわる、という部分だった。

「津久井さんがされるビジネスに脅威が迫っているのです」

〝田中〟は続けて、津久井が立ち上げる会社について詳細なデータを口にした。事務所にする予定の建物の写真もあった。そのほとんどは亜希でさえ知らないことばかりだった。しかも津久井が、妻との離婚協議に困り果てていることさえも〝田中〟は指摘した。

「あなたは、津久井さんを支えなければなりません。彼もまたあなたを頼りにしているんだから」

　亜希は言葉を失った。

〝田中〟は畳みかけた。

「我々は、あなた方を応援したいんです。お二人がされるビジネスは、シーレーンに支えられた貿易立国である日本の利益に適うことです。心からそう思っています。そのためにリスクがあるならそれを排除してあげたい。なぜならそれは我々にとっても、安全保障という分野で日本の国益になると信じているからです」

　もはや〝田中〟の言葉は、心理学的支配の領域に達していることを亜希は微かに理解した。

しかも圧倒的な情報の洪水の中で溺れる自分を見つめながらも、しばらくすると、依存(ディペンド)してしまっている自分にさえ亜希は気づかなくなった。

「あなたは、津久井さんを支える。支えるんです。彼もまたあなたを頼りにしている。頼りにしているわけです。あなたは支えるんです。彼もあなたを頼りにしているんだから」

同じ言葉の連呼が、〝田中〟によって完全に支配されている脳細胞に刻み込まれたことに亜希がもはや気づくことはなかった。

亜希の脳裏に立ち上がったのは、津久井のビジネスの成功のためならなんでもやってみせる、という痺(しび)れるほどに強烈な使命感だった。

「私にいったい何を協力しろと？」

亜希の気分はかつて味わったことがないほど高揚していた。

「ですから簡単なことです。具体的には、これから私と」

〝田中〟という偽名を使っていた児玉は満面の笑みを送った。しかしその一方で、一刻も早く国外に出すべきだ、と焦ってもいた。もし、北朝鮮〝警備官〟の日本潜入が事実で、そのミッションがあの殺人事件と絡んでいるのなら、亜希がターゲット・リストに載っている可能性も否定できないのだ。

「穏やかではないな」

　捜査1課長の沢木は、緊迫した空気を和らげようと努力していた。

「ことによっては、拉致監禁、その容疑で検察庁と話し合いをしたい、そこまで考えているんです」

　栗原は感情を抑えながら言った。

「気持ちはわかる」沢木は頷いてから管理官へと目をやった。「相沢さんはどう思う？」

「どうもこうも、私は、亜希なる目撃参考人の件からは外されていましたのでね」

「秘匿が必要、そう判断したまでです」

　栗原が弁明した。

「なら私は秘匿の対象外だと？」相沢は顔を歪めた。「事件担当管理官と事件係警部とは一体であるべきではないのかね？」

「管理官、お言葉ですが、今、判断すべきはそのようなことではありません」

　栗原が窘めた。

「なんだとぉ――」

　会議机に置いた相沢の拳が小刻みに震えた。

「相沢さん、あんたのことは、栗原にも瑕疵があった。だからきちんと後で話すから、ここは、外事2課への対応についてのみに絞ってくれよ。いいな?」

　腕組みをしたまま相沢は下唇を突き出して頷いた。

「課長、問題はですね」栗原がたまらず口を開いた。「外事2課とのメンツ争いがどうのこうのって問題じゃありません。事件解決のために、亜希の供述がどうしても必要である、それに尽きます。よって——」

「ちょっと待った」沢木が遮った。「その、亜希を連れて行ったというワゴンタイプの黒い車なんだが、外事2課のものである確証はどこにある? 少なくとも報告書にはない」

「課長、私は、いつ、そいつらが外事2課だと言いましたか?」

　栗原は自信に溢れる表情で沢木を見つめた。自分がこれまでの経緯を説明する中で、確かに、外事2課との確執について触れ、今回の〝連れ去り〟についても外事2課の可能性に言及したが、はっきりとは言っていないのである。

「つまるところ、本件は、通常の逮捕・監禁という凶悪事件です。ゆえに粛々とやるのみです」

「栗原!」

　沢木が怒鳴った。

「うちの愚直な奴らが、外事2課の関連施設を、五ヶ所にまで絞り込みました。時間の問題です」

驚いたのは沢木だった。

「発見時は速報しろ。いいな？」

「発見？　現行犯で逮捕という事案に、発見時もクソもありません」

栗原は言い放った。

「しかし――」

沢木はさすがに慌てた。

「いいですか、課長！　その先には、必ず寧偉（ニンウェイ）がいるんです。亜希は見ているはずなんです！」

朗報と悲報が栗原に同時に届けられたのは、特別捜査本部へ戻りつつあるときだった。

まず栗原が聞いたのは悲報の方だった。

寧偉が近く、帰国する予定だという。明らかに重要参考人であるにもかかわらず、手出しができない寧偉。しかし、亜希に触れられない以上、先に進めないのだ。

だが朗報は、その悲報を吹き飛ばすものだった。

地取捜査班と特命捜査班を総動員し、二十三区内にある警察官舎を片っ端から調べ上げた結果、練馬区内の警察官官舎で、警視庁本部とを頻繁に往復している不審者を視認し、ただちに行動確認に移行。結果、外事第2課作業班の後方支援班らしき部隊であると思料するに至った。もって同施設に人員を一点集中させ、民家に拠点を設けた上で秘匿監視を実施していたところ、二階の角部屋にいる亜希を発見したものです——山村からの報告はさすがに簡潔かつ要領を得ていた。

「ゴーサインをいただいてから三十分以降なら、いつでも踏み込めます」

山村の高揚した声が携帯電話に聞こえた。

「いや現状のまま待機だ」

栗原が言った。

「待機？」

山村が驚いた。そのために必死に捜させていたのではないのか。

「あっちと会えるか？」

「誰のことです？」

「作業班を仕切っている奴、確か……そう、秋本とかいう警部、そいつとだ」

「警部補昇任後の学校で一緒だった奴がいます。ただ作業班ではありませんが——」

「とにかくやってくれ」

「では待機は？」

「勝負をするにはこっちにも、いいカードが必要なんだ」


「具体的な事例は、その都度、変化します」児玉は静かな口調で言った。「よって基本的な事柄のみをどうか覚えてください」

亜希は黙って頷いた。疲れてはいたが、気にはならなかった。なにしろ、こうすることで津久井のビジネスパートナーになり得るのだ。男女の関係といった陳腐なものじゃなく。

「この門倉は、決してあなたに視線を合わせません。だから不安にならないでください」

亜希はバッグから小さな手帳を取り出した。

「それはダメです」児玉は優しく諭した。「これからのことはすべて頭の中に入れてください。このルールは今後も守ってくださいね、いいですか？」

亜希は「ごめんなさい」と言ってから大きく頷いた。

「また、門倉はさらに名前を変えます。ですので、ロンドンに着いたら、門倉という名前は忘れてください。少しややこしいですか？　そうですか。安心しました。でも、わからないことはわからない、と正直におっしゃってくださいね。失礼ながら、知ったかぶりはダメですよ。ちなみに、彼の名前は、何度か変わる可能性がありますから注意してください」

　亜希は必死に頭の中で反芻した。

「会う場所は、人が多いところというのが基本です。ここからが難しいところです。まず、時計の針の三時方向へ顔を向けてください。そうです。で、そのままで私を見てください。視界の隅で。どうです？　ええ、難しいでしょう。だからすぐにできると思わないで結構ですから。でも、何度か練習してゆくと、顔の形はともかく、何を着ているか、それだけはわかるようになります。ですから、まず、あなたは、一瞬だけ、門倉の服装を確認したらすぐに視線を外し、視界の隅で、その服装のみを追うようにしてください」

　亜希を立たせた児玉は何度か練習を試みた。

「いいですね、やはりあなたは頭の回転が速い」

　児玉が笑った。だが亜希は真剣な表情のままだったし、何も疑わなかった。

「そして実際の接触ですが、さっきのように門倉を視界の隅で認識したなら、あなたの方から近寄ってください。あなたがそこで気をつけなければならないことは、あなたは、門倉に渡すものを門倉が立つ方の手に持って、ただ真っ直ぐ門倉に向かってゆく、ということです。もちろん視界の隅で捉えたまま、です。あとは門倉の方がやってくれます」

「渡すものとはなんです？」

　亜希は素朴な質問を投げかけた。

「それは、後から説明しますから、まず、ここまでを何度も復習しましょう」

　再び亜希を傍らに寄せた児玉は、実際に、門倉も立たせ、今、言ったことを何度も繰り返させた。

「基本と最初に言いましたが、実はこれだけです。あとは、そのときの周りの状況に合わせることになるのですが、今は、まずここまで。ただ、もうひとつ、大変重要なことですから、最初に覚えておいていただきたいことがあります。門倉と会う日時や場所は、前回に会ったときに決める、これが原則ですが、急に用事が入ったりして、互いに会えないときがあると思います。そのときは、約束した日時の三日後。またその日もダメならさらに三日後に。何が言いたいかといいますと、どんな場合でも決して慌てないこと、それが重要だということです」

　亜希は幾つかの質問をした。細かいことを確認するためだった。

「では、少し休憩しましょう。その後は、ちょっと難しくなりますが、あなたならできる。あなたならできる。絶対にあなたならできますよ」

亜希が津久井と会えたのは、約束の時間よりも、二十四時間も後のことだった。もちろん、昨夜、約束した時間に行けないことは〝田中〟が連絡してくれていた。

津久井は例のカフェラウンジの隅で待っていてくれた。

イギリス外務省からのビザの発給が遅れて出発が延びたことをメールで知らせてくれたときには、年がいもなく小躍りしたい気分だった。

すぐにでも胸に飛び込みたかった。だから、自然と駆け足になった。


交差点の角を指定されたことに異を唱えなかったことを栗原は今更ながら後悔していた。しかも夜というのも尋常ではなかった。底冷えがするとはまさにこのことで、厚着をしてきたにもかかわらず、さっきから震えが止まらなかった。忘年会シーズン真っ盛りということで人通りはさっきからひっきりなしだが、寒さを和らげることにはならなかった。

「振り向かないでくれ」

いきなり背後から声が聞こえた。

「あんたのルール、つまり、あんたが指定した場所に来たんだから、こっちのルールも通させてくれ」

そう主張したのは栗原だった。そして、偽変した上で流動配置についているはずの部下たちの姿を捜したがなかなか見つからなかった。

だが、逆に外事第2課員らしき姿も確認できない。だがこいつがひとりで来るとは考えられなかった。必ず膨れあがるばかりのこの酔客たちのどこかに紛れ込んでいるはずなのだ。

「ショウジョウバエってやつでも、ちゃんと棲み分け、ってのがあるのを知ってるか？」

栗原が言った。

「つまり、そちらはハエ以下、というわけだ」

くぐもった声だった。

それを言うなら、豚以下だと、と栗原は言ってやりたかった。かつて、重要事件で何日も泊まりが続いたとき、栗原はインスタント麺メーカーと掛け合って、賞味期限が少しだけ過ぎた麺をもらった。それは豚の飼料用だった。つまり家畜同然のような生活を毎日送っていたわけなのだ。

「見つけた。練馬の警察官舎だ。今、オレのサインひとつで血の気の多い部下たちが踏み込む。そしてお前の可愛い部下たちは逮捕・監禁の現行犯で逮捕される――」

「なんの話だ？」

相手はとぼけた。

「写真がある」

沈黙が流れた。

「これが、あんたのいう交渉か？」

「どこへやった？　亜希を」

「そんな女は知らない」

「今更――」

「今更？　こっちは何も言ってないね」

「なぜだ？　なぜ匿（かくま）う？」

「質問の意味がわからないね」

「正直言って情報も欲しい」

栗原は奥歯を噛み締めて折れた。

「だからなんの話だ？」

「なぜここに来た？」

栗原はさすがに苛立った。

「こっちに構うな」

相手はやっと同じ土俵に足を踏み入れた。

「いや、こっちも引けない」

「言っておくがメンツじゃない」

それをわかるはずもないか、と秋本は思った。

「ダメだ。部下たちが収まらない」

「こっちもそうだ」

「禍根を残すぞ」

「こっちが言いたいセリフだ」

「決裂か？」

栗原はもはや絶望した。

「最初から争点はない」

「再考しろ」

沈黙が流れた。

栗原は振り返った。人混みが流れてゆくだけだった。

舌打ちした栗原は急いで無線機を握った。

「撮れたか？」

「どういうことです？」

鳥谷は困惑していた。

「今、オレの後ろにいた奴だ」

「後ろ？　ずっと見ていましたが、係長はずっとひとりでした——」

クソったれ！　そう吐き捨てたとき、携帯電話に、官舎に張り込んでいる班長からの報告が入った。

「電気メーターの使用量にまったく変化がありません。どうも逃げられたようです」


〝法律事務所の会議室〟はやけに寒く、秋本は買ってきたばかりのコーヒーの紙コップから両手を離せなかった。ビル全体の空調が集中管理されているので、夜間にはすべてがストップしてしまっていた。

「新たな事態というべきだ」

警察庁外事課補佐の山崎が使い捨てカイロを揉みながら言った。

「しかし、我々の視線内にまったく入らなかったとは考えにくい」

秋本がこだわった。

「この期に及んで、事実に目を向けることだ」山崎が諭した。「それにしても、なぜ自衛官が？」

「問題は、海上自衛官であるという点だ。我々と同じ方向を向いている可能性がある」

秋本は数日前のことを思い出して顔を曇らせた。存在だけは確認していた。しかし正体がわからなかった。それが今朝になって、警視庁航空隊のヘリコプターがヘリテレシステムで捉えたのだ。男の手際は素晴らしかった。ものの二分ほどで亜希の自宅マンションのドアの二重ロックを開けたのだから。

ヘリコプターは、亜希の自宅とほぼ水平となるところまで――航空法のギリギリの高度まで――降下し、メインローターの音が聞こえない位置とテレヘリで撮影できる限度でホバリングを維持するという離れ業を行ったのである。

撮影は人着だけで十分だった。あとは、亜希の住むマンション周辺に張り巡らせたCCDカメラネットワークと照合するだけだった。そう時間も経たず、男が乗った車を探知し、そのナンバーから持ち主が判明。届け出の住所地に急行するとなんと名義人本人がそこにいた。交通事故捜査と偽装して聴取した結果、友人の海上自衛官に貸している旨を供述したのだ。

それからは、まさにフレンドリーな世界が功を奏した。調査を依頼された山崎は、チヨダのラインから公安総務課の対自衛隊調査担当（マルジ）部門へリクエストを投げ、そこから横の繋がりで情報保全隊員より人事記録の入手に至ったのである。

「それよりこれだ」山崎は二枚綴りの書類を手渡した。「経歴に、非常に不可思議な事実がある——」

書類を手に取った秋本には、なんの変哲もない経歴のように思えた。

氏名は、瀬山二等海佐。一九六二年に外交官の長男として誕生、一九八〇年、宮崎県内の高校卒業と同時に防衛大学校に入学。専門は機械工学。一九八四年に同校卒業後、江田島の幹部候補生学校に一年間入学。二年間の艦隊勤務を経て、一九八七年、アメリカ太平洋軍作戦支援システム学校に留学。一年後に帰国し、潜水艦航海長。さらに二年後には、アメリカ第7艦隊偵察任務部隊作戦室連絡官。その後、統合幕僚会議2室、自衛艦隊司令部作戦情報幕僚、アメリカ太平洋軍連絡官を経て、自衛艦隊作戦情報支援隊に勤務し、現在は、防衛大学校工学部教授となっている。

「気になることがある。自衛隊での経歴だ。いずれも情報、それも作戦情報部門ばかりを歩いている、そのことだ」

山崎が言った。

「では、裏(ウラ)か？」

「いや、陸上オペレーションにかかわる部隊は海上自衛隊には存在しない」

「しかし、一人で行動しているとは考えにくい」

「人数は関係ない。問題は目的だ」

　そう言って山崎は考え込んだ。

「現住建造物侵入、立派な罪だ。それ以外にもいろいろある」

「もう少し見てみたい。張(は)りの部隊は？」

「継続させている。だが今のところ、接触者はいない」

「だったら単なる犯罪者か？　いや、あり得ないな……」

「とにかくもうしばらくやってみる」

　秋本が約束した。

「結果をまた寄せてくれ。それより、亜希は？」

「すでに協力者(モニター)として獲得、登録した」

「なるほど。捜査1課にはどう対応を？」

「それについては心配することは何もない」

　秋本の言葉はいつも以上に明快だった。

　津久井と泊まったホテルから真っ直ぐ会社へと向かった亜希は、めまぐるしい展開に疲れを感じながらも、引っ越しの段取りに頭を集中させた。

衣類はパッキングするだけで、あとは業者が取りに来てくれるのでそれほど焦る必要もない。ただ問題は冷蔵庫などの大きな物であるが、ほとんどを処分するしかなかった。

地下鉄からホームに降り立ったとき、〝田中〟と名乗っていたあの男の言葉が再び脳裏に響き渡った。

〝あなたならできる。あなたならできる。絶対にあなたならできますよ〟

身体の奥深くからこれまで感じることがない力が湧いてくるのがわかった。

と同時に、これまであんなことに動揺していた自分の姿は滑稽だったとさえ思った。

会社に着いた亜希は、真っ先に桑野のデスクに向かい、退職届を差し出した。

驚愕の表情で見上げた桑野は慌てて会議室へ亜希を誘った。

桑野の反応は予想どおりだった。

どうして？　いつ？　桑野は根掘り葉掘り訊き出そうとした。しかも、辞めるのなら、次の部署に異動してからにしてくれないか、と咳き込みながら頼み込む始末だった。風邪気味だというが、うつされるのが嫌で亜希は、顔を背けた。

それにしてもだ、と亜希はなんの躊躇いもなく溜息をついた。どこまで、自分のことしか頭にないのか、と怒りが込み上げた。部下が辞めることで、管理能力がないとマイナス評価されるのが恐ろしいのだ。

そんな桑野が一番しつこかったのは、なぜ？　という質問だった。

〝三十歳直前になって、自分が本当にどんな仕事をしたいか、じっくり考えたいんです〟

つい先日までの自分ならそう言ってただろうと亜希は思った。

でも、自分はもはや、あの優柔不断だった自分じゃない、と力強く言えた。

だから、はっきりと言った。

「来月から新しいビジネスを始めます。内容については、申し訳ないんですが企業秘密です」

亜希は、最後に「お身体をお大事にしてください」とだけ言って、慌てる桑野を尻目に会議室をさっさと後にした。

だがすべてを投げ出して辞めるなどという愚かなことはしたくなかった。退職の日までの間、後輩とともに顧客回りをして引き継ぎを行うことに決めていた。

エネルギー第2課のスタッフに、退職することを告げると、大きなざわめきが起こった。後輩の何人かの女の子が、泣きだしそうな顔で駆け寄ってきた。

それはそれで嬉しいことだったが、辞める人間はしょせん去ってゆく者である。この瞬間に他人となってしまうのだ、と亜希は自分に言いきかせた。

これからどうするのか、と誰からも訊かれたが、充電します、と曖昧に答えた。

後輩を近くに呼び寄せて、今日からの引き継ぎスケジュールを相談した。それが終わると、幾つかの書類の引き渡しが待っていた。全顧客一覧に始まり、商売概要、主な重要案件、それに付随する引き合いから納品入金までの一連の実務いわゆる会社調査申請書、与信申請書、売買契約書作成関連、海外ベンダーへの見積もり依頼書と、顧客見積もり作成書、受注手続き書、船積み書類、国内乙仲(おつなか)への貨物引き取りの依頼書――。

あらためて目にすると、書類は膨大にあった。

忙しく引き継ぎを始めていたとき、携帯電話に入った警視庁の松前の苛立つ声に、亜希はこれまでのようにたじろぐことはなかった。返事をしてから廊下に出た亜希は、すべてのことに真正面から立ち向かえるだけの力に満ちていることを感じていた。

「ええ、どうぞ。では後ほど」

会いたいという松前の言葉に簡単に応じた亜希が、デスクに戻ろうと振り向いたそのとき、桑野が目の前に立っていた。

驚くことはなかったが、亜希は怪訝な表情で見つめた。

桑野の顔が真っ青になっていたからだ。

「今、ちょっと、たまたま耳にしたんだが、刑事さん、とか言っていたんじゃ――」

桑野は額に滲む汗をハンカチで拭った。

「ええ、警視庁の方々に、ある協力をしているんです」

「協力って……」

「課長のことですよ」

そう言い放って亜希はデスクに戻った。それくらいのジョークを言ってやるのも小気味よいと一瞬思ったが、くだらないことだったとすぐに後悔した。


「なぜ、我々から逃げるんだ？」

コーヒーショップの奥で松前は苛立っていた。

「その態度、いかに私たちの一般常識とかけ離れているか、気づいていらっしゃらないんですね？」

亜希は平然と言えた。

「あんたね――」

「ですから、そのあんたというのも止めてください」

「なんだと――」

「止めないか」

コーヒーカップをレジから運んできた栗原がいなした。

「我々はね、あんたにね、疑問をどうか解決して欲しい、それだけなんです」

栗原にしても、亜希の〝脱走劇〟では相当頭にきていた。

しかし、そんなことをグダグダ言っている暇はない、と怒りを堪えていた。とにかく、寧(ニン)偉(ウェイ)は間もなく帰国してしまうのだ。

「疑問？」

亜希は手渡されたコーヒーカップを礼を言って受け取りながらも、怪訝な表情で見つめた。

「ショットバーです」

亜希は溜息をついた。またその話なの……。

「何と言われようと私は絶対に発言を取り消しません。私はその店に入ったんです。間違いなく」

亜希は、ずっと仏頂面でいる松前を睨みつけた。この間はとてもそんな勇気はなかったが、今はなぜかそれができた。

「どうか聞いて欲しい。我々はこう考えた」栗原がゆっくり諭すように続けた。「あんたは、別の店と勘違いした、そういうことじゃないか？」

「いえ、間違いありません。あの路地です」

それは亜希自身も何度も記憶を蘇らせて考えたことなのだ。

「私は嘘はつきたくないんです」

「外事には本当のことが言えるのか？」

この松前という男は、くだらない挑発しかできないのだ、と亜希は呆れた。

「あなた方には関係がありません」

そうまで強く言い切れた自分に亜希はもはや驚くことはなかった。

ひとりの男が店に入ってきて、栗原の耳元に何かを囁いた。

「すぐに戻りますから」

そう言って栗原は立ち上がった。後に残ったのは、松前と亜希だけだった。二人はしばらくコーヒーを啜（すす）りながら睨み合った。


店の傍らに連れて行かれた栗原は、安岡の説明に目を見張った。

「――路地の奥、曲がったところに古い民家がありまして、その住人、まあ七十九歳のおばあさんですが、記憶は鮮明です」

「で、十日ほど前、幌付（ほろつき）トラックが何台も入ってきた、ばあさんはそう証言したんだな？」

栗原が念を押した。

「何年もそんな車が通ることはなかったので、うるさいな、と思って窓から覗いたそうです」

　栗原はそこから導き出されるものを必死に探した。

「それともうひとつあるんです」安岡は大学ノートを捲った。「亜希が供述した、ショットバーがあったとするトタン板塀の工場跡なんですが、その土地の所有者、前歴（マエ）がありました」

「罪名は？」

「それがですね、かつてのココム（旧社会主義諸国に対する資本主義諸国からの輸出を統制する委員会）がらみ。対象国は北朝鮮――」

「扱いは外事2（ソトニ）課――」

「もちろん」

「つまり、事件班、いわゆる作業班――」

　栗原の頭の中で幾つかの点と点が結ばれていった。

　栗原が席に戻っても、亜希と松前は黙ったまま顔を突き合わせていた。

「申し訳ない。間違っていたのは我々だった」

そう言って栗原は頭を下げた。

「係長——」

慌てたのは松前だった。

亜希は訳がわからず二人の男を見比べた。

「あんたを信じよう」

松前は驚いて栗原を見つめた。

いつまでも〝あんた〟呼ばわりされることに頭にきた亜希だったが、彼が口にした言葉には問い直さざるを得なかった。

「私を信じる？」

栗原は亜希の問いには答えず、

「もう一度だけ思い出してもらいたい、是非に。その店なんですが、あんたが感じたことで、気になったことがありませんでしたか？」

腕時計を見つめた亜希は帰りたかったが、それだけは付き合うことにした。

記憶はある程度、鮮明だったがどこにでもあるショットバーだったし……敢えて言えば、清潔感に溢れていることくらいか——。

「トイレは？　ちゃんと水洗で？」

そう言われて亜希は忘れていたことに気づいた。

「――修理中でした」

「えっ、今、なんと？」

「亡くなった静蕾さんが、マスターに、トイレの場所を訊いたんです。そしたら、マスターが、修理中で使えないと――そうです。はっきりと思い出しました」

栗原は冷め切ったコーヒーを一気に喉に流し込んでから顔を上げた。

「あんたは、とんでもない運命の渦に巻き込まれた、そう言えるかもしれない」

亜希は苦笑しながら頭を振った。

何を言うかと思ったら、そんな、大袈裟なことを――。

栗原のもとに若い刑事が駆け寄り、耳元に何ごとかを囁いただけですぐに立ち去っていった。

「しかも、外事にマインドコントロールさえされている」

バカバカしい！　亜希はもうたくさんだと思った。

「仕事がありますのでよろしいでしょ？　では私はこれで」

コートを手にして立ち上がったとき、栗原が胸ポケットから取り出した包みを亜希の前に置いた。

怪訝な表情で見下ろす亜希に、栗原は黙って頷くだけで、紙を広げてみるように促した。

椅子に座り直した亜希は、隣の椅子にコートを再び置いてから、慎重に包みを手に取った。

包みの中から五枚の写真がテーブルにバラバラと零れ落ちた。

ゆっくりと亜希は手を伸ばし、写真を拾い上げた。

それは、見覚えのある都内のシティホテルから姿を現した瞬間を捉えた、男女の連続写真だった。

亜希の顔は最初、引きつり、徐々に歪んでゆき、最後は何かを必死に堪えるかのように目を瞑って固く口を閉じた。

「外事は教えてくれなかったでしょ？」栗原が言った。「女の肩を抱き寄せる男、つまり桑野に関しては、兼友商事から被害届が出ればすぐにでも、捜査2課という捜査部門が業務上横領容疑で逮捕の予定であることを」

亜希にとってそんなことはどうだってよかった。

泣きたいほどに叫びたかったことは、彼女がここにいることで理解できる様々なことだった。

「で、その怪文書は、桑野が書いたものだ」

写真を包んでいた紙を亜希は急いで開いた。

〈兼友商事に巣くう現代の妖怪！〉

そんな見出しの下に書かれていたのは、エリート社員という表の顔の下に、どす黒い欲望を持った幹部がおり、会社の金を使い込んでいる、という内部告発めいた内容だった。

そして、その名前は、十行目の文章の中にあった。

〈――巨額の金を懐に入れただけで津久井の黒い欲望は収まらなかった。かつての直属の部下である女性社員へも汚れた欲望を剝き出しにして――〉

元軽金属加工工場の経営者のもとへ急行する松前と別れた栗原は、車を日比谷通りへと急がせた。そして、特別捜査本部のデスク主任の業務にやっと専念できている山村へ連絡しようとした。ちょうどそのとき、予期していなかった朗報が先に届いた。

地取捜査を展開していた安岡班の粘りが、これまで摑めなかった新たな目撃参考人を見つけ出したのである。

それは、ひとりのキャバクラ嬢の証言を安岡班が、執念ともいうべき粘り強さで得たことから始まった。安岡班は、犯行が行われた同じ時間帯に毎日張り込んで聞き込みを続け、やっとそのキャバクラ嬢を見つけたのだった。彼女によれば、四十歳前後の女性が、犯行現場の路地から慌てて走りだしてくるところを見かけたという。おおよその時刻も犯行時間の範囲内にあった。

滑舌もいい、頭の良さそうなそのキャバクラ嬢によれば、当該の女は、六本木で働いているような雰囲気ではなく、大きなブティックの紙袋を持っていたので主婦だという印象を持ったという。それが捜査を助けた。

現場から立ち去った女の追跡捜査のため、タクシー会社を徹底的に洗っていたところ、一台を割り出すことに成功。初めは何も知らないとうそぶいていたドライバーの様子がおかしかったことから所轄署に呼んで追及を始めた捜査員の見極めも素晴らしかった。

だがなぜかドライバーは、のらりくらりと証言を渋る。

調べを代わった安岡は、窓とマジックミラーのカーテンを閉め切った取調室に移動させるとともに、捜査員全員を外に出し、周りの音も立てないよう捜査員たちに注文した。

静まりかえる部屋で、安岡はじっとドライバーを見つめたままだった。冷え切った空気がカーテンの隙間から流れてくる。それでも安岡は微動だにせず、ドライバーを凝視した。

二十分ほどでドライバーは音を上げた。そして、殺人事件の現場付近から犯行時間帯に乗り、連れの若い男を家に送ったあと、自宅前で降り、釣りはいらないと倍額を払った女について語り始めた。

ただ、安岡班は、そのドライバーに疑念を持った。事件を知っていたはずなのに、なぜ、通報しなかったのか、と問い質した。それに対してドライバーは、口止め料をもらったことで罪悪感に苛まれていたと述べるにとどまった。

女の家はすぐに判明した。世田谷区に在住の、中堅住宅建築会社社長の妻だった。年齢は三十九歳。夫とは二十歳も歳が離れていた。

夫の留守を狙って直アタリした社長夫人は、いかにも艶っぽい女だった。しかし安岡は、新たな犯罪にぶつかることとなる。

社長夫人は、確かに、あの現場から逃げ出したわ、とあっさり認めた。しかも、親子ほど歳の離れた夫の連れ子である男とのホテル帰りだったことも悪びれることなく自ら語り、だからかかわりたくなかったの、と平然とした顔で供述した。ところが、次第に女の様子がおかしくなった。そのうち、くだんのタクシードライバーに脅迫されていると捜査員の前で泣きだしたのである。要求されていたのは金ではなく肉体だった。

ドライバーをもう一度所轄署に引っぱったとき、彼は取調室の床に頭を擦りつけて謝った。だから通報できなかったのだと。ただ、ほんの出来心で勘弁して欲しいと訴えたが、調べてみると恐喝と婦女暴行で前科四犯の食わせ者だった。

港署の取調室に社長夫人を呼び出した特別捜査本部は、その艶っぽい夫人のさらなる供述に色めき立った。

静蕾と思われる座り込んで泣いている女の傍らに男がいたと証言。しかし、その男は、寧偉の人着とはまったく違い、濃紺のブルゾン風の上着に、ジーンズを穿いていたというのだ。つまり現場には、〝もうひとりの男〟がいたことになる。しかも社長夫人は、その男の顔を真正面から見つめたという。

何ごともなかったかのように帰ろうとした社長夫人を安岡が呼び止めた。ドライバーの脅迫行為を告発するかどうか確認しなければならなかったからだ。だが、つい数時間前に泣き腫らしていた姿は嘘のようだった。そして「蚊に刺されたと思えばいいから」と言い残して帰っていった。

細かい修整を加えたモンタージュと似顔絵が完成したのは、それから数時間後のことだった。

受け取った山村は慌ててリモコン台に駆け寄り、警視庁本部へ報告に上がっていた栗原に、大急ぎで戻ってくるように無線マイクで告げた。

栗原が特別捜査本部に入ってコートを脱ぐ間も与えず、山村は似顔絵を面前に突きつけた。

開口一番、栗原が発したのは、クソ野郎！　という罵声だった。そして特別捜査本部の壁に貼り出しているざら紙(がみ)の、その上に貼られている男の写真を苦々しく見つめた。

通用口から出てきた沙央里に、亜希が後ろから声をかけたとき、彼女は飛び上がるようにして驚いた。

「大丈夫だったの⁉」

沙央里は、その言葉どおりに心配そうに亜希の顔を覗き込んだ。

「で、上手くいった？　心配していたのよ」

「なぜなの？」

亜希が訊いた。

「なぜ？」

沙央里の顔が曇った。

「なぜあなたが、津久井さんの悪口を書かせたの？」

亜希は静かに言った。

「えっ？」沙央里が眉を寄せた。「何を言ってるの⁉」

亜希は、一週間前の日付とホテル名を口にしてから、「警察が写真を入手しているわ」と静かに付け加えた。

「だから……いったい……なんのことを……」

後ずさりする沙央里の顔が徐々に歪んでいった。

「だから聞かせて。なぜ津久井さんをそんな目に？」

背中を向けた沙央里は、一度、上を向いてから、がっくりと肩を落とした。

肩が震えているようにも思えたが、亜希にはどうでもいいことだった。

「桑野は逮捕されるのよ」

驚いた表情……で振り返った沙央里は、大きく息を吐き出した。

「彼、つまり津久井とは、付き合ってた……。彼がロンドンへ行く前——」

亜希はその言葉をどこかで覚悟していたような気がした。だから驚きよりも、霧が晴れたようで、なぜか爽快（そうかい）だった。

「でも別れた……違うわ……まっ、どうせわかることだし。つまり、はっきり言えば、私がフラレたのよ」

沙央里は首を竦めてみせた。

「ただ、私は彼から学んだ。ビジネスのすべてを。だから後悔しなかったし、ここまでがんばってこられた——」

その言葉には亜希は反応せざるを得なかった。沙央里に優しく指導する津久井の姿が想像できて胸が締めつけられた。

「でも、ロンドンから帰ってきた彼を見た途端……ダメだったの」沙央里は両手で顔を被った。「押し込めていたはずだったのに……」

「それがなぜ桑野と？」

亜希にとってそれこそ信じられなかった。二人は余りにも不釣り合いで……。

「簡単に言えば、利用したのよ」沙央里は薄笑いを浮かべた。「すぐにシッポを振ってついてきたわ」

「信じられない……」

「彼も困っていたのよ、自分で。だから、宮内案件にまつわるあのトラブルで、以前にあなたに引き継いだとする責任逃れは、彼にとって好都合だったのよ」

その言葉は亜希が想像していたものだった。だが納得できないことがあった。

「あのとき、ホテルでどうして助けてくれたの？」

「助けた？　どこまでもお目出たいわね、あんたって。津久井をひとりにさせて会いたかったからよ。そのために、あの夜、あなたを尾けていたの」

「じゃあ、なぜ津久井さんまで？　どうして彼に横領なんて罪をなすりつけたの！　それがあなたの津久井さんへの復讐だったの？」

「復讐？」沙央里は笑い始めた。「どうしたのよ、亜希。なぜ私が彼に復讐なんてしなきゃいけないの？」

しばらく苦笑していた沙央里の表情が突然一変し、亜希に詰め寄った。

「わたしはね！　彼を愛してるの！　あなたよりもずっと前から！」

亜希はたじろがなかった。真正面から沙央里を見据えた。

「あの人が困れば、絶対に帰ってくる。どこへ？　決まってるじゃない！　私のもとへ……そう思ってた……」

一度うなだれた沙央里が、いきなり醜く歪ませた顔を上げた。

「それがよりにもよって、いつも優柔不断で、お人好し（ひとよ）の……このブスで好色なメスのもとへ行くなんて！」

沙央里はさらに、女性器にまつわる卑猥（ひわい）な言葉を用いて罵声を浴びせ続けた。

黙って受け止めていた亜希の中には、怒りも悲しみもなかった。

身体の奥から立ち上がったのは、これで彼女からも自分は独り立ちできる、という強い自信だった。

容疑者名簿の二番目に記載された男への任意同行を求めるために彼の自宅へ向かったのは、十文字率いる四班八名の捜査員たちだった。筆頭に記載されていた寧偉(ニンウェイ)の名前には、その後の、〈第二容疑者〉に対する周辺捜査によって、動機部分の解明、アリバイ工作の実態が明らかになったことなどでバッテンが書き込まれていた。

徹夜で在宅を確認していた張り込み班を労って交替した十文字班は、一班が自宅の背後に回って裏口を押さえ、二班は迎撃配置としてすべての窓に対応できる体制を取った。そして三浦が午前六時の時報を待ってからインターフォンを押した。任意同行をかけるのは朝一番というのが最も効果的だったことを思い出しながら、何十回と見続けてきた特別捜査本部に貼られた写真の男の顔を思い出して十文字は舌打ちした。男の嘘を見破れなかった自分を責め立てた。

玄関が明るく灯り、ガラガラと引き戸が開いた。

くしゃくしゃの髪と寝ぼけ眼で姿を現した男は、驚いた表情を見せた。

「十文字さん？　警視庁の？　どうしたんです？　こんなに早く」

だが三田建造は、十文字の背後にいつもより多い捜査員がいることに気づくと目を見開いた。彼の息子はすでに何時間も前に港警察署へ呼び、宿泊同意書を書かせた上で、近くのビジネスホテルで待機させていた。もちろん、息子がアリバイ工作の全貌(ぜんぼう)を供述したのは言うまでもない。

「来てもらえるよね？」

十文字が静かに言った。

建造は項垂（うなだ）れた。「お任せします」その声は、朝焼けに見守られる澄んだ空気の中に消え入った。


妻、三田静蕾殺害の容疑で、夫、三田建造が通常逮捕されたのは、午後十一時を過ぎていた。翌朝の新聞やテレビのワイドショーは、偽装結婚の闇というタイトルでおもしろおかしく取り上げるくらいで、妻の奔放な男性関係や、ラブホテルのこと、また在日中国大使館との絡みについてはまったく触れることはなかった。

殺害の動機について、建造がまず上申書にしたためたのは、やはり、妻、静蕾の男関係に対する激しい嫉妬心だった。十文字たちが初めに会ったときには、妻の不在を恥じて、また心配もしていたが、内心は嫉妬で悩んでいたのだった。

事後捜査でわかったことが幾つかあった。そのうちのひとつは、老人の悲しい姿だった。建造は妻の素行を思うと、ほとんど仕事が手につかず、月の半分も妻の尾行をしていたのだ。その記録が駅の監視カメラなどにしっかりと残っていた。

そして犯行の当日。いつものように建造は、横浜の〝友人〟宅へと向かった。そこは女友達の家だと静蕾は言っていたが、それはカモフラージュで、複数の男との密会場所として使っていることを建造はすでに知っていた。男を連れ込む姿を見届けながら、電気が消される窓を見つめ、全身を激しい嫉妬で燃えたぎらせていたのである。

建造は言えなかった、と供述した。叱りつけることもできなかったと。それは最初に会ったときに十文字に言っていたことと同じだった。逃げられてしまうことが恐かったのだ。

ところがその日は、夕方になると静蕾はひとりで外出した。中目黒で東横線から日比谷線に乗り換え、六本木で下車。そのまま六本木通り沿いに歩き、あの狭い路地に入っていったのである。

静蕾が腰を落ち着けたのは、建造の上申書によれば、亜希の供述とも一致する、一軒のショットバーだった。店構えや内装の雰囲気も亜希の話と同じだった。それを聞いて一番怒ったのは松前だった。建造がもっと早く吐露していたなら、亜希という、あんな頭でっかちの小生意気な娘に勝手なことを言わせる必要はなかったのだ、と息巻いた。

建造の上申書では、ショットバーから妻が再び出てくるまでしばらく張り込んでいたが、急に尿意を催したとある。だがその路地では見つかる可能性があったので、先の路地を曲がったところで用を足した。ところが戻ってきてみると、店の中には妻はおらず、ふと六本木通り方向を見ると、妻が男と揉めているのが見えた。駆けだそうと思ったが、もうひとり、知らない女性がいたので、西麻布交差点方面——左へ曲がったことを見届けてから、路地を巡って先回りした。

その先を読んだ栗原は、小さく驚きの声をあげた。

〈結局、私は犯行現場まで妻を尾けることになったのですが、そこで見たのは、見知らぬ男が、刃物を妻の首に突きつけている光景でした。反射的に大声が出ました。なんと言ったかは覚えてません。それで男は一目散に路地の先へ逃げてゆきました。自分の姿を晒してしまったので私は、地べたにへたり込んでいた妻に駆け寄りました。私の姿を見て、妻は一瞬、驚いた表情をしましたが、それだけでした。すぐに虚空を見つめ、泣いていました。理由を訊いたのですが、妻は何も言いません。ただ、その直後のことです。突然、妻は私の両手を引き寄せて自分の首に押し当てたのです。そして、そのとき、妻が言った言葉は今でも鮮明に思い出します。〝殺して〟と。さすがに理由を尋ねた私に、〝一番大切な人に裏切られた。生きてはいられない〟と言ったのです。私はなぜか激しい怒りに包まれました。私が来ているというのに、私のことには何も触れない！　しかも一番大切な人なんて！　それまでの燃えたぎる嫉妬心が手の力を強めさせたようにも思います。気づいたときには妻は息絶えていました〉

　最後の部分に目をやったとき、栗原は、哀れな男の姿に溜息が出た。

〈そのとき、恥ずかしい限りですが、強烈な性欲が襲いました。私は、たまたま持っていた園芸用のハサミで妻の髪の毛を切り取り、下腹部へ顔を埋めたくて下着を剝ぎ取ってしまったのです――〉

　ということは、刃物を持っていた男とは、寧偉なのだ、と栗原は確信した。在日中国大使館の参事官も言っていたが、恐らくそういう関係にあったのだろう。だが今更、どうなるものでもなかった。闇から闇へと消えるのみなのだ。静蕾が最後に口にした言葉とともに。

　上申書の第二報はまだ届いていなかったが、それにしても何が変わるわけでもないと栗原は思った。

　その日、栗原に届けられた報告書はもう一通あった。松前があのショットバーについての捜査を行った報告書だった。

　ショットバーがあった場所の土地所有者が松前に口を割ったのは、亜希と栗原が最後に会った日の深夜だった。すっかり頭髪が禿げ上がった七十歳の男は、敷きっぱなしの蒲団(ふとん)の中で呻くようにすべてを語った。過去の事件以来、何かと世話になっているという、秋本という外事2課の警部から頼まれた、と供述したのである。

　ただ、何に使うのかは聞いていなかった。好きにさせてもらっていいか、それだけを秋本という警部は訊き、老人は二つ返事で快諾したという。翌日の昼間には、塗装業者や小さな建築会社、そしてレンタル会社も割り出された。

　だが報告書を読んだ栗原は驚くことになる。銀行振り込みで支払いを受けた会社を調べてみると、外事2課のOBが代表取締役となった、いわゆるペーパーカンパニーだった。そのOBにしても「名前を貸しただけだ」「何も知らない」と繰り返した。栗原が驚愕したのは、何もないところに突如、偽のショットバーを造るために費やされたその労力、人員、そして資金だった。山村がざっと計算しただけでも四百万円という大金が注ぎ込まれていたのである。公安や外事には国家予算の後ろ盾があることは知っているが、それにしても大金だと違和感を覚えた。

　だがそれ以上、栗原の関心を呼ぶことはなかった。そもそも捜査1課にとっては無意味な話なのだ。


「準備はどう？」

「大変だけどなんとかね」

携帯電話から聞こえる、明るい津久井の声に心が弾む自分を亜希は許したかった。

沙央里とのことは訊こうとは思わなかった。少なくとも今は別れている。その事実だけで、十分だった。

「今日は忙しくて一緒にメシは食えないけど、クリスマスはロンドンで。どう？　そこでゆっくりと仕事の話も。それに経理についても知って欲しいんだ」

亜希はそのこともまた素直に嬉しかった。何より、自分のことを信頼してくれている、そのことが。

だから、警察のことはもはや口にしなかった。何よりそれは、密やかに彼を支えることなのだから。

「それで、不審な奴らはどうだ？　心配していたんだ」

亜希は、もう大丈夫、と力強く答えた。

「ならいい」

津久井の安堵する息づかいまでも伝わったような気がした。

「それより、そっちの方こそ荷造り大変なんでしょ？　お手伝いしましょうか？」

「いや……それは……」

「いいじゃないですか。ひとりより二人の方が早いし」

「なら……」

いつになく歯切れの悪さが引っ掛かった。亜希の脳裏に黒い疑念が浮かんだ。もしかして、奥さんとは別居したと言いながら――。

「誰かいらっしゃるの？　だったら遠慮しますけど」

そう言って亜希はできるだけ明るく笑った。

だが内心わだかまりがあった。自分らしくもないと思いながらも、一度、浮かんだ疑いはますます膨れあがった。

「よしてくれよ」津久井も釣られて笑った。「じゃあわかった。地図をメールで送るから」

「晩ご飯は？」

「君は？」

「じゃあ何か買って――」

「そうだ、駅前に、美味しい焼き鳥屋があるんだ。終わったら行こうよ」

その声を聞きながら、何を着ていこうかと亜希は早くも考え始めていた。

マンションから傘を差して飛び出たとき、亜希は息が詰まった。

だが、声をかけずに無視して駅へと急いだ。

逃げるのではない、と亜希は思った。

もはやすべてが遅いのよ、と自分に言いきかせた。

だがそれでも翔太は傘も差さずに追ってきた。

声を荒らげることもなかった。ただ黙ってついてきた。

改札口を目の前にしたとき、翔太が腕を摑んだ。

「ケジメをつけたい、それだけだ」

翔太が後ろで言った。

振り向いた亜希の口から、「それはあなたの勝手でしょ」という言葉が出た。

そこまで冷たく言い放つつもりはなかった。そもそも翔太を嫌って離れてゆくのではないのだから。

だが、なぜか苛立ったのだ。

雨が激しくなった。アスファルトの上で跳ね上がる音がうるさいほどだった。

「津久井、あいつの正体を知ってるのか？」

全身ずぶ濡れとなった翔太が言った。

亜希は驚かなかった。この十日余り、驚いてばかりで麻痺（まひ）してしまったのよ、と思った。

「前にも不倫を──」

「そのこともあなたとは関係ないから」

そのとき、駅の職員がただならぬ雰囲気を察したのか近寄ってきた。

「なんでもありませんから」

亜希の方から先んじて言った。

怪訝な表情を向けたまま職員が去っていくと、亜希は、翔太を見つめた。

「いい？　私が選んだのは仕事なの。ごめんなさい」

激しい雨音に負けじと、亜希は叫ぶように言った。

それこそ、彼のためにも、はっきりさせるべきだと亜希は信じて疑わなかった。

「わかった」

翔太は頷いた。そして背中を向けると、暗い雨の街へと消えていった。


地図で教えられた津久井のマンションは、京王井の頭線の下北沢駅から、吉祥寺方面行きに乗って次の新代田駅からほど近い住宅街にあった。最近流行りだとどこかで聞いた、白い外観の高層マンションだった。一本道を入ると車の騒音が消え、まだ夜の七時だというのにマンションの辺りはひっそりとしていた。

意外なことにオートロックではなかった。だがそれが逆に、いかにも別居中の仮住まい風で亜希にとっては安心できることだった。

エレベータで八階まで上がると、津久井の部屋はすぐ目の前にあった。

インターフォンを鳴らすと、「開いてるよ」という快活な声が聞こえた。

ドアを開けた瞬間、亜希は圧倒された。玄関までびっしり段ボール箱が積み上げられていたのである。

「すごいだろ？　だからいいって言ったんだよ」

奥の方から津久井の声が聞こえた。

身体を横にしてなんとか段ボール箱の隙間を通り抜けたとき、タオルで鉢巻きをした津久井が、新たな段ボール箱にガムテープを貼りつけていた。

「でもあと少しだから。明日になったら、業者がここから持っていってくれるんでね」

リビングに足を踏み入れると、そこにはさらに大量の段ボール箱が重ねられていた。部屋は、申し訳程度のキッチンに、八畳ほどのリビングと六畳半の和室。それだけだった。好奇心に逆らえずトイレを覗いたが、乱雑にトイレットペーパーが床の隅に押し込まれている。便器は掃除をした形跡がまったくなかった。どう見ても、男のひとり暮らしのそれだった。

「もうやることないんだよね。どこか適当に座ってて」

確かに、と亜希は思った。荷物のほとんどはすでに梱包（こんぽう）されているようで、もはや手伝う余地はないようだ。

段ボール箱を乗り越えてキッチンへ行ったが、すでに何も残っていなかった。ただ小型の冷蔵庫だけがぽつんとある。

「これは持っていけないわね？」

「大丈夫。明日、廃品回収業者が来るから」

「じゃっ、これはこのままでいいと——」

亜希がそう言ったときだった。津久井のぎこちない動きを視界の隅に捉えた。これもあの訓練のお陰かも、と苦笑したが、少し妙な動きだと思った。

津久井は慌てて何かを段ボール箱の間に隠したのだ。本能的に感じたのは女の影だった。だが、すぐに思い直した。津久井もすでに四十代半ばである。過去の女の思い出を一つや二つ持っていてもおかしくない。

亜希は、自宅から持ってきたタオルを雑巾がわりにして、目のつくところから拭き始めた。津久井は、いいよ、と言ってくれたが、手持ちぶさたなのも落ち着かなかった。

「でも大変だったよね、あの事件では」

津久井が言った。

「でも、もう終わったから。知ってるでしょ、犯人捕まったの」

津久井が急に顔を曇らせた。

「実は、君に言ってなかったことがある」

亜希は黙ってその言葉の先を待った。

「君が疑われていたことを、オレはかなり前から知っていた。刑事の訪問を受けたからだ。で、オレは情けないことに君を疑った。いや、すべてじゃない。でも、一時でも疑ったんだ——すまない」

亜希は小さく笑った。

「言ってくれて嬉しいわ」

「でも、これからは、そんなことは二度とない。パートナーになってもらう以上、すべてを——」

亜希は穏やかな表情で頭を振った。そして、彼が口にするパートナーという関係が今後、どんな風に変化してゆくのか——今まではそれは期待だったが今は違うとはっきりと言えた。期待は確かにある。でもそれは二人の関係だけじゃない。自分自身がどう変わってゆくのか、そのことへの期待でもある。

「——それにしても、あの事件、ダンナが、だなんてな」

津久井は話題を変えた。

亜希は余裕の表情で笑えた。もはや思い出したくない記憶ではある。

しかしそれさえも亜希は乗り越えた。すべてのことから目を背けない――この十日余りで覚悟を決めたことだった。いや、そうせざるを得なかったのかもしれない。でも、自分が変わりつつあることは間違いなく事実だった。

警察に振り回されるのはもうごめんだった。あんな目には二度と遭いたくなかった。しかしそれでさえ、もはや遠い昔のことのようにも思えた。

携帯電話のバイブレーションでディスプレイを見ると、あの外事第2課とかいう部門の〝田中〟からだった。

昨日から何度となくかかってきたが亜希はすべて無視していた。

再出発のためには、決別というフレーズこそ相応しい、亜希はそう思っていた。だから、津久井になんらかの危険があるのなら自分が守ってあげればいいだけのことだし、その自信もあった。

「奥さんが可哀想と言うべきだな。なんだっけ？　確か……変わった名前で……雪華とか……」

「違いますよ、静蕾さん。しずか、という字と、つぼみ、という字――」

「アンタは偉い！　よく新聞見てるな」津久井はふざけてみせた。「でもあっちに行ったら、日本語に飢えるぞ」

「英会話、もう一回、やらないと」

「いいよ、行きなよ。ロンドンにはいろいろあるから。会社が金を出してもいいよ」

「本当？」

「ただしせっかくの週末は潰さないでな」

亜希には嬉しい言葉だった。ビジネス英語がそんなに甘いもんじゃないことはわかっているが……。

亜希がキッチンを拭き終えたとき、津久井は、まだペーパーあったかな、と独り言を呟きながらトイレに向かった。

その瞬間、亜希は衝動を抑えきれなかった。大急ぎで段ボール箱を跨ぎ、さっき津久井が隠したものを捜した。やってはいけないことと頭ではわかっていたが衝動は止めようもなかった。

段ボール箱の間に押し込まれていたのは、Ａ４サイズほどの写真アルバムだった。パラパラと捲ると、集合写真ばかりがあった。その多くがパーティ会場のような場所で、誰もがグラスを手にしていた。

あるページで亜希の手が止まった。

それは津久井とひとりの女性との、いわゆるツーショットだった。背景には冠雪した山々が見える。服装からして、登山をしている最中に撮られた写真である。亜希の目が釘付けとなったのは女性の手が津久井の腕に絡みついていたからだった。

トイレで音がして亜希は慌てて元の位置に仕舞い込むと、再び段ボール箱の山を急いで越えた。

重苦しい気分に亜希は襲われた。だから、見るべきじゃなかったのよ、と自分を叱った。よく後輩たちに言っていた不文律を自ら犯してしまったのだ。もしカレができたら、元カノの話はともかく、絶対に写真を見たらダメ。一生、その顔が脳裏に焼きつくから——。実際、今の亜希の状態がそうだった。

ただ、それも、また過去のことだろう。いや、過去にさえ嫉妬している自分が確かにいる。でも乗り越えられないはずはない、と亜希は思った。

二人がまず話し合ったのは、ここ〝法律事務所の会議室〟の撤収方法についてだった。

「完全に？」

秋本が訊いた。

山崎は頷いた。

「すべてとまではいかないにしろ、十分に満足する結果が導き出されたことに満足している」

「では明日にでも」

「それが望ましい」

「捜査1課が協力者(モニター)から目を離してくれたことこそ喜ばしい」

「確かに」

「だが、今思えば、実態は薄氷を踏む思いだった」首を竦めた山崎は、効きすぎた暖房にネクタイを弛めた。「静蕾がもし、あと一週間早く殺されていたら、と思うと――」

「中国の機関にしても、本来、自分たちの裏(ウラ)の機関員であるはずの静蕾が、実は、北朝鮮との〝二股をかけたエージェント(ダブル)〟であると気づいてからは必死だった。だから中日通商協会理事が静蕾とラブホテルに行ったのは、その尋問ではなく暗殺のためだった。ところが静蕾がそれを知って逆に殺害したのだ。しかし、今となってはそれも闇の中だ」

「そうなるとやはり、静蕾の殺害現場にいた、もうひとりの男は――」

山崎は頭を振った。

「確かめたかっただけだろう」

「確かに。静蕾がいったい何を企(たくら)み、それが中国にいかほどのリスクをもたらすのか、その被害見積もりをするために、静蕾を尋問したかった——。そう、中の協力者（モニター）から聞いている」

秋本の言葉は自信に満ちていた。

「すべては、君が、北朝鮮の機関と、中国側の裏（ウラ）の連絡官であった静蕾を見つけてきたことに尽きる」

山崎が讃（たた）えた。

「それを言うなら、静蕾と北京で親しかった協力者（モニター）を見つけた君の功績も評価すべきだ。ただ、地道な視察作業の成果は忘れないでいて欲しい」

秋本はそう言ってから、何人かの部下の名前を口にして称賛した。

「ただ、海上自衛官の動きは？」

秋本はそれだけが気になっていた。

「当該の海上自衛官は、２等海佐で、潜水艦隊司令官の命令による緊急配置で、その命令を受けて行動している模様だ。所属の上官でさえ知らない——そう報告を受けている」

「ならいかなる目的で？」

「恐らく彼らの自己防衛のためだ」

「では？」

秋本が右眉を上げた。

山崎が立ち上がった。

「我々の関知すべきことじゃない」

「確かに」

秋本もまた席を立って手を差し出した。その手を山崎の分厚い手が握った。


何枚もの亜希の写真をたき火の炎に投じた瀬山は、十年前のことを思い出していた。

――横須賀(よこすか)湾を見下ろすビルの五階。出港前の暖気運転を始めている護衛艦を背にして、馬場3等海佐は立っていた。

「情報機関に秘密は存在し得ない。必ずバレる。永久に秘匿できるのは、唯一、個人の情報員として存在する場合のみ」

瀬山は直立不動で聞き入った自分を懐かしく思った。それは艦隊部隊勤務を終え、防衛大学校教授になったときだった。当時、自衛艦隊司令部の情報主任幕僚だった馬場3佐から突然出頭を命じられ、そのとき告げられたのだ。

「今後、本件を『I(アイ)計画』そう名づける」

なぜ『I』だったのか、そういえば教えられていないことを瀬山は思い出した。

　馬場3佐の言葉はさらに続いた。

「国家危急の折、国内外で活動できる人材を育成することを私は決めた。正式の組織または人材として養成すれば、秘密は保たれない。よってあくまで、私的人材として秘密裏に養成することを考えた。それが君だ」

　瀬山は、いったい馬場3佐が何を言いたいのかわからなかった。

「これまで君には言わなかったが、以下のごとく養成計画を推進してきた。例えば、一、必要な教育は十分に実施するが、目立たないように配慮する。二、本人にもこのことは伝えない。私が3佐以上の地位に就いたときに本人に伝える。三、報告など一切行わせず、本人の動向、洞察力、行動力、健康状態などを常に評価する。四、あくまでもサイレント・ネイビーとしての〝気品と教養〟をモットーに生きる人物となること。以上だ」

　一方的な命令だった。しかし逆らえるはずもなかった。

「具体的に自分は何をすべきでありましょうか？」

　瀬山は訊かずにはおれなかった。

「これから君がどの部署に配置されようが、いかなる特別極秘に接しようが、私が要求することに対してはすべて報告せよ。そして私が必要とする情報活動を実施せよ。以上、終わり」

　敬礼して部屋を退出した瀬山は、そのときまだ頭が混乱したままだった。だがしょせん、葛藤することすら許されないのだ、と理解した。疑問を脳裏に浮かべること、それは自衛官を辞めることでしかないのだ。

　それからというもの、情報は確かに与えてきた。馬場が海将となった今でも同じだった。自衛艦隊司令官にも上がってこない情報を常に供給し続けた。だがもうひとつの任務とされた、オペレーションについてはずっと命じられることはなかった。

　ところが、今、四十六歳になって、突然命じられたのだ。しかも瀬山は海上自衛官になって初めて葛藤することとなった。それは、上官からの命令と正義との葛藤だった。しかも最も悩ませられたのは理由を明らかにされていないことだった。ただ、任務のごく短い内容だけを告げられ、そして、手段を選ばず実施せよ、それだけなのだ。

　そして自分はやり遂げた。幾つかの違法な手段を使って。そのひとつは亜希宅への、盗聴器を設置するための、侵入だった。行動監視をひとりで行うためには、それがどうしても必要だったからだ。しかし、なぜかその装置は動かなかった。何度もテストをしたはずなのに……。

　だから、たったひとつでもいい、と瀬山は立ち上る炎だけを見つめながら思った。

いかなる正義に適っているのか、それだけを馬場海将から示して欲しかった。

そうでないと、このまま消えてしまうことに納得ができない。

だから、自分が今決めたことに後悔はなかった。

ひとりの女性を救ってやることを。


牧村は、画像部のスタッフと部下数名を厳選して、特別チームを編成し、内閣危機管理室の中にある特別会議室の映写スクリーンの傍らに立ち、内閣総理大臣にブリーフィングを続けていた。

「――情報保全のため、一部しかご覧頂けなかったのではありますが、説明申し上げましたとおり、平時の状況下では、我々は、どの特殊工作母船ＭＳＴがいつ何隻出動し、どのコースでどこへ向かっているか、さらに残されたＳＩＦには、何隻の半潜水艇ＳＩＬＣまた改良型半潜水艇ＩＳＩＬＣ、さらに小型潜水艦ＳＳＭが隠されているか、それらをタイムリーに確認しております」

内閣総理大臣の川島慎一は身を乗り出したままだった。

「ところが、十一日前、北朝鮮全土にある四ヶ所の搬潜入部隊基地ＳＩＦにおいて、信じがたい異常事態が発生したのです」

　画面が替わり、新たな衛星写真が拡大された。

「順番にお見せします。まず、東海岸のチョンジン。ここには五ヶ所の潜入部隊基地ＳＩＦや係船所（ヤード）がありますが、そのときの状況がこれです。特殊工作母船が一隻も存在しませんし、屋根付き施設の中にも存在しないことがわかっています。次は、ウォンサン。さらに西海岸のナンポ。またヘジュ――」

　地名を説明する度に、その場所の衛星画像が映し出された。

「おわかりでしょうか。全部です。それも特殊工作母船だけではありません。半潜水艇、改良型半潜水艇、また小型潜水艦までもがすべて陸には存在しないのです。付け加えるなら、この変化は一晩のうちにこうなりました。もちろん、このようなことは、過去、一度もございません」

「自然に考えるのなら、戦争準備、そう捉えるべきではないのか？」

　川島が口を挟んだ。

「ごもっともであります。しかしながら、我々は脅威度、というものをあらゆる視点からモニターしておりまして、結論から申し上げれば、そのような危惧はございません。ならば何が起こったのか――」

牧村はパソコンを操作する部下に頷いた。

桟橋に係留されている長細いものを、上空から映したと思われる画像が映写スクリーンに表示された。

「小型潜水艦SSMを衛星写真で捉えたものです。ジックパックでは、当該のSSMは、北朝鮮のSIFの中でも最もレベルの高いターゲット・リストであり、特殊工作母船の内部に搭載すれば、活動範囲は想像を超えます。さきほども申し上げましたとおり、すべてが港から消えたのですが、それは一時的なことです。水上艦船は、アメリカの偵察衛星がすべて位置を把握。潜水艦については、ある特殊なセンサによって位置の探知ができました――ある一隻を除いては。それが、さきほど申し上げましたSSMなのです――。これが所在不明なのです」

映写スクリーンに次に映ったのは大きな船舶だった。貨物船のようにも見える。

「軍事用語的に申し上げれば、我々は『ヴェガ2（ツー）』と呼称しております大型特殊工作母船支援艦――。注目すべきは、現在のものが相当な改良を行っているという点でありまして、これが意味するところは、かつて大型特殊工作支援母艦で活動していた経歴をカモフラージュするため、とアメリカ第7潜水隊群司令部（フラッキーホール）と、海上自衛隊の潜水艦隊司令部（フナコシ）は、そう判断しております」

川島は力強く頷いた。

「様々な分析と評価の結果、我々は、港から姿を消した小型潜水艦ＳＳＭは、深夜のうちにこれに隠匿された、そう結論づけました。つまり、北朝鮮は、これを行うためだけに、全土の潜入部隊（SIF）基地において欺瞞（ぎまん）工作を行った、そうも判断したわけであります」

「では、そのヴェガ２に搭載したということは、それほど重要で、隠したいことだと？」

川島が訊いた。

「おっしゃるとおりかと存じます。しかも、どうやら、ヴェガ２は、小型潜水艦ＳＳＭを三隻搭載している、そう思われる軍事情報もあることが今朝になって判明しました。現在、アメリカの潜水艦が近海にいなかったことから、『あさしお』がヴェガ２を秘匿で単独追跡中です」

「現在地は？」

「一時間前の正時の連絡では、東シナ海を南下しルソン海峡方面へ進出しています」

「ルソン海峡？」

「作戦母船ではありますが、貿易でも活動歴があります」

「どこへ行く気だ？」

そのときになって初めて警察庁の警備局長が居ずまいを正した。

「それについては、担当部門からご説明申し上げます」

　川島は神妙に頷いた。

「警察庁外事課補佐の山崎と申します。それでは説明いたします。本件事案につきましては、イギリス情報当局から当庁に提報がございまして、秘匿にて国内調査を進めてきた経緯がございます。内容は、北朝鮮が、保有しているすでにご案内の小型潜水艦ＳＳＭ数隻を、イランに売却する計画があり、その仲介（エージェント）として日本人が経営する企業が関与しているとの事実を、国際テロ資金撲滅ネットワークであります、パトリオット・アクトが探知したとの提報があったというものであります。もって警察庁としましては、警視庁の担当課に指示し、秘匿捜査を実施させておりましたところ、存外な事態の発展をみることとなりました――」

　山崎が続ける説明に、川島は驚愕の表情を浮かべた。

「結論を申し上げれば、ＳＳＭは、タイの港にて、一般貨物船に積み替える計画である、そのような判断に至っております。本来なら、ワッセナー・アレンジメントの加盟国でありますタイは、第三国に輸出しないとする証明、つまりサーティフィケイトがなければ積み替えを拒絶すると思われますが、如何（いかん）せん、昨今のタイの内政混乱ゆえ予断を許さない事態になっているのが現状でございます」

「つまりだ。あなたが、さきほど説明した、その協力者（モニター）の行動次第で、タイでそれが実現するか、そうでないかの情報を入手できる、そういうわけなんだな？」

　川島は、自らの頭も整理するように言った。

「おっしゃるとおりであります。協力者（モニター）と我々は、ロンドンでエージェントを立ち上げるなど、二年がかりでこの大がかりな計画を進めてきました。そしてついに北朝鮮の関係者を呼び込むことに成功したのです」

「で、積み替えが行われた場合のことを考え、これから多国間の国際協調を協議する、しかも秘匿で。そういうことか？」

「そのとおりでございます」

「マトリックスはあるのか？」

「すでに」

「なら各国の事務方と突き合わせを頼む」川島は内閣官房副長官を振り返った。「まず、幹事会。次に外務と防衛の大臣、それだけに絞ろう」

　川島はふと思い出したような表情を作った。

「ところで――」

　川島が山崎を振り返った。

「その協力者（モニター）とは、何者だ？」

「日本人ビジネスマンであります」

山崎が即答した。

「名前は？」

「申し訳ございませんが、ことの性格上、ご容赦ください」

「なら男か女か？」

「それもまたご勘弁を」

「しかし、たったひとりに、それも民間人に、東アジア全域の安全保障上の緊急事態の帰趨がかかっているというのはなんとも——例えば、危険ではないのか？」

「それにつきましてはご心配には及びません。ダミーを準備しております」

山崎の言葉に淀みはなかった。


二週間前の、あの日のことを思い出していた亜希は、声に出さずにひとり毒づいた。そうすることでやっと現実を取り戻した。

亜希はカウンターで一番奥の隅に座っていた。

もちろん、あのショットバーではない。

ただ、あのときと同じ、西麻布交差点にほど近い、あのときの店よりもずっと新しく、この街には似つかわしい大人の香りがするショットバーだった。

マスターはまだ若い男性だったし、店の雰囲気はポップな感じである。

テーブル席はなかった。八人が掛ければ満席になるカウンター席があるだけである。

この店の存在を今朝買ったビジネス誌で見かけたとき、亜希はちょっと悪ふざけを思いついていた。

津久井をここに呼んでいた。でも店に入らないで、と奇妙な頼みをしていた。

それを思いついたのは、今朝、衣類を一斉に洗濯に出そうとクリーニング店に行ったときのことだ。衣類の多さに一瞬悲鳴をあげた店長の妻が、そうそう、と言って突然、奥に引っ込んだのである。しばらくして出てきた妻は、長細い茶封筒を手渡した。

「よかったわ。工場に出す前に気づいて」

話によれば、三日前に出したコートのポケットにこれが入っていたという。

だが亜希には心当たりがなかった。顧客に出す手紙などを忘れるはずもないし、そもそもこんな安っぽい封筒は使ったことがない。

「とにかく渡したからね」

強引に押しつけた妻に亜希は頭にきた。だったら電話をしてくれればいいものを。

とにかく確かめなきゃ、と思って開封した亜希の顔が固まった。そして驚きの声を低く引きずった。クリーニング店の妻は、ほらやっぱりあんたのでしょ、という風な顔を向けたが、亜希はその中身に釘付けとなった。

それは、あの殺された静蕾(ジンレイ)の肉筆と思われる手紙だった。文面は中国語でわからないが、中国に残してきたのか、幼稚園児ほどの子供を抱きしめて微笑む彼女の写真があった。

亜希は鮮明に思い出した。あの日、あの時間、静蕾は、私のコートのポケットの中に、そう手を入れたわ……。その瞬間には気づいた。だがそれからの、そう様々なことですっかり忘れてしまっていたのだ。

亜希は、その手紙と写真を見比べながら、運命、という言葉を脳裏に浮かべた。

あのショットバーに入らなければ、彼女はもしかしたら殺されなかったかもしれない、そんなことも考えた。

そして私も——。あのショットバーに足を向けなければ、運命に弄(もてあそ)ばれなかったかもしれない。

亜希は思った。彼女とは、運命をあのショットバーで共有しあったのだ。

でも、もう、あんな運命はごめんだった。

だから、あのときのように——。亜希は、店の小さなドアを振り返った。

あそこから出れば、きっとまた運命が変わるかもしれない――。

そしてそのとき、もし、津久井がいたら、その運命は、彼とともに、となるのだろうか。

いや違う。ドアを開けるのは私だけ。彼は開けないのだ。

でも、それだけじゃおもしろくない。

亜希は賭けることにした。自分の人生を。もちろん遊びで。

もし、この店にシェリー酒があれば、彼をここへ呼ぶ。そして一緒にここを出る。ドアを開けるのだ。運命の扉を。

もし、なければ、私から出て行く。ひとりでドアを開けて。ひとりの運命を抱えて。

ただ、亜希にはわかっていた。彼の性格ならどうしたってここに入ってくるはずだ。だったら、賭けにはならないか。亜希はひとり苦笑した。

そんなせっかくの気分を台無しにしたのは、栗原からの電話だった。

溜息をついた亜希は出ないつもりだった。

ただ、ついこの前会ったとき、栗原が頭を下げてくれたことを思い出した。

だから、今度こそ最後、と誓って店の外に出て電話に出た。

「何度も申し訳ないんだが、あんたに確認してもらいたいことがあってね」

「なんです？」

「殺された静蕾さん、実は、付き合っていた日本人男性がいたようなんです。彼女の自宅から、そのことに触れた日記のようなものが見つかりましてね。その内容からすると、かれこれ十年の付き合いとみられるようです。よく山登りもしていたようでして」

亜希は、冷静にその言葉が聞けたことに自分でも不思議だった。

「でね、どうやら、その男性、静蕾さんが殺された現場にいたようなんです」

亜希は息が止まった。

「事件はもう解決したんじゃ……」

「それがね、最近、わかったことなんですが、静蕾さんは、夫に首を絞められた後、蘇生した、つまり生き返っていたんです」

「……………」

「新聞で見たかもしれないけど、逮捕した夫が首を絞めたあとでね、別の人物が再び静蕾さんの首を絞めたことがわかった。扼痕が同じだったので我々は見抜けなかったんです」

「……………」

「実は、目撃証言が出てきたんです」

社長夫人の愛人の男——といっても実は夫の連れ子であり、今日まで接触できなかったのだが——がさきほどふてぶてしくも供述したのだった。

「その目撃者によれば、犯行現場の路地裏でいきなり立ち上がったある男とぶつかったと。そのとき、男は落とし物をしましてね。それが、いや、もうまったくあれなんですが、あなたの会社の名前が入った封筒だったんです。しかも、そのぶつかった場所のすぐ近くに女が倒れていたと」

「そんな封筒なんて誰でも……」

亜希の声が掠れた。

「確かにおっしゃるとおりです。でもね、その封筒には、あなたが所属するエネルギー・グループの判子が捺してあった。で、ですね、目撃者の協力でモンタージュを作成したので、ちょっと見てもらえませんか？　まあ、同じ会社の人を悪く言うのは気が進まないかもしれませんが、ことは、人ひとりが殺された事件ですから是非ご協力を——」

「でも私は明日から——」

「知ってますよ。ロンドンでしょ？　実に羨ましい。ですので、これから伺いたいんです。今、どちらに？」

嘘だ！　そう叫んだつもりが声にならなかった。でも、絶対に違う。自分の人生を賭けてもそう言える。自分が信じた人なのだ。もしそれが間違っていたのなら……自分の人生が崩れ落ちて……。

亜希はお腹に力を入れた。やっぱり栗原の言うことは信じられなかった。怒りが込み上げてきた。この人はこんな話をするためにわざわざ電話をかけてきたの！

突然、怒りは恐怖へと変わって亜希に襲いかかった。これ以上、栗原と話したくなかった。

亜希は一方的に通話を切った。だが、栗原は何度も何度もかけてきた。

電源を切った亜希は、ショットバーに戻り、携帯電話をバッグの中に放り込んだ。

こうすることが今の自分には必要なのだ、と亜希は思った。

隣に新しい客が座っていることに気づいたのは、そのときだった。四十代半ばの男。涼しい目をして、カウンターの後ろの棚に並ぶボトルを見つめている。

「シングルモルトをロックで」男はマスターに言った。「氷はひとつでいいから」

亜希は、自分のカクテルグラスへ手を伸ばした。

「あくまでも私の老婆心だ」

その囁き声がどこから聞こえるのか最初はわからなかった。

「あんたはね、津久井と外事2課に利用されているんだ」

驚愕の表情で亜希はゆっくりと首を回した。隣の男だった。だが視線は、真っ直ぐ前を向いたままだった。

「彼らがあんたにそんなことをする理由は、ここでは言えない。ただ、外事2課と津久井がつるんでいることは事実だ。だから、津久井という男の正体について、早く気づきなさい」

貧血状態になったように亜希は気が遠くなりそうだった。

「あんた、外事2課から協力者に仕立てられてんだろ？　でもね、彼らが本当に重要なのは津久井だ。重要な協力者を守るために、ダミーが必要だった――」

「あなたはいったい……」

グラスが置かれると、男は一気に飲み干した。そして千円札を一枚置いて立ち上がり、亜希にはとうとう一度も視線を投げかけることなく店から出て行った。


ショットバーの前で、瀬山は久しぶりに本名を聞いた。しかし呼び捨てだった。

二人のスーツ姿の男に強引に腕を取られた瀬山は、抵抗しなかった。こうなる運命はわかっていた。あの現場に外事警察がいたことで、すべてが決まったのだ。

「わかっているな？」

頷いた瀬山の手に、警務隊員は冷たい手錠をかけた。


亜希は息ができなかった。気が遠くなって身体が暗い穴へ吸い込まれるような気分に陥った。


違う、絶対に違う！　彼が私を裏切ることなど……何かの間違い……。

でも……あのとき……。亜希は思い出してしまった。

バッグの中へもう一度手を突っ込んだ。封筒を開け、写真を取り出した。

亜希は低い唸り声を引きずった。

なんていうことなの……。

身体の奥から熱いものが込み上げた。写真が滲んでいく。

津久井の部屋で見つけた、彼の腕に手を絡めていた女性は静蕾だったのだ。もうひとつ記憶が蘇った。彼は、静蕾のことを初め、彼女が中国で使っていた名前、雪華(シュエホワ)と呼んだ。しかしそれはマスコミでも取り上げられていない名前なのだ。捜査１課の松前に会ったとき、彼がそう言っていた――。

なら栗原の言ったことは……。

もしそうだとしたら、なぜショットバーに……。あそこには偶然に入ったのよ……。でも……あの新人というタクシードライバー、コンビニエンスストアの初老の店員……。あれがまさか……。

そのとき、女の部分の奥深くから湧き起こった、ある囁きが頭の中へ響き渡った。

それでも……それでも……彼のことを愛している……。

もし……私が彼のアリバイを証明したら……彼は助かる……。でも……。

グラスを掲げ、透明の液体を見つめた。

この二週間の出来事を亜希は頭に蘇らせた。たとえるのなら、さしずめ童話の世界の中の出来事だったように、余りにも現実離れした数々の――。

そのときだった。

頭の中で、何かが弾ける音がした。そしてまっ白となった。

突然だった。心地よい、広い空間に漂う自分を見つけた。

カウンターに置かれたグラスの脚(ステム)にそっと添えた、自分の二本の指を見つめた。

脳裏に、想ってもみない言葉が浮かんだ。

《童話》

オロロソの香りに浸る心地よさを感じながら、童話という世界をずっと忘れていたことを、今、思い出した。

何しろ、童話を読んだのは、幼い頃のこと。

わくわくする、胸が躍るような、あるいは子供心にも涙ぐむような悲しい物語を、母親から読み聞かされたり、覚えたばかりの平仮名を一生懸命に読んでいた、あの頃の記憶はさすがにはっきりしているわけじゃないからだ。

でも、今、自分がいる世界は、童話だ、と思った。

この何日かで起こったことのすべてが、童話だった。

普通なら、あり得ないことばかり。

誰かに話したら、ほんと、笑い飛ばされることばかりだった。

さっきまで、隣のカウンターに座っていた男が口にしたのは、映画やテレビドラマの世界だけのこと。

すべてが現実離れしている。空想の世界。そう、初めから夢を見ていたのだ。

少なくとも、今は、そう思いたかった。

だから、もう、驚きも、慟哭も沸き起こることもないし、特別な感情が身体の奥深くから沸き上がることもなかった。

亜希は、店の中を見渡した。

客は一人もいない。

マスターが無言のまま、グラスを磨いている——いや、その手がスローモーションのように動いている。時間がゆっくりと流れているように思えた。

それは、童話に相応しかった。

童話の主人公、それが、今の自分だと亜希は思った。
ふと気配に気づいて振り向いた。
窓の外で、彼が手を振っていた。
でも、滲んだ涙で、亜希にはそれが誰かすぐには分からなかった。
グラスに添えていた指で涙を拭うと、窓の外で津久井が手を振っていた。
その顔に笑みはなかった。
叱りつけられた子供が許して欲しくて、今にも泣きだしそうな顔にも見えた。
彼から視線を外した亜希は、涙を堪えてマスターに訊いた。
「シェリー酒、ありますか？」
マスターが何かを言ったような気がした。
だが亜希の耳には、その言葉ははっきり聞こえなかった。

謝　辞

あの日、あの時、緻密なアドバイスを頂いた方々に、単行本と同様、心から感謝を申し上げたい。本当にありがとう。

幻冬舎の見城徹氏には、本当に温かいご理解をいただきました。深く拝謝の気持を伝えさせてください。単行本の編集を担当していただいた永島賞二氏へは深い感謝の念をもう一度お伝えしたい。そして今回の文庫本では、本来、私が求めていた〝大人の童話〟の世界を表すために、素晴らしいご教示を頂いた、羽賀千恵氏にこそ、言葉を尽くしてお礼を申し上げたい。本当にありがとうございました。

尚、本書カバーの「美しい指」は、単行本で撮影したものですが、その「美しい手の主」があったからこそ、私のイメージが完成しました。あらためてお礼の言葉をお贈りします。

二〇一六年九月　麻生幾

この作品は二〇〇九年三月小社より刊行されたものです。

幻冬舎文庫

●最新刊
給食のおにいさん　浪人
遠藤彩見

ホテル給食を成功させ、やっとホテル勤務に戻れると喜んだ宗。だが、学院では怪事件が続発する。犯人は一体誰なのか。怯える生徒らを救うため、宗と栄養教諭の毛利は捜査に乗り出すが……。

●最新刊
悪夢の水族館
木下半太

「愛する彼を殺せ」。花嫁の晴夏は、「浪速の大魔王」の異名を持つ醜い洗脳師にコントロールされつつあった。そこへ洗脳外しのプロや、美人ペテン師などが続々集合。この難局、誰を信じればいい!?

●最新刊
僕は沈没ホテルで殺される
七尾与史

日本社会をドロップアウトした「沈没組」が集う、バンコク・カオサン通りのミカドホテルで、殺人事件が勃発。宿泊者の一橋は犯人捜しを始めるが、他の「沈没組」が全員怪しく思えてきて――。

●最新刊
探偵少女アリサの事件簿
溝ノ口より愛をこめて
東川篤哉

勤め先をクビになり、なんでも屋を始めた良太。有名画家殺害事件の濡れ衣を着せられ大ピンチ！　そこにわずか十歳にして探偵を名乗る美少女・有紗が現れて……。傑作ユーモアミステリー！

●最新刊
光芒
矢月秀作

所詮ヤクザは堅気になれないのか!?　伝説の元暴力団員・奥園が裏稼業から手を引こうとした矢先、ヤクザ時代の因縁の相手の縄張り荒らしに気づく。微かなノイズが血で血を洗う巨大抗争に変わる！

ショットバー

麻生幾（あそういく）

平成28年10月10日　初版発行

発行人――石原正康
編集人――袖山満一子
発行所――株式会社幻冬舎
〒151-0051東京都渋谷区千駄ヶ谷4-9-7
電話　03(5411)6222(営業)
　　　03(5411)6211(編集)
　　振替00120-8-767643
印刷・製本―中央精版印刷株式会社
装丁者――高橋雅之

幻冬舎文庫

ISBN978-4-344-42524-8　C0193　あ-19-12

幻冬舎ホームページアドレス　http://www.gentosha.co.jp/
この本に関するご意見・ご感想をメールでお寄せいただく場合は、
comment@gentosha.co.jpまで。